Quinze minutos para o pôr do sol

ISABELA FREIXO

Quinze minutos para o pôr do sol

해질녘까지 십오분

Copyright © 2024 por Isabela Freixo

Todos os direitos reservados e protegidos pela Lei 9.610, de 19/02/1998.

É expressamente proibida a reprodução total ou parcial deste livro, por quaisquer meios (eletrônicos, mecânicos, fotográficos, gravação e outros), sem prévia autorização, por escrito, da editora.

Edição
Daniel Faria

Revisão
Ana Luiza Ferreira

Produção
Felipe Marques

Diagramação
Gabrielli Casseta

Colaboração
Guilherme Lorenzetti

Ilustração de capa
Mariana Correia

Capa
Jonatas Belan

CIP-Brasil. Catalogação na publicação
Sindicato Nacional dos Editores de Livros, RJ

F938q

  Freixo, Isabela
    Quinze minutos para o pôr do sol / Isabela Freixo. - 1. ed. - São Paulo : Mundo Cristão, 2024.
    320 p.

    ISBN 978-65-5988-349-3

    1. Ficção cristã. 2. Ficção brasileira. I. Título.

24-92746   CDD: 869.3
                                  CDU: 82-97(81):27

Gabriela Faray Ferreira Lopes - Bibliotecária - CRB-7/6643

Publicado no Brasil com todos os direitos reservados por:
Editora Mundo Cristão
Rua Antônio Carlos Tacconi, 69
São Paulo, SP, Brasil
CEP 04810-020
Telefone: (11) 2127-4147
www.mundocristao.com.br

Categoria: Literatura
1ª edição: setembro de 2024

*Para todos os que aguardam
o verdadeiro final feliz.*

*Do nascente ao poente,
seja louvado o nome do Senhor!*

Salmos 113.3

ALERTA DE GATILHO

Este livro aborda, ainda que superficialmente, temas sensíveis, como traição, luto, xenofobia e racismo. A leitura não é recomendada para menores de 12 anos.

Para uma melhor experiência de leitura, abra o aplicativo do Spotify, vá em "Busca", clique no ícone da câmera e aponte seu smartphone para o código abaixo, a fim de conferir a playlist do livro.

Cada música corresponde a um capítulo específico
(a primeira música ao primeiro capítulo,
e assim por diante). Aproveite!

Quinze minutos para o pôr do sol

해질녘까지 십오분

1
Quando tudo foi pelos ares

E viveram felizes para sempre. É assim que esta história termina, ou, pelo menos, era a minha esperança. Mas não vamos pôr o carro na frente dos bois. Deixe que eu primeiro me apresente: Monalisa Machado, a protagonista — porque já não sou tão jovem para ser chamada de mocinha —, muito prazer.

Foi no dia 4 de junho de 1993, às 14h de um dia ensolarado de fim de primavera, que tal personagem nasceu. Brincadeira! Não vou bancar a narradora que relata os fatos tão do começo assim. O que interessa para esta história são os acontecimentos da véspera desse dia, mas trinta anos depois. Mais precisamente, no banco de trás de um Toyota Auris.

— Obrigada, obrigada, obrigada! — Carol dava beijinhos na minha bochecha. Os dedos longos, ainda melados de Toblerone do Free Shop, seguravam o meu rosto com força. — Olha só para esse lugar! — e me largou, voltando-se para a janela do carro em movimento. — Aiiiiiii! Tô tão feliz, tão feliz!

O sorriso ia de orelha a orelha e, com o dia lindo colaborando, acabei sendo contagiada. Não havia uma única nuvem no céu azul, e a cidade do Porto nos saudava com muitas cores em suas construções, nas quais antigo e novo se fundiam em grande beleza.

— Eu nunca vou agradecer o suficiente por você me trazer aqui, Lisa.

— E não precisa — respondi. — Estou feliz de ter você comigo.

— Esses vão ser os melhores dias da nossa vida! — ela prometeu com o rosto colado ao vidro.

O motorista, mais uma vez, nos encarou pelo retrovisor como se fôssemos duas loucas. Na verdade, ele nos olhava com estranheza desde a saída do aeroporto. Não o condeno, estávamos mesmo mais eufóricas que o normal. Ele havia parado o carro para que uma senhora atravessasse a rua, próximo à comprida Praça da Liberdade, em direção à estação dos comboios São Bento. O apart-hotel, reservado poucos dias antes, ficava mais à frente, perto do Cais da Ribeira.

— Ah, olha ali o McDonald's que eu vi no Instagram! — Carol apontou. — Podemos parar aqui? Quero muito conhecer e estou com tanta fome!

— Sua primeira refeição na Europa não pode ser fast-food, Carolina.

— Ah, por favor, amiga, eu tô doida pra conhecer esse lugar — ela completou e, abrindo a porta, desceu do carro.

Eu me desculpei com o motorista antes de sair atrás dela. Pegamos as malas no bagageiro enquanto eu murmurava baixinho, ouvindo algumas buzinas e desaforos dos carros que ficaram bloqueados pela nossa súbita mudança de planos.

Atravessamos na direção do restaurante. As mesas do lado de fora estavam todas lotadas, e a maioria das pessoas ali pareciam ser turistas como nós. Passamos por entre algumas delas com nossas malas trepidando nas pedras da calçada até alcançarmos a porta.

Carolina sacou o celular do bolso do jeans e fotografou a fachada imponente do restaurante instalado no que um dia fora o Café Imperial, uma construção dos anos 1930. Agora, sob a grande estátua de um pássaro cuja espécie eu não consegui identificar, havia o nome da rede de fast-food mais famosa do mundo em letras douradas, acima da porta de entrada, onde duas pilastras sustentavam um grande arco de pedras e alguns vitrais.

— Não é à toa que chamam de "o McDonald's mais bonito do mundo" — ela pontuou enquanto conferia a foto.

— Você ainda nem viu por dentro.

— Mas olha só essa entrada! — E fez mais algumas fotos.

Um grupo de garotas francesas passou por nós, e a loira e mais alta delas esbarrou em meu ombro. Com meu francês enferrujado, compreendi parte do comentário feito para as amigas sobre *as duas idiotas que bloqueavam a passagem*.

Olhei para nossas bagagens no meio do caminho. Éramos *mesmo* duas idiotas bloqueando a passagem, com duas malas cada — uma de porão e outra de mão — e, para piorar, as minhas ainda tinham estampas de vaquinha. Senti o rosto esquentar.

Para que Carolina me fez descer do carro?

Faltava tão pouquinho para chegarmos ao apartamento, mas, com quatro malas e com as pedras das calçadas, o caminho seria longo. Ainda assim, me esqueci disso quando entramos no estabelecimento. A beleza interior do local me transportou para uma cena de novela de época das seis da tarde, com vitrais coloridos, lustres de cristal e espelhos por toda parte. Era uma bela distração que me fez esquecer também meu estado emocional nas últimas semanas. Uma pena que todo esse meu bom humor foi arruinado pelos fatos que ocorreram em seguida.

Filas longas e desorganizadas circundavam as telas de autoatendimento, obrigando-nos a ir direto ao balcão para fazer o pedido como nos velhos tempos.

— Deixa que eu peço — Carolina falou com um sorriso empolgado na voz.

Desde o momento em que tínhamos embarcado na aeronave da TAP, ela havia feito questão de ser a porta-voz das nossas férias e assim *falar com nativos*, como havia explicado aos risinhos logo no começo da viagem. E estaria tudo bem se ela não tivesse tanta dificuldade para entender o sotaque carregado do norte de Portugal, ou ao menos se me desse ouvidos em vez de cometer o erro número um dos brasileiros que visitam terras lusitanas pela primeira vez.

— Bom dia, moça. Dois trios do Big Mac, por favor.

— *Pá* comer cá ou *take away*? — perguntou a atendente do lugar numa tacada só e com a cara pouco amistosa.

— Desculpa, moça — disse Carol. — Não entendi...

— Vamos comer aqui — interrompi.

Do outro lado do balcão, a funcionária registrou o pedido na tela e, sem erguer os olhos para nós, lançou:

— Numerário ou cartão?

— Como é, moça?

— E ainda insiste com isso... Fogo! — murmurou a mulher para a colega ao lado e revirou os olhos.

— Vai ser no cartão — eu me intrometi de novo. Puxei o bendito cartão e o enfiei de uma vez na maquininha. Entre os dentes, expliquei a Carol pela segunda ou terceira vez que, para os portugueses, *moço* e *moça* significam *criado* e *criada*; logo, eles detestam ser chamados assim.

Quando os pedidos saíram, tudo ficou pior. Não achamos lugar para sentar, o que nos obrigou a permanecer de pé com as bandejas e malas no espaço abarrotado de turistas. A única coisa boa foi a limonada de morango geladinha para aplacar o calor. Bebi com o copo ainda apoiado na bandeja, as malas estacionadas entre mim e Carol. Mas, antes de consumir a metade da bebida, o copo despencou após um esbarrão em meu ombro, espalhando todo o conteúdo nos meus tênis novinhos.

— Acho melhor irmos embora — Carolina disse com um sorriso forçado. — Vou pedir pra embrulhar para viagem.

Instantes depois, nossos lanches intocados estavam guardados na mala de mão de Carol e deixamos o restaurante rumo ao destino do qual não deveríamos ter desviado. O apart-hotel em que nos hospedaríamos tinha uma localização privilegiada, em uma rua paralela ao rio Douro, próximo à Praça da Ribeira. Levaria só uns dez minutos de caminhada, porém o trajeto foi caótico como o previsto, considerando que éramos duas mulheres, quatro malas e duas bolsas a tiracolo driblando pessoas em uma ladeira com mais de um trecho em obras. Para piorar, havia os pombos, as intermináveis pedras da calçada, o sol quente e a minha enxaqueca de sempre martelando a cabeça de dentro para fora.

Tudo isso foi arrematado pela melodia de "Loucura", da famosa fadista portuguesa Mariza, cantada com todo o sofrimento típico daquele gênero musical por uma menina de cabelos cacheados fartos, acompanhada por dois instrumentistas, do outro lado da extensa rua. O som se erguia sobre nós, intensificando-se pelos alto-falantes de um equipamento improvisado.

Carolina se recolheu em um silêncio de culpa e se manteve atrás de mim por todo o trajeto. E eu a teria ignorado até chegarmos ao endereço, se ela não tivesse liberado um grito agudo e repentino.

Assustada, parei no meio da travessia de uma rua transversal e olhei para trás. Um pombo dava um voo rasante rente a ela, que havia largado as malas e se encolhido com as mãos sobre a cabeça. Ainda estava parada na calçada, beirando a esquina.

— É só um pombo! — gritei do meio da rua e ouvi uma buzina alta.

Virei-me depressa na direção do som e, em uma fração de segundo, um vulto veloz e amarelo me atingiu como flecha, enquanto um barulhão rasgava o ar acima do fado. O tempo parou, e os edifícios, de um lado e do outro da rua, começaram a escorregar em um ângulo de 45 graus. Tecidos das mais diversas texturas pipocaram para o alto, ao meu redor, indo em todas as direções numa explosão colorida e fluida sob o céu do Porto. A voz da minha amiga a gritar meu nome com um *i* bem comprido soou distante, sem fim, e outras tantas vozes dos transeuntes se somaram àquela, igualmente lentas.

Mas uma voz específica se sobressaiu. Próxima, forte e grave:
— *Aish*!*

A expressão conhecida dos muitos k-dramas a que já havia assistido foi a última coisa que ouvi antes de minhas costas se chocarem contra o chão e a dor irradiar por todo o meu corpo, fazendo o tempo finalmente voltar a correr da forma habitual.

Apertei os olhos para ajustar o foco.

Os edifícios não tinham escorregado, tampouco havia explosão de cores alguma. Na verdade, um homem em uma Vespa amarela acabava de atropelar a minha mala, e 23 quilos de roupas, acessórios, maquiagens, calcinhas e sutiãs foram espalhados pelos paralelepípedos largos, sobre os quais eu também caí, em uma confusão nada fluida de texturas e cores.

— Você é maluca, por acaso? — ele perguntou em inglês com sotaque coreano ao se colocar de pé, depois ergueu o veículo de duas rodas. — Por que ficou parada no meio da rua feito um poste? Poderia ter causado um acidente mais grave!

Dito isso, o homem tirou o capacete e jogou a franja para trás. Então, estendeu a mão com a maior naturalidade do mundo para me ajudar a me levantar, como se não tivesse acabado de mandar minha mala pelos ares ou me chamar de maluca.

— Idiota! — devolvi no mesmo idioma ao acertar a mão dele com um tapa e me levantei sozinha, dando alguns passos para

---

*Aish é uma romanização da palavra 아이씨, interjeição coreana que expressa susto ou reclamação.

trás. — Você apareceu do nada com essa coisa — apontei para a Vespa.

Ele deu dois passos largos até mim, o que deixava entre nós um espaço ridículo, de tão mínimo.

— Eu não apareci — defendeu-se, e o hálito de menta acertou o meu rosto.

Baixei os olhos para evitar o contato visual e, em um segundo, chequei as roupas de trabalho dele: calça jeans larga bem surrada, botas Caterpillar e um colete verde-musgo cheio de bolsos sobre uma camiseta cinzenta. Mas ele cheirava bem, como quem ainda não tinha começado o expediente. Usava um perfume cítrico conhecido cujo nome não me lembrei.

— Eu virei a esquina na mão correta e em velocidade adequada — prosseguiu —, mas uma doida qualquer estava parada no meio da rua.

O desaforo me obrigou a esquecer a proximidade. Voltei a encará-lo e me coloquei na ponta dos pés para olhar dentro dos olhos dele.

— Veja como fala comigo, você não me conhece! — o indicador em riste e o inglês despertando de um sono profundo.

Sustentando meu olhar, o homem ergueu o braço direito acima da minha cabeça, e eu prendi a respiração.

Olhei de relance para aquela junção de músculos rijos e veias sobressaltadas com uma grande cicatriz na parte interna, do pulso até quase a altura do cotovelo. Engoli em seco, tentando não me mover nem parecer assustada, então olhei de novo para o rosto dele.

O que esse cara está fazendo?, pensei sob a mira daqueles olhos escuros.

— Acho que isso é seu — ele disse num tom irônico ao desprender uma calcinha de renda azul-bebê consideravelmente grande que havia se enroscado na presilha do meu cabelo.

Tomei a peça da mão dele com tanta força que quase a rasgou, e a sombra de um sorriso surgiu no rosto daquele abusado.

Antes que eu pudesse descer a mão na cara dele, Carolina me puxou pelo braço, me fazendo desviar o olhar.

— Você está bem, amiga?

Atordoada, não respondi. Apenas comecei a recolher os meus pertences com uma das mãos enquanto a outra massageava a testa latejante. Extravasava em português e aos gritos toda a minha raiva, em contraste com Carol, que, em silêncio, se agachou ao meu lado e passou a me ajudar.

De repente, alguma coisa foi arremessada contra o meu rosto, cobrindo parcialmente a minha visão. Toquei a malha fria e a puxei para baixo. Era uma camisola de estampa de vaquinha, parte da minha coleção de pijamas nesse padrão.

A poucos metros, o cretino já montado na Vespa tinha no rosto um risinho irritante.

— Olha por onde pasta! — ele gritou em português, deu a partida e sumiu rua abaixo.

— IMBECIL!

Levou um bom tempo até minha amiga e eu recolhermos tudo e guardarmos na mala, que já não fechava. O zíper havia arrebentado durante a colisão, mas Carol resolveu o problema amarrando com os cadarços do tênis dela.

— É o mínimo que eu posso fazer depois de tudo o que causei — concluiu, e eu a encarei. — Desculpa, amiga. E deixa que eu levo pra você.

Tomei a mala da mão dela com um puxão e segui o caminho literalmente ladeira abaixo, sendo seguida por uma Carolina tão silenciosa quanto possível em meio a alguns *ais* e *uis* por conta de um ou outro obstáculo.

Chegamos ao nosso destino e, apesar do meu humor arruinado, não pude evitar parar por um instante para apreciar a fachada do edifício histórico e encantador em que nos hospedaríamos. Princesinha da Ribeira: uma construção de quatro andares revestida por azulejos cor-de-rosa. Pedra marfim tradicional portuguesa emoldurava cada uma das cinco janelas de madeiras brancas em todos os pavimentos, com vasos de flores coloridas pendurados nas sacadas. No segundo e no quarto andar, em vez de janelas, havia portas que davam para varandas cercadas de ferro forjado, e eu me lamentei mais uma vez por só ter encontrado vaga em um apartamento do terceiro andar.

Carolina não se conteve e passou à minha frente, adentrando a porta principal de madeira branca sob um dos arcos de pedra que davam para a rua e arrematavam a estrutura do térreo, como a maioria dos edifícios da rua. A pequena recepção em tons claros estava vazia, mas, como eu já tinha o código de acesso da porta que o gerente havia me enviado por e-mail, passamos direto para as escadas.

Vou pular o enfado causado por subir três lances de degraus com toda aquela bagagem.

— Uau! Quem diria que esse prédio antigo teria um apartamento tão moderno — Carolina comentou ao entrar na sala de estar em estilo industrial.

Eu a segurei pelo ombro.

— Paradinha aí! — e apontei para os pés dela.

Revirando os olhos, Carol tirou os tênis sem cadarços e os ajeitou junto à porta pelo lado de dentro. Largou a bagagem de qualquer maneira pela sala e correu para o quarto.

— Uma cama de casal? De que lado eu posso ficar?

A janela do quarto rangeu ao ser aberta por ela.

— Tanto faz! — respondi e esfreguei minha região lombar, dolorida pela queda de minutos antes.

Pinguei na mão duas gotinhas do óleo essencial de lavandas que sempre carrego na bolsa, esfreguei as mãos e inspirei o aroma para aplacar a enxaqueca. Abri a janela da sala e dei com as flores amarelinhas suspensas sob o parapeito, que ficavam no chinelo se comparadas com as que vi abaixo de mim na varanda do segundo andar. O chão da pequena sacada estava coberto por vasos de florezinhas lilases. Lavandas, para minha alegria. O dono ou a dona do apartamento mal conseguia andar por ali, eu supus, de tantos vasos que tinha, mas me proporcionava uma bela vista.

Fui até a cozinha, integrada com a sala, abri a geladeira, me servi de um copo d'água e tomei um analgésico, depois me encaminhei para o banheiro já abrindo o zíper da calça. Fechei a porta e tateei no escuro do cômodo sem janela à procura do interruptor. Como não o encontrei, tornei a abrir a porta para a luz natural entrar. Para a minha surpresa, não havia interruptor. Com a calça jeans arriada e de braços erguidos para cima, dei alguns pulinhos no cubículo para tentar acionar o acendimento automático. E nada.

— O que está fazendo? — Carolina questionou.

Ergui os olhos e a encontrei parada à porta aberta. Estava de braços cruzados e comprimia os lábios para não rir da cena.

— O que parece que estou fazendo?

— Pulando seminua num banheiro escuro?

— Não estou nada seminua! — Virei de costas e ergui minha camiseta comprida para comprovar, revelando a estampa de um *smile* amarelo sobre o tecido turquesa da minha roupa íntima. Em seguida, tornei a me virar para ela. — É a luz que não quer acender.

— Quer que eu vá ver na recepção?

— Não tinha ninguém lá. Já vou enviar uma mensagem para a gerência. Agora pode me dar um pouco de privacidade, por favor?

Carol deu uma risadinha e foi em direção ao quarto. Tirei o celular do bolso da calça, busquei o contato "Edifício Princesinha da Ribeira" e enviei uma mensagem.

"Não há problema algum com a luz da casa de banho", foi a resposta que recebi da administração do prédio.

— Mas o quê? É claro que há! — falei em voz alta ao digitar com fúria: — "A luz não acende."

"Garanto que acende", a pessoa tornou a responder.

Na minha nova mensagem, insisti que enviassem alguém para checar e solucionar o problema.

Minutos depois, duas batidas à porta.

Corri para abrir e...

— Você? — escapou dos meus lábios. O homem da Vespa, sem mostrar qualquer espanto ao me ver, tirou as botas e entrou.

2
Apresentações

Uma pena que, dentre todos os coreanos do mundo, eu fui logo conhecer o mais mal-educado de todos. Ao menos ele mantinha o bom hábito de entrar em casa sem os sapatos de rua. Caminhou até o banheiro e acendeu a luz pelo interruptor. Que fica. Do lado. De fora. Uma memória foi desbloqueada no mesmo momento, e eu me lembrei desse costume português.

— Quem coloca o interruptor do lado de fora? — Carolina perguntou com espanto.

O homem se virou para nós e, com um sorriso condescendente, respondeu:

— Todos os portugueses. Mais alguma coisa?

Respirei fundo e disse que não, fingindo não notar as covinhas fofas em ambas as bochechas dele.

— Está certo — ele disse. — E acho que não começamos bem, então peço desculpas pela grosseria de antes. — E se curvou para a frente com a mão direita sobre o peito. — Eu levo os cuidados no trânsito muito a sério e fiquei fora de mim com a imprudência da senhorita.

— Minha imprudência? — elevei a voz um pouco demais, e Carolina forçou um pigarro, então respirei fundo, apertei os lábios por um momento e só depois completei: — Desculpas aceitas.

À minha fala, seguiu-se um silêncio embaraçoso durante o qual nenhum dos três se encarou.

— Não vai se desculpar também, senhorita Vaquinha? — o cara da Vespa quebrou o silêncio.

— Como é? — cruzei os braços.

Inexpressivo, prosseguiu:

— A julgar pelas malas e a quantidade de peças de roupa com estampa de vacas, creio que a senhorita seja uma admiradora do animal.

— Você me mandou pastar! — eu me lembrei e apertei as mãos fechadas ao lado do corpo.

Como amante de doramas, preciso dizer que sempre imaginei que, se um dia finalmente conhecesse um coreano bonitão da minha idade, ficaria encantada. Mas, em vez disso, aquele lá me deixou furiosa. De novo.

Ele fechou os olhos e levou a mão ao peito, inclinando o tronco de leve para a frente outra vez.

— Eu sinto muito mesmo. Não vai se repetir, senhorita Vaquinha — e voltou a sorrir.

— É Monalisa! — avisei entre os dentes, com a mandíbula travada de raiva e a cabeça estourando, como sempre, por isso voltei a massagear as têmporas.

Se não fosse de outro país, eu teria dado um murro na cara dele por me chamar assim, mas decidi lhe dar um desconto. Por certo não sabia o que significa para uma brasileira ser chamada de vaca.

— João — disse ele apontando para si próprio. — Gerente do Princesinha da Ribeira. A vosso dispor, senhoritas.

— Muito prazer — respondi, tão ranzinza quanto surpresa. Eu esperava qualquer nome, menos aquele. — E não nos chame de senhoritas, parece que estamos no século passado. Pode nos tratar por tu.

João assentiu e, logo depois, minha amiga se aproximou com a mão estendida.

— E eu sou a Carolina.

— *É uma menina bem difícil de esquecer...* — ele cantarolou enquanto a cumprimentava, arrancando dela uma risadinha.

Aquela traidora.

— Você conhece Seu Jorge! — disse, derretida.

O gerente inclinou a cabeça para o lado.

— Os portugueses consomem muita música brasileira — ele afirmou. — É quase impossível morar aqui e não conhecer. Enfim, espero que tenham uma excelente estadia. Podem chamar sempre que tiverem uma emergência *real* — enfatizou e, pedindo licença, saiu.

Corri e fechei a porta com força, murmurando:

— Que cara mais irritante!

Quando me virei de volta, Carol me olhava com a boca franzida em um biquinho sugestivo, os braços cruzados como havia feito à porta do banheiro antes de o gerente chegar.

— Que é? — perguntei.

— Quais eram as chances de você ser atropelada por um coreano, em Portugal, e ele ainda ser o gerente do nosso hotel? — questionou com um sorrisinho, e eu bufei. — Fala sério! Você tem de admitir que esse foi um *meet-cute** dos bons!

— Uma ova, Carolina! E a culpa é toda sua.

— Ok, ok... — Ela pegou a bagagem e foi em direção ao quarto. Antes de entrar, porém, se voltou para o corredor e gritou:

— Mas agora você tem um dorama pra chamar de seu! — E, aos risinhos, fechou a porta.

---

* *Meet-cute*, traduzido para o português como "encontro fofo", é um termo inglês comumente usado por roteiristas para se referir a uma cena em que duas pessoas se encontram pela primeira vez, normalmente em circunstâncias incomuns, bem-humoradas ou fofas.

3
Antes do pôr do sol

A mesma Carolina que havia me feito descer do Uber antes do destino final porque precisava desesperadamente turistar, se rendeu ao cansaço pós-voo e dormiu. Eu tomei mais um analgésico e, depois de um longo banho, arrumei meus pertences no guarda-roupa ao som dos roncos dela.

Passei o resto da tarde descansando no sofá enquanto colocava os doramas em dia e, por volta das oito, saí para fazer o que ansiava desde o momento em que comecei a planejar essa viagem. Na verdade, era para não perder a hora que eu não tinha ido dormir também.

Saí de fininho para não acordar Carol. Queria mesmo ir sozinha. A passos apressados e de olho no aplicativo do mapa, fiz o caminho pelas vielas estreitas até a ponte D. Luís I. Essa construção do século 19 é o principal ponto turístico da região e uma das seis pontes que conectam as cidades do Porto e Vila Nova de Gaia sobre o rio Douro. Eu quis desacelerar para apreciar melhor a estrutura em arco de dupla plataforma banhada pela luz do sol poente, mas precisava correr se quisesse chegar a tempo.

Apertei um pouco mais o passo, driblando as pessoas que transitavam pela parte inferior da ponte e os turistas parados posando diante do espetáculo da hora de ouro. Ao fim da travessia, restavam ainda alguns bons minutos de subida até a Igreja da Serra do Pilar, mas não desanimei. Segui caminho acima tão rápido quanto possível e, um pouco mais suada que no início da jornada, cheguei ao mirante da igreja histórica, construída no alto de um dos morros às margens do rio Douro.

Aproximei-me da grade, ofegante, e suspirei diante da vista. Lá embaixo, estava a ponte com seu arco metálico imponente. Atrás dela, a cidade do Porto, colorida por prédios similares com inúmeras janelas quadradinhas brilhando sob o pôr do sol. As águas do rio dourando-se com os raios incidentes ganhavam pontilhados áureos conforme as luzes da cidade se acendiam. Havia muitos barcos atracados às margens, de um lado e do outro, em tamanhos variados. Uma brisa fazia subir o cheiro doce das cafeterias, que se misturava à maresia das águas salgadas não muito distantes, e balançava as árvores ao redor da igreja.

Então fui transportada dezessete anos no tempo, quando minha versão adolescente havia encontrado, naquele mesmo lugar e vista, gotas de encantamento em meio a um oceano de dor causado pelo luto; como um bálsamo vindo dos céus.

Alguns casais apaixonados prendiam cadeados às grades do miradouro, e as dezenas de turistas se apertavam sobre elas buscando a foto perfeita da paisagem.

Mas não eu.

— Obrigada — falei baixinho para o céu rosa e laranja acima de mim em uma oração de gratidão.

Embora meu peito ainda pesasse pela falta dos meus pais, eu sentia o cuidado do Pai celestial, que havia me encontrado no meu caos e nunca me desamparava. Eu não era a mais grata das filhas todos os dias, nem a mais piedosa, mas estava consciente de que ele me via além dos meus erros e fracassos. Aquele pôr do sol era mais uma das provas de seu inexplicável amor.

Quis dizer mais algumas palavras, mas nada parecia ser o bastante para expressar o que havia em meu coração. Como eu poderia retribuir tudo o que Cristo tinha feito por mim ao longo de três décadas de vida?

Só o que consegui produzir foram algumas tímidas lágrimas. Funguei o nariz e peguei o lenço de papel que pairava no ar diante dos meus olhos, então sequei o rosto. No meio do movimento, despertei do transe. *Lenços de papel não pairam no ar desse jeito!*

Virei para a esquerda e ali estava o gerente João, olhando a cidade lá embaixo por sobre o meu ombro. Abri a boca, desacreditada, e posso dizer que paralisei nesse estado até o momento em que ele se virou para mim com aquele olhar simpático inesperado.

— Você me seg...

— A palavra que a senhorita está a procurar é *obrigada* — ele me interrompeu, quebrando o momento de torpor. — E não acha que tenho coisa melhor para fazer além de segui-la?

— Aparentemente, não.

— Vim trazer alguns turistas — ele apontou para o pequeno grupo pouco mais adiante.

— É guia, por acaso?

— Sempre que posso — respondeu com um sorriso convencido, revelando o chiclete entre os dentes no cantinho da boca. Desviei os olhos do rosto dele. — Da próxima vez, se quiser aproveitar a paisagem ao máximo, chegue aqui quinze minutos antes. O quarto de hora que antecede o pôr do sol é a hora mais bonita do dia. Dizem que o quarto de hora depois dele também é, mas eu prefiro o antes ao depois.

Esse cara não vai fechar a matraca?, era só o que eu conseguia pensar enquanto olhava para alguns fios do cabelo negro desalinhados no topo da cabeça dele.

— Certo. Eu vou indo, então — respondi com pressa, ansiosa para pôr um fim ao monólogo. Então me virei e dei os primeiros passos para o caminho de volta, o lenço de papel embolado em minha mão.

— Senhorita Vaquinha? — João chamou.

Cerrei os dentes e, apertando com mais força a bolinha de papel, virei-me de volta para ele.

— Não me cham...

— Ah, sim, preferes o *tu* — ele forçou um tom de voz amistoso, como se a formalidade fosse o grande problema em questão. — Quando *tu* chegares ao outro lado da ponte, siga pelo Cais da Ribeira até a praça e depois suba em direção ao prédio pela Rua dos Mercadores. Esse caminho é mais iluminado e mais seguro que passar pelas vielas. Sempre podem aparecer bêbados mal-intencionados.

— Ok — respondi ao dar alguns passos para trás.

— Gravaste o caminho? — ele perguntou. Sustentava no rosto uma expressão séria.

— Cais, praça, Rua dos Mercadores — repeti antes de dar as costas e me afastar de vez, triste por ter que dar adeus àquela vista.

Cheguei de volta ao outro lado da ponte pouco depois das nove e meia da noite, mas parecia seis da tarde. O Cais da Ribeira estava abarrotado de gente, que andava sem pressa pelo calçadão e pela rua de pedras entre o rio e as dezenas de mesas dos restaurantes ribeirinhos.

Comprei uma Coca-Cola em um bar menos cheio e ajustei meu passo ao ritmo preguiçoso da maioria, me permitindo curtir aquela noite fresca de fim de primavera. O verão chegaria em breve e os dias seriam ainda mais longos, para melhorar o que já me parecia perfeito. Lancei dois euros ao chapéu de um pintor cercado de outros admiradores como eu. Ele retratava em tinta a óleo um dos barcos atracados, com a ponte em segundo plano, já bem distante.

Ergui os olhos para checar o realismo do quadro e confirmei que havia me afastado bastante da ponte e da Praça da Ribeira, mas não me incomodei em refazer o caminho tão rápido. No mesmo ritmo vagaroso, apreciei tudo ao meu redor enquanto caminhava na direção inversa até chegar à praça, onde me sentei e ouvi oito das músicas cantadas por um rapaz muito talentoso. Uma seleção dos anos 1980 e 1990 muito bem executada por sua voz doce e seu violão.

O toque do meu iPhone interrompeu o refrão de "Don't Stop Believin'", do Journey. Era Carolina.

— Onde você está, Monalisa? Já é quase meia-noite!

Afastei o celular da orelha para ver o relógio e conferi que ela dizia a verdade.

— Desculpa, amiga, me distraí. Chego aí em um instante.

Levantei-me rapidinho e subi a Rua dos Mercadores conforme o Sr. Gerente havia sugerido. O caminho não só acabou por ser mais iluminado e seguro, mas também mais rápido. Pensava no jeito de sabichão daquele cara irritante quando entrei no Princesinha e o vi atrás do balcão da recepção, mexendo no computador e mascando chiclete.

— Ainda aqui?

— Ainda na rua? — ele devolveu.

Ajustei a alça da bolsa sobre o ombro e me preparava para responder "não é da sua conta", quando João completou:

— Espero que a senhorita tenha, ao menos, seguido o caminho que sugeri.

— Espero que esse não seja o mesmo chiclete daquela hora — retruquei com a sobrancelha erguida.

Ele deixou uma risada escapar pelo nariz e disse:

— A embalagem vem com mais de um, sabia?

Dei de ombros.

— E, então, seguiu ou não?

— Segui, sim. Obrigada pela dica — falei, contrariada.

João deu um sorriso enviesado, meio convencido, revelando uma das covinhas.

— E jantaste?
— Por que quer saber?
— Alimentar-se é importante — ele moveu a cabeça em sinal positivo para enfatizar.
— Eu comi, sim — respondi, apesar de a tal refeição ter sido muitas horas antes e, para me matar de vergonha, meu estômago roncou alto.

Timing perfeito!

Ele prendeu os lábios para não rir, e eu avancei em direção à escada enquanto massageava a testa, pois a enxaqueca ameaçava voltar.

— Uma boa noite para ti *também* — ironizou.

Revirei os olhos e dei meia-volta para vê-lo.

— Boa noite — falei entre dentes.

Em resposta, João levou a mão ao peito e inclinou o tronco para a frente.

— Obrigado — respondeu com ironia e voltou a corrigir a postura. O movimento fez o cabelo liso e escuro se espalhar e cobrir toda sua testa. Com uma das mãos, jogou-o para trás, obrigando a franja farta a se repartir de novo e formar uma mecha um pouco mais volumosa do lado esquerdo.

Fiquei presa no primeiro degrau enquanto observava a cena: os fios do cabelo se assentando, as covinhas se intensificando, os olhos desprezíveis soltando aquele brilho sardônico inconfundível. Então o sino de uma igreja próxima tocou as badaladas da meia-noite e João me desejou feliz aniversário.

Balancei a cabeça para fazê-la voltar a funcionar.

— Como é?

— Feliz aniversário — ele repetiu. — Já é quatro de junho.

Minhas sobrancelhas se uniram no centro da testa.

— Como você sabe?

— Os teus dados estão no *registo* de hóspedes, e eu tenho uma memória muito boa.

Coloquei as mãos na cintura.

— E a lei de proteção de...

— Os dados estão perfeitamente protegidos, só eu tenho acesso — ele garantiu, levando a mão ao peito outra vez.

— Quer parar de me interromper?

— Não tenho culpa se sou obrigado a conferi-los e se minha memória é boa — prosseguiu, ignorando o meu pedido. — E por amor de Deus! Não podes só aceitar as minhas felicitações?

Eu soltei o ar pela boca com força.

— Obrigada — respondi.

João anuiu com um sorriso no canto dos lábios, como quem ganhava a pequena discussão.

— E bem-vinda aos trinta! — completou.

— Você se lembra do ano também?

— Memória boa demais — repetiu ao apontar para a própria cabeça e me lançou uma piscadela.

O gesto fez meus lábios se entreabrirem, e os cílios varreram o ar várias vezes enquanto eu dizia:

— Pois é, que droga... — a voz num tom frívolo. Para piorar, guardei uma mecha de cabelo atrás da orelha. — Sim, trinta anos, infelizmente.

— Nunca mais repitas esta asneira! — repreendeu-me o Sr. Gerente de imediato, saindo de trás do balcão. O movimento repentino me fez estremecer. Ele caminhou até a escada, e eu, por precaução, subi de costas mais um degrau. Àquela curta distância, João mirou duramente os meus olhos e disse: — A única alternativa a envelhecer é morrer, e tu não queres isso.

Engoli em seco e, sustentando o olhar desafiador dele, respondi:

— Isso não é da sua conta.

João não retrucou nem se moveu. Manteve os olhos escuros daquela forma inquietante, como se estivessem à procura de algo, e, sentindo meu rosto queimar, cedi e desviei o olhar para os meus pés, a um degrau de distância dos dele.

— Sinto muito — disse o Sr. Gerente, por fim, em um tom mais ameno, me obrigando a erguer os olhos outra vez.

— Pelo quê?

Ele subiu o primeiro degrau em minha direção, encurtando ainda mais a distância entre nós.

— Por quem a senhorita perdeu — falou com a voz baixa e solene, quase carinhosa, eu diria, mas que me atingiu como um jato de água gelado e repentino, congelando meus lábios por um instante.

O rumo que a conversa havia tomado não era apenas inesperado, mas também um grande inconveniente. Eu não queria passar os primeiros minutos do meu aniversário com um completo estranho e muito menos falando sobre as minhas perdas.

— Você é sempre tão intrometido assim? — cruzei os braços diante do peito. — E está me chamando de senhorita de novo!

Ele desceu o degrau com um passo para trás.

— Peço desculpas — falou baixando a cabeça brevemente.

Eu não respondi. Apenas dei as costas e subi a passos largos os três andares para o meu apartamento.

4
A idade do sucesso

Carolina me esperava no sofá e cantou parabéns assim que entrei. Depois, é claro, quis saber onde eu estava. Contei a ela um resumo do passeio, omitindo o momento com Deus no miradouro e os encontros com o Sr. Gerente.

Após uma boa noite de descanso, o dia do meu aniversário foi recheado de passeios por alguns dos principais pontos turísticos da cidade, uma rápida passada no shopping e muitas fotos feitas pela minha companheira de viagem, já que eu estava dando um tempo das redes sociais.

— O que acha dessa pulseira? — Carol ergueu uma delicada corrente prateada com uma placa redonda no centro. Acabávamos de entrar nessa loja com diversos tipos de acessórios.

— É bonita — respondi e peguei o celular para verificar o grupo do trabalho.

— E tem esse espacinho para gravar! — ela disse ao apontar para a plaquinha e, empolgada, completou: — Vou comprar duas para a gente!

— Não estamos muito velhas para pulseiras da amizade? — questionei sem erguer os olhos.

— São só pulseiras iguais. Deixa de ser chata. Vamos! — Ela agarrou meu braço e me arrastou até o balcão. — O que quer gravar na sua?

Olhei para cima e, ao encarar o inexpressivo atendente, abri um sorriso. Minha mente se iluminou naquele momento. Já fazia um tempo que eu sentia vontade de fazer uma tatuagem específica, mas no fundo sabia que nunca teria coragem para isso. Então gravar a palavra que eu tinha em mente numa pulseira, em vez de na pele, seria a solução perfeita.

— *Jeong*.

— É o quê?

— É uma palavra coreana, Carolina. — E me voltei para o meu aparelho a fim de digitar algumas instruções importantes para o pessoal da agência.

— Isso eu imaginei, mas o que quer dizer?

— Não tem tradução específica — falei devagar em meio à digitação da mensagem. — É difícil de explicar o significado.

Carol tomou o celular da minha mão, o que me obrigou a olhar para ela.

— Quer parar de trabalhar nas férias? — protestou. — Deixamos tudo muito bem programado, e eles vão pedir socorro se algo der errado. E agora você pode pelo menos *tentar* explicar o que é esse troço que você quer gravar no meu presente?

Eu estalei a língua no céu da boca.

— O presente é pra mim ou não?

— Não vou te dar uma coisa que não entendo — ela levou as mãos à cintura, as pulseiras pendendo rente ao tronco e o meu celular do outro lado. — Explica logo.

— Então... — suspirei. — *Jeong** é uma conexão, uma força que une duas ou mais pessoas, e envolve vários tipos de sentimentos,

---

*Jeong é uma romanização da palavra coreana 정. Assim como a palavra "saudade" não possui uma tradução idêntica em outras línguas, o significado de *jeong* também não tem uma tradução exata em outros idiomas, mas se aproxima de um sentimento de conexão emocional profunda entre as pessoas. Esse vínculo pode ser entre amigos, familiares ou até mesmo com um lugar, natureza ou objeto.

sabe? Como amor, carinho e lealdade, por exemplo. É basicamente isso e... me faz lembrar dos meus pais — falei baixinho essa última parte.

Ela me fitou em silêncio, sem expressar nada além de duas piscadinhas.

— Gostei — disse, por fim, e me devolveu o celular. — Vão ser duas pulseiras *jeong*, então.

Prendi o riso e apontei com a cabeça para o rapaz do outro lado do balcão, que nos encarava com expectativa. Depois de anunciar o que queríamos gravar, mostramos uma foto que achamos no Google com a inscrição em *hangul*, o alfabeto coreano, e ele reproduziu o símbolo em ambas as peças, que saíram da loja em nossos pulsos.

— Obrigada. — Balancei o braço para apreciar meu presente. A prata cintilante contrastava lindamente com a minha pele parda. — Eu amei.

Carol encostou a pulseira dela na minha e fez uma foto.

— Agora temos *jeong* e estaremos sempre conectadas.

Eu sorri para ela e retomamos o passeio pelo shopping.

Voltamos ao apê para nos trocar e terminamos a noite da melhor forma possível: em uma churrascaria coreana que ela havia encontrado no Instagram. O restaurante ficava do outro lado do rio Douro, no final do cais de Vila Nova de Gaia.

— Você amou? Amou, né? Fala a verdade! — Carol disse, animada, conforme subíamos as escadas para o segundo andar.

É claro que eu tinha amado, mas não consegui verbalizar isso enquanto olhava ao redor para capturar cada detalhe da ampla área com vista para o rio e a ponte principal.

Nos sentamos a uma das mesas sob o teto de vidro. Sobre nós havia as estrelas, e as centenas de luzes dos prédios coloridos brilhavam da outra margem. O céu estava limpo, e o meu coração, grato.

— Obrigada. De verdade — falei com um sorriso amplo no rosto.

Ela sorriu de volta e pediu ao garçom uma tábua com as comidinhas que grelharíamos.

— Isso é tão divertido — ela disse mais tarde enquanto cortava a carne com uma tesoura. — E prático, também!

Comemos muita carne embrulhada em folha de alface, dentre outros grelhados. Depois, Carol me surpreendeu com um pequeno bolo, que o garçom me entregou com uma vela acesa. Minha amiga tirou da bolsa um chapéu cônico de papel dourado e o desdobrou.

— Coloca isso! Combina com seu vestido — ordenou aos gritos por cima do "Parabéns *a* você" que o rapaz e outros clientes começaram a cantar em coro.

Obediente, deixei o bolo sobre a mesa e vesti o chapeuzinho dourado. Eu usava uma réplica fiel do icônico vestido colorido de Jenna Rink em *De repente 30*. Se tinha de chegar à "idade do sucesso", que fosse com algum humor. Abri um enorme sorriso e, com o bolo outra vez nas mãos, posei para a câmera do meu celular na mão da Carol.

— Como é mesmo o teu nome? — o garçom se abaixou para me perguntar no meio da canção.

— Monalisa — eu gritei enquanto cantavam a extensa versão portuguesa da canção de aniversário.

Então ele voltou a cantar:

— *Hoje é dia de festa, cantam as nossas almas. Para a menina Monalisa, uma salva de palmas!*

As pessoas aplaudiram, e eu soprei a velinha debaixo de alguns escandalosos assobios que só a Carol é capaz de dar. Quando o burburinho diminuiu e deixamos de estar na mira das mesas ao redor, brindamos ao meu novo ano de vida.

— Jovem pra ser velha... — falei com a taça erguida.

— E velha pra ser jovem!*— ela completou, e nossas risadas cobriram o tilintar dos vidros.

*Versos da canção "Aquela dos 30", de Sandy, lançada em 2013.

5
O misterioso Sr. P

Mais tarde naquela noite, de volta ao edifício Princesinha da Ribeira, Carol se jogou no sofá e gritou:

— Tô exausta! — E atirou as rasteirinhas para o alto.

— Shiiiiiiu! — respondi enquanto apanhava no ar cada um dos pés da sandália para evitar uma colisão com o abajur e uma escultura perto da parede. — Já tá tarde, sua maluca. Os vizinhos! Nem todo mundo tá de férias, sabia?

Ela torceu o nariz e abanou o ar.

— Ah, verão europeu, você ainda nem começou e eu já te considero tanto! — completou ao coçar um dos olhos, criando um borrão preto na pálpebra. — Bom demais chegar em casa à meia-noite depois de curtir o sol pelas ruas do Porto até as nove!

Andei até a porta de entrada do apê, me abaixei e pousei as sandálias ao lado das minhas, no lugar onde deveriam ficar por uma simples questão de higiene e decência. Depois, caminhei para o banheiro para fazer meu *skin care*.

— Me envia aquela foto sua com o chapeuzinho de aniversário que eu tirei no restaurante? — Carol disse no mesmo tom de voz que me havia feito reclamar menos de um minuto antes. — Preciso postar uma homenagem no Instagram antes que o dia termine.

— Já passa da meia-noite, Carolina.

— Não no Brasil.

Revirei os olhos para o espelho, prendi o cabelo em um coque e, para impedir que a franja atrapalhasse o processo, usei uma faixa aveludada com estampa de vaquinha. Lavei o rosto com espuma de limpeza e finalizei com água micelar em discos de algodão, comprados aos montes na Primark.

— Me envia logo, Lisa! — Carol repetiu depois de alguns bons minutos em silêncio.

Cheguei a pensar que a tal homenagem fotográfica tinha sido esquecida, mas não.

— Para de gritar, Carolina! — Coloquei a cara no corredor para que ela pudesse ouvir o sussurro. — E pra que você quer me homenagear no Instagram se eu tô bem aqui, do seu lado?

— Porque não existe só você no mundo, e as pessoas podem pensar que sou uma péssima amiga se eu não postar nada, então manda logo de uma vez.

— Mas eu nem tô usando Instagram por esses dias, lembra?

— Mesmo assim!

Voltei para dentro do banheiro respirando fundo. Apliquei o sérum e, vencida, busquei pela foto na galeria do celular.

Ali estava, e tinha ficado de tirar o fôlego. O rio Douro, a ponte D. Luís I e o cais do Porto ao fundo. Meu tom de pele marrom-claro se destacava com as cores do vestido, e, embora eu nunca vá admitir, até que me achei bem fofa com o chapeuzinho cônico dourado típico de aniversário que a Carol havia me obrigado a usar. O sorriso largo parecia ainda maior enquanto eu segurava meu minibolo com uma velinha acesa.

Abri o AirDrop rapidamente. Foto enviada, joguei o celular de lado e voltei a me concentrar em aplicar um creme para a região dos olhos.

— Envia logo essa bendita foto, Monalisa!

Achei que tinha me livrado da perturbação dela, mas, pelo jeito, eu estava enganada.

— Já enviei! — respondi no mesmo tom, contra todo o bom senso, e coloquei de novo a cabeça para fora do banheiro. Carolina ainda estava largada sobre o sofá feito um saco de batatas com braços, pernas e um celular. — Presta atenção!

Ela olhou para o celular com o cenho franzido e depois para mim.

— Enviou nada! Manda logo.

— Enviei pelo AirDrop, cara! Que chatice!

Ela ficou de pé e caminhou até o banheiro.

— Nossa! Precisa falar assim? Mas, olha, tem alguma coisa errada porque a foto não chegou.

Eu a encarei através do espelho. Estava parada atrás de mim com o cabelo longo e loiro grudado no pescoço suado. Desviei os olhos para o meu iPhone, que descansava na bancada de mármore escuro da pia.

— Como não? Você até aceitou...

— Não aceitei, não.

De repente, meu celular vibrou.

Carolina e eu nos abaixamos em um movimento abrupto e sincronizado. Na tela bloqueada, lemos a seguinte notificação:

Sr. P deseja compartilhar uma foto.

Nós nos levantamos devagar e nos encaramos pelo espelho. Os quatro olhos arregalados com a percepção do que havia acontecido.

Minha mente se esforçou para se lembrar de ter enviado a *minha* foto para "iPhone de Carolina", mas não teve sucesso. Eu só conseguia ter certeza de que havia clicado no primeiro ícone redondo que tinha aparecido como opção de envio pelo AirDrop. Engoli em seco e, totalmente imóvel, encarei a notificação.

Carolina elevou o aparelho à altura dos meus olhos, e a tela foi desbloqueada. Sobre a imagem de fundo e os ícones de aplicativos do meu celular, agora brilhava o pop-up de outra foto menor, na qual se via um teto de concreto e parte de um lustre de trilho preto parecido com o da sala do apartamento em que estávamos hospedadas. Por cima da imagem, uns rabiscos feitos por uma caneta digital.

Senti o rosto queimar de vergonha, mas meu polegar curioso aceitou o recebimento só para reler em tamanho maior as felicitações vindas de um completo estranho.

"Feliz aniversário, menina do 33!", foi escrito com letras feitas às pressas.

— Ai. Meu. Deus. Amigaaaaaaaaaa! — Carolina berrou perto demais da minha orelha. Nem sequer tive forças para tornar a pedir que baixasse a voz. Eu mesma estava gritando, só que por dentro. — Quem será que é esse tal Sr. P? — Ela cobria a boca e tinha os olhos arregalados. — Parece nome de personagem desses doramas que você gosta!

Não respondi. Meus lábios estavam temporariamente incapazes de emitir qualquer som enquanto o cérebro inchava dentro da cabeça, cheio de toda espécie de pensamentos. Massageei as têmporas aos primeiros sinais de que uma enxaqueca estava por vir. Eu me recusava a acreditar que essa tagarela me havia feito enviar uma foto minha para um dos vizinhos. Que tinha me chamado de "menina", não de "moça". Fosse quem fosse, Sr. P não era um dos outros brasileiros imigrantes no edifício, mas sim um português, o que o tornava bem mais difícil de identificar.

— Será que é um portuga bonitão? — Carol quicou as sobrancelhas.

Uma risada nervosa escapou da minha garganta. Esfreguei meu rosto hidratado e levemente ruborizado.

— O que você vai fazer? — perguntou a descarada.

— Ué, Carolina. Nada!

— *Ué, Carolina...* — debochou, então me pegou pelos ombros e me girou para ficarmos frente a frente, do jeitinho nada meigo de sempre. — Envia alguma coisa de volta pra ele.

Abri a boca, mas por um segundo não consegui dizer nada.

— Pra quê?

— Ué, Monalisa! — Ela revirou os olhos. — Pra gente descobrir quem é o Sr. P. Vai aparecer a foto de perfil dele, o que você não viu da primeira vez.

— Ah. Tá... — falei com uma careta desdenhosa e me virei de volta para o espelho ao largar o celular outra vez sobre o mármore frio. Destampei o hidratante labial e, com o pequeno bastão pairando no ar, ensaiei: — *Olha, me desculpa por ter te enviado uma foto minha por engano, mas pode me dizer quem é você?* Vou parecer uma maluca! — concluí e besuntei os lábios.

— Você já parece, amiga, mas não precisa fazer assim. Sei lá, só pede desculpa pelo engano e agradece os parabéns.

Devolvi o hidratante à nécessaire e voltei a encarar Carolina pelo espelho. Nem podia acreditar que estava mesmo considerando aceitar um conselho da pessoa que havia me colocado na confusão. Fazer o quê? Eu também estava curiosa para saber quem era o cara.

— Você acha?

Ela estalou a língua nos dentes e pegou o celular de novo.

Imóvel, eu assisti a minha amiga tirar uma foto do chão e depois escrever sobre a imagem o que acabara de sugerir como resposta. Ela salvou as alterações e clicou no ícone de compartilhamento. Sr. P logo apareceu como sugestão de destinatário, mas, para a nossa frustração, não havia foto, só aquela silhueta cinzenta padrão do sistema.

Antes que uma de nós pudesse lamentar, ela completou o serviço e enviou a foto-mensagem, ou seja lá qual fosse o nome daquilo, que logo foi aceita.

— Por que você fez isso? — questionei com a voz estrangulada pelo desespero misturado com frenesi juvenil.

— Esse cara agora tem uma foto sua na galeria, mas você não faz ideia de quem ele é. Quem identifica o próprio celular como Sr. P e não usa foto?

Um arrepio percorreu meus braços.

— É um pouco sinistro — constatei.

— Mais um motivo pra tentar descobrir. Talvez, dando mais corda, a gente consiga alguma pista.

Eu assenti com uma determinação exagerada, e nós nos mantivemos paradas diante do espelho do pequeno cubículo que alguém havia ousado chamar de *casa de banho* enquanto encarávamos a tela do iPhone, que mais uma vez havia sido posto sobre a bancada da pia.

Esperamos uma nova foto-mensagem como resposta por um, dois, três minutos inteiros.

Cansada de esperar, Carolina decidiu tomar banho e me chutou para fora, mas deixou a porta entreaberta para que eu pudesse ouvir as conjecturas dela a respeito da identidade do homem misterioso. A empolgação da minha amiga crescia à medida que listava as possibilidades, indo da maravilhosa opção "bonitão recém-chegado ao apartamento 12" que vimos pela manhã na recepção a "um grande pervertido".

E a minha diminuía.

Depois dela, tomei banho lavando do pescoço para baixo, mas sem direito a nem um pinguinho de privacidade, já que a *querida* entrou de novo no banheiro e tagarelou mais um pouco sobre o assunto da vez.

Vesti o pijama de alcinhas e me deitei ao lado dela, que já havia ido tão longe, que agora discorria sobre os perigos da manipulação de imagens através de inteligência artificial.

— Respira, Carolina.
Ela se virou para mim.
— Ah, fala sério. Até parece que não tá curiosa pra saber quem ele é.
Desviei o olhar para o teto.
Sim, eu estava. É claro que estava. Estava muito. Estava demais. Mas quase uma hora havia se passado sem retorno do Sr. P. Isso significava que ele não tinha interesse em mim. Por um lado, era positivo. Não se tratava de um pervertido. Por outro, ficou claro que a foto não havia despertado nele a menor vontade de manter conversa para além de uma felicitação educada à trintona do apartamento 33. No fim das contas, eu é que parecia a pervertida da história e, dentro do meu pijama de vaquinha, quis sumir do mundo. Mas só me restava cobrir a cabeça com o lençol que dividia com Carolina na cama *king-size* e reprimir um gemido de vergonha.

Por mais patético que fosse, a mais remota possibilidade de um paquera secreto servira para me lembrar de que o romance andava de mal comigo e que o felizes para sempre se afastava a passos largos.

— Está na hora de dormir — foi tudo o que consegui dizer ao traçar pequenos círculos por toda a testa, que a essa altura já latejava.

Como quem me conhecia melhor do que eu mesma e sabia bem para onde as vozes da minha cabeça tinham me levado, Carol puxou o lençol para ver o meu rosto, e eu bufei.
— Também é hora de esquecer o Sr. B — disse ela.
— B?
— É. Sr. Bobão, aquele que nunca te mereceu.

6
Café amargo

Dois meses antes.

Lágrimas grossas rolavam pelo meu rosto e se fundiam com a gosma transparente que escorria do nariz enquanto eu sentia o piso frio do banheiro sob as pernas. Já havia me habituado ao ritmo das vozes, dos passos e das descargas fora da cabine em que eu tinha me trancado pela última hora, até um par de saltos medianos tiquetaquear no chão com velocidade e força bem distintas dos demais.

A voz conhecida me mandou abrir a porta, mas não obedeci.

— Saia daí ou vou dar um jeito de entrar.

Entre os soluços, pedi que Carolina me deixasse em paz, embora, no fundo, meu desejo fosse ser arrancada daquela espiral de dor.

— O que aconteceu?

Eu nada respondi, e ela entrou na cabine ao lado. Ouvi a tampa da privada ser empurrada para baixo. Um segundo depois, lá estava ela, com a cabeça enfiada no meu espaço sobre a divisória que nos separava.

— O que o Rodrigo aprontou agora?

— Como sabe que foi ele?

Foi a vez dela de não responder. Em vez disso, a cabeça sumiu e os pés apareceram outra vez no chão. Depois, uma mão magra e comprida surgiu por baixo da divisória.

Sem relutar, entreguei o celular, que havia muito tempo jazia desbloqueado sobre o meu colo e exibia ainda a prova do crime — ou melhor, da traição.

— Que grande idiota! — Carolina vociferou do outro lado.

Então tive certeza de que eu não tinha lido errado. A conversa de WhatsApp tinha um aviso de mensagem apagada pelo remetente. Fora apagada às pressas, mas não tão rápido quanto o print da tela que eu tinha feito e agora estava salvo em minha galeria para confirmar que quatro pequenas e inofensivas palavras, quando combinadas, eram capazes de arruinar nove longos anos.

— Seu idiota nojento! — ela gritou. — *Ameu nossa noite gata*? "*Ameu*"? E sem vírgula separando o vocativo? Seu imbecil imprestável! Você não serve nem pra digitar! Infeliz! Vai estudar português, seu parasita asqueroso filhinho de papai! Não apareça na frente da Monalisa nem pintado de ouro, ou eu vou...

E o que ela disse depois não vale o registro.

O fato é que, assim como eu, minha amiga sabia o que aquela mensagem significava, já que eu tinha passado a noite anterior com ela, trabalhando até tarde.

— Não ouse desbloquear esse filho da mãe! — ela avisou ao passar o celular de volta para mim rente ao chão.

Agora a última mensagem da conversa com o Rodrigo era um áudio enviado do meu celular, seguido do texto "Você bloqueou esse contato". O número salvo como *Benzinho* e um coração com laço nunca parecera tão patético. E o homem que por quase uma década eu havia chamado de namorado agora precisava ser bloqueado também em minha mente e meu coração.

As dobradiças da porta ao lado rangeram outra vez, e os saltos de Carolina bateram contra o porcelanato para longe, depois de volta, e então várias folhas de papel toalha apareceram por baixo da divisória entre nossas cabines. Eu as recolhi e assoei o nariz inchado.

— Eu sinto muito, amiga — a voz dela soou mais branda. Pude jurar que também chorava. — Sinto muito mesmo. Você não merecia isso. — Esticou a mão vazia para mim outra vez, e eu a aceitei.

Permanecemos assim, em silêncio e de mãos dadas sob o MDF branco, por uns minutos que pareceram uma vida inteira. Eu me sentia constrangida e, ao mesmo tempo, abençoada por ter uma amiga tão leal.

— Você me avisou tantas vezes que isso aconteceria e ainda fica aqui pra segurar a minha mão?

Carol não respondeu. Poderia ter dito algo como "eu te avisei", mas jamais faria isso. Não a minha *Carolinda*.

— Foi bem-feito pra mim.

— Que história é essa? — Ela apertou minha mão.

Funguei e soltei um riso amargo.

— Gastei anos à espera de um par de alianças, e o par que ganhei foi de chifres.

Minha amiga ficou em silêncio por um minuto.

— Será que no fundo — ela disse com a voz doce — o que você esperava mesmo era o dia em que veria com os próprios olhos o que a mente já sabia e o coração se recusava a acreditar?

Encostei a cabeça e encarei o teto ao refletir naquelas palavras. Meu coração se contraiu, desgostoso, e soltei um suspiro.

— No fim das contas — funguei —, o Rodrigo me exibiu como troféu. A linda Monalisa Machado, que tantos outros rapazes da igreja quiseram namorar um dia, agora é uma solteirona virgem de quase trinta que ainda frequenta o culto jovem!

— Eu também tô nessa, não fala assim. — Ela puxou a mão de volta.

— Mas você tem um noivo, Carolina. Um noivo decente, que está montando um apartamento com você, que tem uma meta. O Rodrigo me manteve sob o título de namorada enquanto usufruía dos direitos exclusivos dos casados com outra mulher, sabe Deus de onde e por quanto tempo. Talvez todo o tempo. Nove anos, Carolina! — Funguei outra vez. Mais que traída, eu me sentia usada, gasta. — Desperdicei meus vinte e poucos anos com um cretino de rosto bonito. Agora tenho vinte e todos, e uma galhada!

Ouvir essa dura verdade em minha própria voz pôs um sorriso irônico no meu rosto, que se expandiu mais e mais até explodir em uma gargalhada estrondosa.

Ouvi a Carol suspirar do outro lado.

— Ai, amiga... — ela resmungou, sem ser contagiada pelo meu riso. — A gente precisa mesmo parar de frequentar o culto jovem.

Minha risada ficou ainda mais escandalosa, e ela acabou soltando um risinho contido também.

— Sério, eu não conheço quase nenhum daqueles rostos — Carol disse.

Limpei uma lágrima que havia se acumulado no cantinho de um dos olhos.

— E aquelas roupas superlargas?

— Meu Deus! Somos... as tias deles, Monalisa! — ela completou e, quando joguei a cabeça para trás para continuar gargalhando, me dei conta de que ela estava me dando corda de propósito.

— *Ru-um* — um pigarro forçado interrompeu o momento.

Olhei para o vão sob a porta à minha frente e deparei com um par de Vans surrados.

— O que foi, Sofia? — perguntei.

— Sinto muito, chefinha, mas precisa vir agora. A cliente já chegou e está na sala de reunião três à sua espera.

— Força, chefinha! — desejou Carol, que, apesar de quase sempre tirar sarro da estagiária por me chamar assim, não deu indício de ironia.

Respirei fundo e me levantei usando o sanitário como apoio. Ao abrir a porta da cabine, dei de cara com Sofia dentro de seu terninho chumbo. Ela não foi capaz de disfarçar o susto.

Andei até o espelho e constatei o óbvio: é claro que eu estava acabada. A garota me entregou a nécessaire de maquiagens que eu carregava sempre na bolsa, e registrei uma nota mental para me lembrar de dar a ela um par de novos Vans como recompensa por ser a estagiária mais dedicada e proativa do mundo.

Sequei o rosto, depois retoquei o pó e o batom. Vários fios do rabo de cavalo baixo tinham se desprendido do elástico e havia muitos outros para o alto, então soltei tudo, escovei as mechas naturalmente onduladas e as amarrei outra vez, alinhando a franja no final.

— Maravilhosa como sempre, chefinha — Sofia disse.

Procurei os olhos da Carol pelo espelho.

Ela pendeu a cabeça para o lado e retorceu os lábios.

— Dá para o gasto.

Carol tinha razão. Não era minha melhor apresentação pessoal, mas era o que eu havia conseguido fazer nos poucos minutos que tinha, então teria que garantir aquele contrato com o meu talento. Mesmo que a aparência fosse essencial em um negócio responsável pela imagem de marcas e personalidades, eu sustentaria a reunião com meu know-how e eficiência. Carol e eu havíamos passado horas e horas da noite anterior trabalhando naquele projeto. Encarei minha imagem e respirei fundo. Eu faria dar certo. E que Deus me ajudasse! Alisei a camisa branca e a pantalona off-white de linho, então pedi a Deus para ir à minha frente e fui.

Cheguei à sala 3. O letreiro dourado com os dizeres "Era uma vez", nome da minha agência de publicidade e marketing digital, reluzia atrás da mulher esbelta que me esperava. Fechei a porta atrás de mim e comecei a apresentação.

Após duas horas de conversa, o pequeno porém talentoso time de seis grandes mentes determinadas e brilhantes sob o meu comando se tornou a grande máquina por trás de Joana Fontinelle, a top influencer do mercado fitness. A partir dali, seríamos responsáveis por gerenciar as mídias sociais e reforçar o posicionamento de imagem e marca dela — um contrato de alguns dígitos que engordaria nossos bolsos.

— Folga pelo resto do dia, meninas — avisei assim que a cliente e o assistente dela deixaram a sala de reuniões, enquanto eu massageava a têmpora com o dedo médio e o indicador.

Quando saímos, Sofia seguiu ao meu lado pelo corredor até nossa sala. Tinha um sorrisinho contido no canto da boca típico de quem havia ganhado uma folga, enquanto eu mal conseguia me alegrar com o excelente negócio fechado. Carol, à minha direita, fazia anotações no celular e me lançava olhares mal disfarçados vez ou outra para sondar meu estado de espírito.

— Eu tô bem — menti assim que cheguei à minha mesa, perto da dela. A cabeça estourava de tanta dor.

— Melhor mesmo. Aquele miserável não merece nem mais uma gotinha de lágrima sua — ela completou baixinho para que os outros não escutassem. — E vai se sentir melhor ainda depois de um *caramel macchiato*.

A sugestão não conseguiu pôr um sorriso automático e genuíno no meu rosto como costumava fazer, mas me forcei a reproduzi-lo. Passei nas mãos um pouco do óleo essencial de lavanda e inspirei o aroma para aliviar a enxaqueca. Depois, guardei meus pertences e me despedi do pessoal. Carol fez o mesmo, e descemos juntas.

Caminhamos lado a lado e em silêncio por entre as pessoas apressadas na calçada de uma das avenidas mais movimentadas de Botafogo, até pararmos diante da fachada cor-de-rosa da cafeteria onde nossos corpos cansados sempre batiam ponto às sextas-feiras. Meus olhos se demoraram sobre o letreiro com o nome criativo. Era uma boa definição para a proposta de contos de fadas do local.

— Programou as postagens do fim de semana de todos os clientes? — perguntei ainda parada à entrada.

Enquanto fazia mais anotações no celular, Carol respondeu:

— Sofia ficou de finalizar em casa o post da rede de pet shops, e o Filipe vai entregar o vídeo pro Reels da nova campanha da Intimiss até às seis da tarde. Eu vou disparar em todas as mídias amanhã.

— Ótimo. Então aproveita o seu café.

Ela ergueu os olhos e me encarou com uma interrogação entre as sobrancelhas. Com um suspiro, expliquei que iria direto para casa.

— Por quê?

Eu reli aquelas letras pink-neon à nossa frente.

— Porque esse tipo de café não é pra mim.

Os olhos dela seguiram os meus.

Cafélizes Para Sempre.

Contendo uma lágrima que ameaçava cair, apertei um pouco mais a alça de couro da bolsa em meu ombro e forcei meus passos a me levarem para longe dali.

7
Dor-ama

Para aquele fatídico fim de semana, estabeleci como meta me esquecer da vida real. As únicas atividades executadas foram assistir aos meus filmes e doramas favoritos, me entupir de açúcar e ignorar todas as tentativas de contato da minha melhor amiga.

Ali, no escurinho do meu apartamento, com todos os blecautes bem fechados, não existia mais a Monalisa quase trintona que havia perdido nove anos namorando um cretino. Havia apenas Lisa: amante de bons clichês românticos e muitos doces, enfiada no pijama confortável de vaca e abraçada à almofada com a carinha linda do Park Bo-gum.

Mas as mensagens da Carol insistiam em me puxar de volta para a realidade amarga.

> Carolinda: *Como você está?*
> *O que está fazendo?*
> *Se não me atender, eu vou até aí. Eu sei o código da porta, lembra?*
> *Ele não merece seu sofrimento.*
> *Você é boa demais pra ele.*

Cansada dessas frases de consolo, desliguei o celular. Preferia as falas apaixonadas que sempre me emocionavam como se fosse a primeira vez. Reassisti a todas em uma maratona infindável de romance e guloseimas. Se eu não poderia ter o meu próprio final feliz, ao menos acharia conforto nos melhores da ficção.

Na manhã de domingo (ou foi à tarde? Não sei ao certo, os dias se embolaram uns nos outros porque quase não dormi), eu apreciava uma das melhores cenas do meu k-drama favorito quando ouvi a fechadura digital da porta de entrada ser ativada.

Certa do que estava por vir e com muita preguiça de lidar com aquilo, aumentei o volume da tevê. Segundos depois, Carolina irrompeu porta adentro.

— Você quer me matar de preocupação?

Não me dei ao trabalho de responder. Meu querido capitão Ri atravessava a fronteira para alcançar sua amada Se-ri, e aquele rosto lindo em tamanho gigante na tevê de sessenta polegadas não podia ser negligenciado.

— Vendo *Pousando no amor* de novo? — Ela se pôs entre mim e a tela e, ao ser ignorada, gritou: — Ei, Monalisa, estou falando com você! Se não levantar desse sofá e for tomar um banho agora, a única coisa que vai assistir pousar aqui é a minha mão nessa sua cabeça sem juízo!

Para completar a ameaça, Carol se ergueu sobre mim com a mão levantada, e eu me encolhi. Ela é muito forte e sempre teve fama de briguenta. Mas, em vez de me acertar com a mão pesada, tomou o controle remoto, que estava entre algumas embalagens de chocolate, em cima da manta felpuda que me cobria, e desligou a televisão.

— Anda. Levanta daí.

Cruzei os braços e sustentei o olhar dela.

— Não tenho medo de cara feia — completou.

— Pois você deveria respeitar a privacidade da sua chefe.

— Não dou a mínima pra isso. A minha chefe pode me demitir, se quiser, mas a minha melhor amiga nunca vai ficar no fundo do poço sem que eu desça até lá e tente jogá-la de volta pra cima.

— Espertinha! — Eu atirei a almofada do Bogumzinho contra

o rosto dela. Carol sempre conseguia acessar os cantos escuros do meu coração.

— Bora! — Ela me puxou para fora do sofá e começou a me empurrar na direção no banheiro. — Vai tomar banho logo, que você tá fedendo. Traída, já foi. Paciência. Mas fedida é que não dá pra ficar. — Então me empurrou lá para dentro e fechou a porta.

— Que belo jeito de animar sua amiga de coração partido! — gritei contra a porta fechada.

— Eu já disse todas as coisas fofinhas possíveis, Monalisa. Agora estamos na parte em que eu perco a paciência com a sua incapacidade de se dar o devido valor. E você está *mesmo* fedendo! Esse apartamento inteiro está fedendo! — A voz dela foi se distanciando, e ouvi os blecautes eletrônicos se moverem.

Eu poderia ter saído, mas seria idiotice. Já tinha passado da hora de tirar a inhaca do corpo. Vencida, entrei debaixo da água morna e tomei um banho longo e cheio de lágrimas.

Meia hora mais tarde, eu estava sentada em minha cama, vestindo pijamas limpos e com uma xícara de chá de camomila nas mãos. Carolina estava em pé ao meu lado feito um cão de guarda.

— Toma tudinho.

— Prefiro café — gemi encarando o líquido esverdeado na xícara.

— Cafeína é a última coisa que você precisa depois da pilha de chocolates que comeu. Você não tem quinze aninhos, sabia?

— Como se eu pudesse esquecer!

Ela estalou a língua nos dentes e ligou o difusor com um pouco de óleo de lavanda, depois se sentou na poltrona de frente para mim.

— Chega de autocomiseração, Lisa — disse ao se inclinar e esticar a mão para levar uma mecha de meus cabelos molhados para trás da minha orelha. — Você é uma mulher forte e amável. Quem saiu perdendo nessa história foi ele, não você. Bola pra frente!

— Eu sei o meu valor.

— Pois parece que esqueceu.

— Eu só... — funguei. — Só tô de luto pelo tempo que perdi.

— Eu entendo, mas todas as coisas cooperam...

— Para o bem daqueles que amam a Deus — completamos juntas Romanos 8.28 e sorrimos em silêncio uma para a outra por alguns segundos.

Eu tentei dar um gole no chá, mas fiz uma careta assim que o amargor tocou a minha boca. Fingi engolir um bocadinho e coloquei a xícara com o conteúdo intacto na mesa de cabeceira. Carol reclinou a cabeça e não pareceu notar.

— Obrigada por estar sempre comigo e me desculpa por te deixar preocupada — eu disse, tomando a atenção dela.

Ser minha melhor — e única — amiga não devia ser tarefa fácil. Considerando que meus poucos parentes vivos estavam a milhares de quilômetros, Carolina era tudo o que eu tinha.

Em vez de responder, ela se levantou, sentou na cama ao meu lado e me abraçou. Meus olhos ficaram úmidos, e eu pisquei para segurar a emoção.

— Está doendo, amiga — confessei baixinho.

Carol riu engasgado e afrouxou um pouco os braços.

— Amor e dor costumam andar juntos, mas está na hora de amar alguém que valha a pena. E esse homem está por aí, em algum lugar. E sabe o que mais? — Ela se afastou para olhar em meus olhos. — Não pense que foi tempo perdido. O seu relacionamento com o Rodrigo foi apenas um capítulo ruim da história. Quantas bênçãos você não tem pra contar desses nove anos? Você é uma filha amada de um Pai bondoso — ela tocou meu rosto com carinho —, nos dias bons e nos maus também. E esse não é o fim, ainda há muito pra viver. Porque o plano do Senhor é sempre de paz, e não de mal, para te dar esperança e um futuro. Não se esqueça disso.

Eu sorri com gratidão e a abracei outra vez enquanto meu coração dolorido se agarrava àquelas palavras.

8
Cantam as nossas almas

Dois meses depois, de volta ao Porto.

Agora, ali estava eu, a milhares de quilômetros do Rio e ainda lutando para crer naquelas palavras enquanto encarava o teto. Enviar a foto por engano havia me deixado nervosa demais para conseguir dormir, então larguei Carol roncando no quarto e fui para a sala. Abri a janela para admirar o céu. Eu vinha reclamando dos trinta anos porque é o que faz a maioria das mulheres, mas, no fundo e a despeito de todo o drama da traição, eu estava feliz com o novo ciclo e com a chance de dar mais uma volta ao redor do sol.

Fiz uma breve retrospectiva mental. Apesar dos pesares, a última volta tivera seus bons momentos, com destaque especial para o dia anterior e a vista do miradouro. Aquele mesmo sentimento de gratidão que havia me tomado durante o pôr do sol tornou a invadir meu interior, expurgando toda a ansiedade pela história do Sr. P e pelas fagulhas de tristeza causadas por inevitáveis flashes de memórias da traição do Sr. Bobão. Naquele momento, enquanto observava as estrelas, fui tomada por uma alegre expectativa quanto a tudo o que a bondade de Deus ainda me traria dali por diante.

Então me lembrei de uma música em inglês que costumava ouvir no início da juventude, quando havia conhecido Jesus. Inspirada por toda a emoção que aquele momento de meditação acabara gerando, comecei a entoar os versos de "Lifesong", do Casting Crowns, olhando para o céu.

> *I want to sign Your name to the end of this day*
> *Knowing that my heart was true*
> *Let my lifesong sing to You*
> [Quero assinar teu nome ao final deste dia
> Sabendo que meu coração era verdadeiro
> Deixe minha canção de vida cantar a ti]

Balancei o corpo de leve no ritmo e sorri para as flores do parapeito sob a janela enquanto o violão tocava uma parte instrumental da canção.

Espera aí. Que violão?

Franzi o nariz e coloquei a cabeça para fora da janela para ouvir melhor. Não. Eu não estava maluca. Alguém tocava exatamente "Lifesong" de alguma janela próxima. Cobri a boca com uma das mãos e perdi o tempo de entrada da estrofe seguinte, mas a pessoa não parou de tocar.

Estiquei um pouco mais o corpo para fora da janela, a fim de ver de onde vinha o som, mas não consegui. Podia ser do meu prédio ou de qualquer outro ao redor, uma vez que eram todos colados uns nos outros. No final, resolvi encarar a música como um belo e último presente surpresa de aniversário e acompanhei a melodia até o último verso.

— Obrigada! — gritei ao fim para quem quer que fosse o musicista oculto na penumbra da noite.

Depois, voltei para a cama como quem já estava dormindo e sonhava um sonho bom.

9
Alfazemas

Carol e eu despertamos cedo na manhã seguinte para aproveitar mais um dia turistando pela cidade. A primeira parada seria uma cafeteria ali perto — *cafetaria*, para os portugueses — que servia café de especialidade. Não que a gente entendesse de torras e grãos, mas sempre fomos metidas a descoladas, confesso. E, contrariando a lógica, eu me sentia mais leve com meus trinta anos do que me sentira aos vinte.

Aberta para o que aquele novo dia traria, destravei a porta para sairmos do apartamento.

— O que é isso? — a voz da Carol soou atrás de mim.

Olhei para baixo. Havia um vaso de lavandas no chão, aos meus pés. Abaixei-me, recolhi o vaso e conferi o cartão sem assinatura do remetente. *"Desculpas aceitas e feliz aniversário mais uma vez"* era tudo que estava escrito.

— Ai, meu Deus! O Sr. P mandou flores! — ela gritou sobre o meu ombro. — São lavandas!

Eram as mesmas flores que lotavam a varanda do andar de baixo. *Será que ele mora no apartamento 23? E por que as desculpas aceitas?* Parei por um instante para raciocinar e lembrei que minha última mensagem a ele — um pedido de desculpas pelo engano da foto — havia ficado sem resposta.

— Nossa, se ele dá flores pra uma estranha que enviou uma foto por engano, o que esse cara não faz pela mulher amada?

— Para de loucura, Carolina! — repreendi, embora a mesma coisa tivesse passado pela minha cabeça.

— Pena que você não vai conseguir levar essas belezinhas para o Brasil.

Ainda bem que não preciso me preocupar com isso, mordi a bochecha por dentro para não sorrir.

Dei meia-volta e depositei o vaso sobre a mesinha da sala.

— Vamos? — chamei ao me virar de volta enquanto tentava manter uma expressão neutra, e saímos do apartamento.

Ao deixarmos o prédio, subimos em direção ao café em meio a conjecturas sobre a identidade do Sr. P. Chegando lá, nos sentamos perto da vitrine do estabelecimento com decoração minimalista e vista para a rua estreita e agitada. Pedi um *caramel machiatto* grande e uma tosta mista. Ela, um *latte*, pão biju com manteiga e dois pastéis de nata.

— Não seria mau se o Sr. P fosse mesmo o bonitão que vimos chegar ontem de manhã, hein? — Carol arqueou uma sobrancelha e esboçou um meio-sorriso insinuante emoldurado por um bigodinho de espuma.

Eu prendi os lábios para não rir e, antes que tivesse tempo de continuar me divertindo em pensamentos, um chute atingiu minha perna por baixo da mesa. Abri a boca para ralhar com ela, mas Carol apontou com a cabeça na direção da porta.

— Falando nele... — disse ela.

Quando me virei, dei de cara com o loiro alto e forte de sorriso amistoso que vimos na recepção na manhã anterior enquanto pegava as chaves do apartamento 12. Ele acenou discretamente com a cabeça e se dirigiu até o balcão, onde fez o pedido em português com um sotaque carregado de outro idioma.

— Eu arrisco dizer que é inglês — Carol sussurrou por trás da xícara, os olhos pregados no homem.

Com certeza inglês, pensei, *e definitivamente bonitão*.
— Em nome de quem, a bebida? — perguntou o rapaz do caixa.
— Patrick.
Carolina e eu vagamos os olhos entre nossas bebidas, o homem e o rosto uma da outra. Ela abaixou a xícara e moveu os lábios em um *p* silencioso, como se precisasse, e eu mordi as bochechas para não rir de nervoso. Minhas palmas das mãos suaram ao redor da xícara quando Patrick, ao sentar-se a uma mesa próxima, nos lançou um bom-dia sem sorriso, mas bastante simpático. Depois disso, não fez contato visual nem uma vez sequer. Ficou completamente absorto na tela do laptop aberto sobre a mesa.
— O Sr. P está ocupado demais agora — Carol sussurrou com desânimo quando terminamos de comer. — Melhor fazermos alguma coisa mais interessante.
Eu concordei e nos levantamos. No balcão, pedi dois donuts para viagem e paguei a conta. Junto à porta, ela checava o horário marcado para o nosso primeiro passeio do dia.
— Faltam quarenta minutos — avisou quando me aproximei. — O que quer fazer até lá?
Pensei por um instante. Sentia-me disposta a uma caminhada sem preocupações sob aquele céuzão azul do Porto e quis fazer isso com trilha sonora, então peguei os AirPods na bolsa. Coloquei um na minha orelha, outro na dela.
— Vamos andando, sem pressa. — E abri a minha playlist animada, que começava com "Dynamite", do BTS.
Carol vibrou os lábios.
— Sempre essa!
— É a melhor. — Dei de ombros. — É a trilha perfeita pra levantar o humor.

Então abri o pacote de papel, dei uma boa mordida no donut fresco e, ao som dos meus sete xodózinhos, começamos a descer em direção ao rio.

Quarenta minutos mais tarde, fizemos uma visita guiada com degustação no Caves Calém, um dos mais antigos e tradicionais armazéns de vinho do Porto, às margens do Douro. Mais tarde, batemos pernas pela Ribeira, depois almoçamos sanduíches e bebemos 7 Up sentadas em um dos bancos enquanto olhávamos os barcos.

— Isso aqui é uma delícia — ela disse contra o rótulo da garrafa de vidro verde.

— É só uma Sprite gringa — retruquei.

Carol deu de ombros e tomou mais um gole longo do refrigerante.

Após o almoço, fizemos o cruzeiro das seis pontes do rio Douro, que ligam a cidade do Porto à Vila Nova de Gaia. Ele partia da ponte da Arrábida até a ponte do Freixo, onde era feita a curva para o caminho inverso, na qual Carol perdeu o boné com o vento forte, o que nos fez rir até as barrigas doerem. Passeamos de bondinho e encerramos o dia em um show na Casa da Guitarra, uma tradicional loja de instrumentos musicais. Lá, Carolina descobriu que guitarra, em Portugal, é violão, e eu pude me divertir muito com a cara dela ao perceber que ouviria fado, e não rock.

Chegamos ao Princesinha da Ribeira por volta das onze da noite. Exaustas. E, surpreendendo um total de zero pessoas, João estava na recepção. Limpava o balcão com um pano úmido e bebia leite fermentado por um canudo fino e comprido enquanto "Dynamite" tocava numa pequena caixinha de som, em volume baixo.

— Essa música me persegue — Carol murmurou entre os dentes assim que passamos pela porta.

— Já jantaram, senhoritas?

Ela franziu a testa para a saudação inusitada e depois sorriu.

— Sim, e você?

— Sim também, obrigado.

— Você não descansa?

— Sempre que possível, mas uma hóspede teve problemas com o autoclismo e eu aproveitei para arrumar aqui na frente.

— Autoclismo? — Carol perguntou. Os dois permaneceram alguns segundos a se encarar, até ela insistir: — O que é isso?

João largou o pano e a garrafinha sobre o balcão e coçou a nuca com o braço direito, o cotovelo apontando para cima e deixando a cicatriz longa da parte interna do antebraço em evidência.

— Não há autoclismos no Brasil? — questionou de sobrancelhas unidas.

— Deveria ter? — Carol também franziu a testa.

Então ele riu, relaxando a dele.

— Definitivamente, sim — e baixou o braço. — É o dispositivo que limpa a sanita com água.

— Ah! — Carol riu também. — Sanita, eu já sei que é a privada, então isso aí que você tá falando é a descarga?

Ao pé da escada, eu rolava a galeria de fotos do celular para cima e para baixo só para ter o que fazer e não precisar participar do bate-papo dos dois amiguinhos. Tentei *mutar* mentalmente o resto da conversa mole deles, mas as palavras "senhorita" e "vaquinha" estalaram aos meus ouvidos.

Ergui os olhos. João me encarava.

— Gostaste das alfazemas?

— Alfazemas? — minha amiga quis saber.

Ele olhou de novo para ela e de volta para mim.

— Não viram as flores que deixei ao pé da porta pela manhã?

— Você é o Sr. P? — a pergunta me escapou dos lábios, bem baixinha.

— Sr. P? Do que *tás* a dizer? *Tou* a perguntar se gostaste das flores.

Eu caminhei de volta até o balcão tentando não parecer afetada demais e parei diante dele ao lado da Carol, que o encarava boquiaberta.

— Você que me c-comprou aquelas...

— Eram da senhora do 23 — ele se apressou, me interrompendo como sempre. — Ela as cultiva. E, como foi teu aniversário, pensei em...

— Ah, sim — eu o cortei por pura vingança. Era óbvio que ele não me compraria flores. Só havia pegado um dos vasos da varanda sob o meu apartamento e repassado para mim por ser um intrometido. — E por que as desculpas aceitas se eu não...

— Na última vez que nos vimos — ele atravessou minha fala de novo —, a senhorita saiu sem dizer boa noite, com licença ou qualquer outra coisa. Foi muito mal-educada.

— Olha quem fala!

— Mas como já vi que tem algum bom senso — continuou —, imaginei que se retrataria assim que nos encontrássemos, por isso me adiantei. Desculpas aceitas. — Então sorriu, muito debochado, jogando a franja para trás.

Carolina deu uma risadinha, e acertei uma cotovelada nas costelas dela.

— Me deu um presente que te deram e ainda quer bancar o engraçadinho?

— Foi só uma gentileza, senhorita Vaquinha. Não seja tão chata.

Cruzei os braços, estupefata.

— Chata? Seu...

— As flores lhe farão bem — João disse em tom sereno. — Deixe-as junto à janela, e o vento espalhará o perfume pela casa. Ele ajuda a aliviar a enxaqueca.

— Como você sabe que...

— A senhorita vive a massagear a testa.

Foi a vez da Carol de cutucar minhas costelas, mas eu a ignorei. Voltei a cruzar os braços e disse:

— É médico, por acaso?

Do outro lado do balcão, João imitou o meu movimento.

— Poderia ter sido, se quisesse. A propósito — ele olhou para nossas pulseiras com a gravação *jeong* e deu um meio-sorriso —, belos braceletes.

— Qual é a graça?

— Nada. — Ele descruzou os braços e balançou a cabeça em negação, o sorriso zombeteiro ainda no rosto. — É uma boa escolha de palavra.

— Tá rindo da nossa cara?

"Dynamite", que devia estar no *repeat*, voltou a tocar do começo, e Carol aproveitou para tentar mudar o assunto:

— Puxa! Você gosta mesmo dessa música, hein?

— É a melhor para levantar o humor! — ele respondeu.

Minha amiga me olhou de rabo de olho, mas eu fingi não ter escutado.

— Tenha uma boa noite, João, a gente já vai indo — ela falou segurando o riso e me puxou pelo braço, depois me arrastou escada acima e me deu um sermão sobre ser grosseira quando o cara tinha sido fofo.

— Fofo? — Eu fechei a porta do apê assim que ela passou para dentro e deixei os tênis ao lado da porta. — Ele é um metido a sabichão, isso sim.

Carol se jogou sobre o sofá como havia feito todas as outras vezes em que chegamos da rua.

— Um sabichão fofo e gato.

— Gato? Aquilo? — Eu franzi o nariz, e ela comprimiu os lábios numa espécie de bico de pato desdenhoso.

— Ah, tá! Você não acha o João gato? Ele é mais bonito que aquele Bo-não-sei-das-quantas que você adora.

Eu engasguei.

— O quê? — falei entre uma tosse e outra. — Aff, nem tem comparação! Aquele cara não chega aos pés do meu Bogumzinho!

Carolina cruzou os braços.

— Tá querendo enganar quem, Monalisa? E o cara ainda tem o seu gosto musical! — ela completou, deixando uma risada escapar pelo nariz.

Minha resposta foi uma revirada de olhos bem lenta, porque eu não tinha argumentos. Eu jamais admitiria, mas, fala sério! Aqueles olhos... E o cabelo brilhoso? As covinhas, pelo amor de Deus! Que o João era gato era óbvio, mas toda a beleza caía por terra diante da chatice e das impertinências. Além disso, mesmo sendo o único cara fora da tevê que podia competir com o Bo-gum em beleza, ele sempre seria o entojado que atropelara minha mala e me fizera catar calcinhas pelas ruas do Porto.

Carolina balançou a cabeça em negação e foi tomar banho. Cruzei a sala e abri a janela pra ver se tinha algum vestígio de acordes de violão no ar. Não tinha.

Encarei as flores roxinhas e, aproveitando a janela aberta, tirei-as de cima da mesa de centro e repousei o vaso no parapeito. Permaneci um tempo parada ali, à espera de uma brisa, só para ver se encheria o apartamento com o perfume. Ela veio e encheu, sim. E foi revigorante.

Cheguei mais perto das flores e inspirei bem fundo. Amava lavanda.

Que ódio!

Debrucei-me ao lado do vaso e demorei os olhos sobre as

janelas dos prédios em volta, algumas ainda acesas. Muito em breve, eu teria que encarar Carolina e contar a verdade — já esperava pelo pior, mas havia me convencido de que eu precisava, pela primeira vez em muito tempo, como dizia a minha diva Sandynha, "pensar um pouco em mim, tentar viver".* Mordi o lábio inferior com a reflexão: *Seria o bastante?* Tinha que ser. Queria muito que algo bom resultasse de tudo aquilo.

— *You make all things work together for my good...*** — uma voz masculina cantou, e cordas de violão vibraram para acompanhar.

O meu coração acelerou.

Eu não tinha sonhado na noite anterior. Havia *mesmo* alguém ali e agora estava não só tocando, mas também cantando com uma voz firme e doce ao mesmo tempo.

Repetiu aquele verso algumas vezes, e minha mente foi levada de volta a Romanos 8.28. Sim, *todas as coisas cooperam para o bem daqueles que amam a Deus e foram chamados segundo o seu propósito.* Todos os difíceis acontecimentos dos últimos anos me levaram àquele momento. Eu só esperava que essa decisão me aproximasse do meu propósito.

Cantei baixinho o refrão da música em um dueto secreto com a voz vinda do escuro e desejei, de todo o coração, que tudo ficasse bem.

---

*Referência a "Imortal", canção de Sandy & Jr., lançada em 1999.
**"Tu fazes todas as coisas cooperarem para o meu bem." Verso de "Your Love Never Fails", canção de Jesus Culture, lançada em 2008.

10
Dançando o reVIRAvolta

— Precisamos aproveitar o último dia ao máximo! — Carolina avisou ao puxar meu cobertor e desligar o ar-condicionado do quarto.

Respirei fundo e me levantei sem protestar, certa de que a hora da verdade tinha chegado. O dia seria longo.

Estávamos de saída quando encontramos o Sr. Gerente no segundo andar. Trocava uma das lâmpadas do corredor e, de cima da escada de alumínio, nos saudou:

— Já comeram?

Com um sorriso estranho no rosto, Carol sussurrou para mim por entre os dentes:

— Por que ele sempre pergunta algo assim?

— É o velho hábito coreano — João respondeu com riso na voz. — Bom dia, senhoritas. E, se ainda não comeram, sugiro a Cafetaria do Monge, a cinco ruas daqui. O pequeno almoço lá é delicioso. Eles fazem a melhor omelete com queijo, e o pastel de nata está sempre fresquinho.

— Obrigada! — Carolina respondeu. — Mas você disse *cafetaria*. E o certo é ca-fe-TE-ri-a. *Te!*

Ri baixinho, já no meio do lance de escadas para o primeiro andar. Poderia ter me intrometido e explicado que em Portugal se fala desse jeito mesmo, mas era mais divertido assistir à confusão em silêncio.

— Com *e*, e não *a* — ela concluiu, então acenou e seguiu caminho abaixo, deixando João para trás provavelmente com cara de cachorro que tinha caído do caminhão da mudança, e que pena que eu não pude ver! — Ele erra assim porque não é daqui, né? — falou baixinho ao me alcançar, e a risada que eu segurava acabou escapando.

Ver aquele cara ser corrigido, ainda que injustamente, tinha um doce sabor. Quase tão saboroso quanto o tal pastel de nata que comemos naquela manhã. Até que o Sr. Gerente tinha razão quanto à qualidade da comida. Que chato! Odiava ter que lhe dar razão. Carolina e eu nos fartamos a uma das mesas da *cafetaria*, que, embora minúscula e abarrotada, se mantinha fria em pleno verão, graças às paredes de pedras antigas.

Dali seguimos para a famosa Livraria Lello, conhecida por inspirar J. K. Rowling, a autora da saga Harry Potter. Compramos os ingressos e enfrentamos uma longa fila na calçada, onde contei cinco *cosplays* de alunos de Hogwarts. E tive de ouvir, pela centésima vez, Carolina tagarelar sobre o fato de a autora de sua série favorita ter sido inspirada pelos uniformes universitários portugueses.

— Você sabe que ela disse que nunca pisou nessa livraria aqui, né? Saiu em mais de um site de notícias.

Carolina estalou a língua nos dentes e deu as costas para mim, virando-se de frente para a fachada onde arquitetura neogótica e *art nouveau* se misturavam em perfeição.

— Não seja estraga-prazeres, Monalisa! Aqui continua sendo parada obrigatória dos *potterheads*. E eu, como uma boa grifinória, tenho que tirar minha foto na escada vermelha. Aiiiiii! — E bateu palminhas de empolgação.

Havíamos deixado esse passeio para o último dia a pedido dela, para "fecharmos com chave de ouro". Li a inscrição

Livraria Lello & Irmão acima do arco da porta de entrada e desejei que o encerramento da viagem fosse *mesmo* tão dourado e brilhante quanto ela. E tudo correu bem, até Carol insistir em me fotografar na famosa escadaria vermelha.

 Eu devaneava sob aquele teto mágico de madeira e os vitrais coloridos enquanto folheava o livro que acabara de resgatar com o crédito do meu ingresso: uma edição de bolso de *Romeu e Julieta*. Teria gostado mais se fosse de *A megera domada*, mas fiquei plenamente satisfeita com aquela belíssima edição, publicada pela própria livraria, com ilustrações coloridas, corte dourado e capa de tecido do mesmo tom vermelho-vibrante dos degraus das escadas, que eram uma atração à parte. Vários turistas se enfileiravam pela estrutura em caracol ao centro da livraria, com corrimões entrelaçados e cheios de corações esculpidos na madeira. E eu não queria ser um deles. Estava bastante confortável sentada em um banquinho junto à grade do nível superior.

 — Vamos! Você tira uma foto minha e eu tiro uma sua! — Carol me puxou pela mão e, quando dei por mim, já estávamos paradas atrás de uma loira com sotaque australiano.

 A fila andou rápido e Carolina foi primeiro, e eu dei meu melhor para conseguir um ângulo tão livre de estranhos quanto possível. Então chegou minha vez. Antes que eu pudesse protestar, já tinha sido empurrada ao lugar da pose, e ela pegou o meu celular. Mas, em vez de fotografar, olhou para a tela de sobrancelhas franzidas.

 — Aquela sua prima chata está ligando — avisou, levando o celular à orelha.

 Corri para tirar o celular da mão dela, mas, quando o alcancei, já era tarde demais. Carolina me encarava com a boca entreaberta e as sobrancelhas unidas.

 — Como você tem uma prova de vestido de madrinha aqui em Portugal, amanhã, se vai estar voando de volta para o Brasil?

— Carol me perguntou. Encaramos uma a outra no que parecia um silêncio infinito e, mesmo que eu tivesse ensaiado um montão de vezes, não conseguia me lembrar das palavras certas. Não era para ser ali, daquele jeito, naquela hora.

Do celular em minha mão, soava a voz de Ana Carina perguntando se alguém a ouvia. Desliguei a chamada com os dedos trêmulos.

— Você não disse que íamos visitar seus parentes portugueses, Monalisa.

— *Nós*, não. Mas eu, sim — foi tudo o que consegui dizer.

— Como assim? Você vai ficar mais dias aqui? — ela questionou, e eu prendi os lábios, engolindo em seco. — Tá brincando? Por que não me contou? — a irritação a fez subir o tom de voz e atrair olhares de algumas pessoas à nossa volta. — Você acha que eu ia me importar de voltar primeiro para casa? Que palhaçada! Vai ficar escondendo as coisas de mim agora?

Minhas bochechas esquentaram.

— Monalisa? — insistiu.

— Vamos conversar lá fora — pedi, e passei por ela em direção à porta de saída.

Já na calçada, Carolina cruzou os braços e me encarou, carrancuda.

— Pra que esse mistério? Quanto tempo vai ficar aqui? — insistiu ela.

— Tempo indeterminado — falei baixinho ao desviar os olhos para o outro lado da rua. Então respirei fundo e encarei o rosto dela para contar a verdade: — Princesinha da Ribeira é o meu novo lar. Eu vou morar aqui, e essa viagem foi a nossa despedida.

11
Chamada inesperada

Dois meses antes, no Rio de Janeiro.

Depois de me consolar, Carol ficou comigo até eu dormir. Nem a vi sair. Na manhã seguinte, desativei o alarme e me espreguicei com vontade, até sentir cada músculo do corpo esticar. Em seguida, os dedos procuraram naturalmente pelo celular e ameaçaram digitar o código para desbloquear a tela, mas decidi começar o dia com o que mais importava. Escorreguei para fora da cama e, de joelhos, com o tronco estirado sobre o colchão, fiz uma oração um tanto atrapalhada pelo sono.

— Ontem a Carol me fez lembrar que esse não é o fim da história. Me perdoa por ter passado o fim de semana me lamentando como se o Senhor tivesse me esquecido. Eu sei que o Senhor tem um plano melhor, assim como sei que ainda posso encontrar quem me ame de verdade — confessei para Deus em voz alta na penumbra do quarto. — Acredito mesmo que existe um homem que valha a pena, Pai, e o Senhor sabe que quero encontrá-lo. Prometo não viver caçando esse novo amor, mas estou aberta para ele quando o Senhor decidir que for a hora certa.

Conversei sobre mais algumas coisas com Deus e passei um tempo em silêncio, como gosto de fazer em meu momento de oração. Depois de orar, cantei um louvor das antigas, com a ajuda do Spotify, e li um salmo.

Mais tarde, enquanto tomava um café da manhã reforçado, abri minha conta pessoal no Instagram e tive o desprazer de encontrar uma mensagem do Rodrigo.

"Podemos conversar?", foi tudo o que ele escreveu.

Senti uma espécie de agulhada no estômago.

Respirei fundo e digitei uma negativa. Não precisávamos conversar. Se ele tivesse aparecido à minha porta no mesmo dia em que eu havia descoberto a traição, ainda poderia ter recebido a chance de ser ouvido. Perdoado? Nem tão cedo. E, de forma alguma, aceito de volta. Mas, com uma mísera mensagem três dias depois, ele não só se provava o cara que nunca tinha valido a pena, mas também se consagrava como o maior embuste dessa história — e nem sequer seria considerado um personagem coadjuvante.

"Bloquear @rodrigo.esteves.93?", o pop-up do Instagram perguntou, e eu confirmei.

Na sequência, fiz logout em todos os meus perfis pessoais, deixando apenas os da empresa.

— Você veio de carro? — Carol perguntou assim que ocupei minha estação de trabalho.

— De Uber. Por quê? — devolvi.

Ela assentiu de maneira positiva, os lábios franzidos em um bico e as sobrancelhas erguidas em admiração.

— Chegou cedo e bem arrumada — respondeu.

— Alguma vez eu me atrasei ou vim trabalhar malvestida, Carolina?

— É que tive medo de que você tivesse uma recaída... — Ela deu de ombros e voltou a digitar.

Eu balancei a cabeça em negação e liguei o computador.

— Pois fique sabendo que o Ro...

— Falecido! — ela me interrompeu.

— Cruzes, Carolina. Também não precisa falar desse jeito.

Ela tornou a fazer bico e palpitou:

— Ele mandou mensagem pelo Instagram, não foi?

— Como você sabe? — perguntei enquanto digitava a minha senha de acesso.

Carol soltou o ar com desdém.

— Aquele idiota me mandou uma mensagem debochada me dando os parabéns por bloquear ele no seu WhatsApp, mas esquecer as outras redes.

— Patético — murmurei baixinho e abri a caixa de e-mail. Nada de urgente. Conferi também a agenda do dia. Teríamos uma única reunião, no fim da tarde. — Tudo pronto para o encontro com o pessoal da agência de viagens? — perguntei alto para que todos ouvissem.

— Sim, chefinha! — Sofia respondeu, e os outros dois que já haviam chegado ergueram os polegares em sinal positivo.

— Mas você ignorou ele, né? — Carolina retomou o assunto em um volume mais baixo.

— Era isso mesmo o que eu ia dizer — respondi com a voz carregada de um orgulho forçado. — Ignorei, bloqueei e vou dar um tempo de todas as redes sociais.

Minha amiga bateu ambas as mãos no teclado, e eu olhei por cima da tela para encará-la. Os olhos esbugalhados pareciam ter deparado com um tipo de inseto exótico.

— Sem redes sociais? Aquele mané apronta e você que fica de castigo?

Estalei a língua nos dentes e abri o arquivo com a estratégia que proporíamos à agência de viagens na reunião.

— É só por um tempo, e vai ser ótimo fazer um detox.

— Esqueceu que você vive das redes sociais?

— Esqueceu que eu tenho funcionários?

Carol se levantou e foi até a minha mesa.

— Tá falando sério?

Reprimi uma risadinha e, sem tirar os olhos da tela, respondi que ainda usaria os perfis da empresa.

— Acho bom — ela disse, por fim, e foi se sentar, bem tranquila, como se não tivesse acabado de peitar a própria chefe, o que me fez rir sozinha diante do meu computador.

Mais tarde, enquanto almoçávamos, perguntei a ela se queria ir à aula de pilates. Carolina se esticou sobre a mesa do restaurante e tocou minha testa com as costas da mão.

— Tá doente?

Dei um tapinha de leve no braço dela, que o recolheu aos risos, com a língua entre os dentes.

— Faz, tipo, umas seis semanas que você não dá as caras no pilates — completou.

— Eu sei — respondi com a boca cheia de salada *caesar*. — Mas preciso voltar.

— Boa garota.

Franzi o nariz.

— Sempre me sinto um *poodle* de lacinho quando você diz isso — reclamei.

— Com essa franja precisando de uma aparadinha, você tá mais para um *shih tzu*.

Revirei os olhos e enchi a boca de salada outra vez.

No fim da noite, quando saíamos da aula, Carol quis saber o que eu faria em relação à igreja.

— Você não vai deixar de ir por causa daquele idiota, vai? — ela acrescentou para justificar a pergunta fora de contexto.

— Ainda não pensei nisso, pra ser sincera.

Carol assentiu e entramos no Honda Fit dela.

— Você pode ir só nos cultos de quarta-feira e domingo de manhã, por enquanto, pra evitar encontrar ele — sugeriu ao girar a chave na ignição.

— Você vai comigo?

— Lógico que sim — ela respondeu, as sobrancelhas unidas como se minha pergunta tivesse sido absurda. Então saiu da vaga e tomou o caminho para me deixar em casa.

Os próximos dias seguiram com muito trabalho e foco total no que era importante de verdade. E assim foram a semana seguinte e as que vieram após ela. Vez ou outra, eu me lembrava do Rodrigo, e aquela pontada me acertava o estômago. Não era como se eu ainda gostasse dele, é que pensar no que ele havia feito me fazia gostar menos de mim por um dia ter gostado dele, e eu detestava a sensação. Nessas horas, eu fazia uma breve oração mental pedindo a Deus que arrancasse de mim todas as lembranças. Passei a pensar em Rodrigo cada vez menos e, aos poucos, os dias se tornaram mais leves.

E, é claro, eu não tinha me esquecido da oração que havia feito e do homem de verdade que desejava conhecer, aquele por quem valeria a pena esperar em Deus. Como em toda história de amor, da ficção ou real, eu sabia que precisava estar em movimento para que nos esbarrássemos em algum lugar do mundo e da vida — e, se tivesse sorte, em um *meet-cute* de respeito.

Mas a sensação que eu tinha era de que a minha rotina não me levaria ao meu final feliz. Faltava alguma coisa. Uma novidade, talvez. Confesso que não estava esperando que viesse em forma de videochamada.

Era uma sexta-feira, e eu estava sozinha no escritório durante a hora de almoço. Atualizava o planejamento da semana seguinte quando o nome Ana Carina surgiu na tela do MacBook tentando contato via FaceTime.

Fazia o quê? Uns dois anos desde que alguém da família havia me ligado pela última vez? Talvez mais. Mas não estou reclamando. Havia sido eu quem os afastara.

Passei a mão pelos cabelos já presos em um coque, endireitei a postura e aceitei a chamada.

— Ora, veja se não é a minha *brazuca* favorita! — a voz aveludada chegou até mim pelos alto-falantes com o sotaque carregado da terrinha. O rosto conhecido estava bastante modificado pelos últimos tempos; um pouco inchado e com mais linhas de expressão. — *Ó pá*. Por que é que ficamos tanto tempo sem nos falarmos, prima? Tu mal respondes às mensagens de texto! Isto é um absurdo! *Fogo*, *tás* tão bonita! Que fizeste nestas tuas sobrancelhas? Estão *bué* grossas! Diz-me já, que quero mandar fazer em mim também. Como anda o trabalho? Ainda *tás* a mexer com Instagram e coisas assim? Liguei-te porque tenho uma novidade brutal. Ó mãe, venha ver quem está cá!

Tia Inês surgiu ao lado dela, transformando o monólogo numa conversa em que não havia espaço para mim, embora eu fosse o assunto principal.

— Ai, Monalisinha, meu amor, quantas saudades tenho de ti! *Tás* tão magrinha, minha menina! Tens de comer melhor. Aposto que não cozinhas direito e comes besteiras o dia todo atrás desta parafernalha de computadores. Como está o teu noivo? Que *gajo* bonito *do caraças*! Tens de trazê-lo também.

— Ó mãe, *fogo*! Ainda nem tive tempo de convidá-la e já *tás* a falar de trazer o noivo.

Olhei meu rosto no pequeno quadrado no canto inferior direito da tela. Estava congelado em um sorriso forçado desde o início da chamada. E, se meus lábios tivessem que se mover, com certeza não seria para contar que o *gajo bonito do caraças*, além de nunca ter chegado a ser meu noivo de fato, havia me traído e nem sequer aparecido pessoalmente para tentar pedir perdão.

— Pois anda lá, Carina — instigou a mãe. — Diz-lhe a novidade duma vez.

Num movimento brusco, a mais nova enfiou diante da câmera o dedo anelar envolto em um solitário brilhante enorme.

— Estou noiva! — gritou.

— E grávida — minha tia completou com cara de quem havia chupado limão.

Ana Carina empurrou a mãe de leve com os ombros.

— Tens de vir para o casamento, prima. E, por favor, sejas minha madrinha. Ficas cá em casa, pelo tempo que quiseres. Faz anos que não nos vemos!

Fazia quase uma vida, na verdade. A última vez havia sido após o enterro da minha mãe. Eu tinha treze anos. Em vez de irem para o funeral, tia Inês me comprou uma passagem, e eu tinha ficado um mês inteiro hospedada na casa delas em Braga, minha cidade natal.

A lembrança me causou estranheza. Eu nunca havia me sentido portuguesa de fato, já que minha mãe e eu nos mudamos para o Brasil quando eu tinha seis anos de idade. Mal me lembrava dos lugares que havia visitado da última vez; quase todas as paisagens tinham sido escurecidas pelas nuvens cinzas que encobriam o meu coração adolescente e órfão.

Havia uma única cena que capturara o meu olhar naquela viagem: o pôr do sol no Miradouro. E pensar nele desbloqueou um desejo instantâneo e pulsante de revê-lo.

— *Ó pá*, prima, emudeceste?

— Ela não disse uma só palavra até agora, Ana Carina — falou a mais velha. — Tu não dás chance com esta tua boca grande. E então? Vens ou não, Monalisa?

Encarei os dois pares de olhos azuis através da tela e disse a primeira e última coisa ao longo de toda aquela chamada:

— Chego aí na semana que vem.

12
Jeong

Uma semana e meia depois, de volta à porta da Livraria Lello.

Os braços da Carol despencaram como dois pesos mortos.

— M-morar aqui?

Balancei a cabeça de forma positiva.

— E é assim que eu descubro, Monalisa? Eu deveria ficar grata por essa viagem e ignorar a punhalada nas costas?

— Não era assim que eu planejava contar.

— Planejava contar? Você tinha que ter contado lá no Brasil!

— Para de gritar — pedi entre os dentes, forçando um sorriso caricato para duas senhorinhas que passavam e nos olharam como se fôssemos loucas. Talvez elas estivessem certas.

— Nossa, Monalisa! — Carol bufou, então começou a andar em direção ao apartamento.

Refiz o caminho até meu novo endereço permanente seguindo-a de perto. Carolina, que já é acelerada, em sua versão enraivecida parecia o papa-léguas depois de um engradado de Red Bull. E, em um silêncio mortal, ela me fez comer poeira enquanto seguíamos, mais uma vez, literal e figuradamente, ladeira abaixo.

Assim que passamos pela porta de entrada do prédio, o silêncio mortal deu lugar à enxurrada de palavras que ela tinha guardado o caminho todo:

— Inacreditável! Quanta consideração! A melhor amiga é a última a saber que a chefe está abandonando o navio! Não acredito que você me fez de trouxa durante a viagem toda, Monalisa!

— Eu não fiz. Não estou abandonando nada. Eu só... — apertei um pouco mais o passo atrás dela ao subir dois degraus por vez. O suor escorria pelas costas. — Eu só não consegui contar logo, amiga. Foi mal!

Ela bateu um dos pés com força no chão. Estava no último degrau para o primeiro andar. Com um giro rápido, ficou de frente para mim feito um compasso.

— Foi mal? Rá! É brincadeira! — E se virou outra vez, pisando duro rumo ao próximo lance de escadas. — Foi péssimo! — gritou de longe.

Enchi os pulmões enquanto ouvia a voz dela sumir escada acima e me permiti alguns segundos de descanso antes de retomar a corrida.

— Me desculpa! — devolvi no mesmo tom e me apressei, ofegante, virando à direita no fim do corredor para subir o restante dos degraus, mas colidi contra um corpo alto e forte. — Opa!

— *Oppa*?* — questionou a voz masculina quando eu cambaleei para trás.

Teria caído, mas um par de braços com músculos bem torneados, veias altas e uma certa cicatriz me ampararam, segurando as minhas costas com as mãos espalmadas. E, com tensão e expectativa crescentes, levantei o olhar lentamente até focar as duas íris escuras e brilhantes que me encaravam. Se estivéssemos em um dorama e houvesse uma trilha sonora, o volume da música aumentaria à medida que meus olhos baixavam até os lábios de aspecto macio.

---

* *Oppa* é uma romanização da palavra coreana 오빠. É como meninas e mulheres se referem a um irmão mais velho, amigo próximo e/ou namorado, desde que seja mais velho que ela.

— *Oppa?* — aqueles lábios repetiram, e o som da palavra avançou sobre mim como um eco.

Oppa. Oppa. Oppa. Oppa...

Até que meu cérebro foi chacoalhado, e eu me dei conta do mal-entendido e despertei do pequeno transe.

— *Oppa*, não. Opa! — expliquei num fiapo de voz. — Opa!

— Ô palhaçada! — Carolina apareceu nos degraus atrás do Sr. Gerente e o fez me soltar ao se colocar entre nós. — Estamos no meio de uma discussão importante aqui. Podem deixar o flerte para mais tarde?

— Flerte? — ele e eu questionamos juntos ao encará-la em sincronia.

Ela estalou a língua nos dentes e voltou a subir. Resmungava coisas como "amiga da onça" e "covarde". Eu a segui e João veio atrás de nós.

— As senhoritas brigaram?

— Parabéns! Descobriu isso sozinho?

Ele bufou e passou por mim com um esbarrão.

— Senhorita Carolina, cuidado para não cair da escada nesse ritmo! — E logo sumiu do meu campo de visão.

— Intrometido! — esbravejei, embora já não houvesse mais ninguém por perto para ouvir.

Respirei fundo mais uma vez para subir o resto dos degraus que faltavam. Cheguei ao apartamento 33 e me abaixei com as mãos nos joelhos, arfando.

João estava de pé junto à porta, do lado de dentro, sabe-se lá por quê, já que eu não lhe tinha dado permissão para entrar, e Carolina gritava novos desaforos do quarto. Pela movimentação que se podia ouvir, ela estava fazendo as malas.

— Então a menina Carolina já sabe que a senhorita veio para ficar? — João questionou.

— Quer parar de falar comigo desse jeito? Eu me sinto uma velha de oitenta anos.

— Devo tratá-la por tu, então?

— Eu já não disse que sim? — respondi com os olhos abertos demais ao endireitar a postura e voltar a ficar de pé. — E como *você* sabe que eu vim para ficar?

Ele enfiou as mãos nos bolsos da calça jeans larga e pendeu a cabeça para o lado.

— Será que é porque *tu arrendaste* o apartamento por um ano? Esqueceste que tenho acesso a essas informações?

Eu estreitei os olhos.

— Esqueci que *tu é* um sabe-tudo inconveniente e intrometido! — Lancei um sorrisinho falso. — E o que está fazendo aqui, afinal?

— As duas estavam a gritar pela área comum do edifício, e é meu trabalho manter a ordem.

— Vocês querem parar de ofuscar o meu chilique?

Viramos na direção da voz. A cabeça da Carolina flutuava por uma fresta aberta na porta do quarto.

João caminhou até o meio da sala.

— A senhorita poderia vir até aqui, por favor?

Ela abriu a porta por completo e saiu.

— Só porque você pediu com educação — disse ao se aproximar dele, então parou com os braços cruzados frente ao peito e franziu os lábios em um bico.

— Muito obrigado — João respondeu, inclinando a cabeça levemente para a frente. Em seguida, virou-se para mim e pediu: — Pode nos dar licença um instante, por favor?

— Eu? — levei uma mão ao peito, e ele fez que sim com a cabeça. — Por quê? Aqui é a minha casa, e o assunto não te interessa.

Ele fechou os olhos e inspirou com impaciência, mas respondeu em um tom de voz ameno:

— Porque as duas estão nervosas, e eu só quero ajudar. Pode, por favor, nos dar licença?

Quem ele pensa que é para se achar capaz de intermediar? Aquele metido a espertalhão acabava de atingir o ápice da arrogância. Mas como tanto ele quanto Carolina não deram indícios de que cederiam, eu deixei a sala para aguardar a conversinha deles no quarto.

Minutos mais tarde, minha amiga entrou no cômodo cujo chão e a cama estavam cobertos por roupas que ela mesma havia espalhado, a cara bem menos embravecida.

— Estou pronta para te ouvir — avisou.

Eu me levantei da cama num pulo.

— Jura? O que foi que aquele cara te disse?

— E isso é o que mais importa agora, Monalisa?

— Ele ainda tá aqui?

Ela balançou a cabeça em negação, empurrando a mala aberta sobre o colchão para se sentar, e eu me sentei também.

De pernas dobradas, ficamos frente a frente, então comecei contando a ela sobre a chamada de vídeo que havia recebido da minha tia e prima na semana anterior.

— Quando o convite surgiu, pensei que vir até aqui, agora que sou adulta, poderia me ajudar a ressignificar esse país e ser um recomeço pra mim — expliquei com o olhar fixo em minhas mãos sobre o colo. — Não sei se vou conseguir me reconectar com a família ou algo do tipo, mas talvez aqui, onde meus pais se conheceram, eu possa finalmente encontrar o meu lugar no mundo, e foi por isso que decidi ficar por pelo menos um ano.

Os dedos da Carol envolveram os meus e, com a outra mão, ela secou uma lágrima que rolava pela minha bochecha.

— Odeio saber que você ainda se sente assim, mesmo depois de todos esses anos, mas entendo, e saiba que sempre vai ter um lugar comigo, amiga.

— Eu sei... — funguei. — Mas acho que preciso disso, preciso ao menos tentar. Me desculpa por ter escondido a verdade, é que eu não sabia como contar, porque no fundo não quero me separar de você e tinha medo de que você tentasse me fazer desistir da ideia.

— É claro que eu tentaria! — ela ergueu a mão ao peito como se estivesse ofendida. — Mas se você tivesse explicado como explicou agora, eu teria feito menos barraco.

A confissão me arrancou um sorriso.

— E eu não tô abandonando a empresa — avisei. — Nem você. Vou trabalhar à distância e participar das reuniões por videoconferência, e vamos nos falar sempre.

— Sei — ela respondeu, encolhendo os ombros.

— É sério, garota. Além disso, vai ser bom para a agência.

Carol arqueou uma sobrancelha.

— Ah, é? Como?

— Pretendo conseguir alguns clientes europeus, expandir o negócio. Vou fazer o possível para vocês mal sentirem a minha ausência, mas o pessoal precisa de um pulso firme e presente, então você cuida de tudo lá por mim? — pedi.

— É claro que sim — ela respondeu com um revirar de olhos. — Mas e o resto das suas coisas?

— Eu trouxe o que mais importa. Só preciso que você vá ao meu apartamento de vez em quando, abrir as janelas para arejar, essas coisas. Pode ser?

— Cenzão — ela afunilou os olhos e estendeu a mão.

— Mercenária! — empurrei a mão dela.

Carol abafou uma risada e jogou o corpo para trás, se apoiando no colchão com os cotovelos.

— Isso é desvio de função — ela disse —, então nada mais justo que um extra.

— Está incluso na função melhor amiga — retruquei com uma careta, e ela riu, mas logo voltou a ficar séria.

— Isso é um adeus? — perguntou.

— Com certeza, não... — sorri um tanto triste. — Talvez eu volte a morar no Rio e, com certeza, pretendo estar no seu casamento.

— Agosto.

— O Tito finalmente marcou a data? — levei as mãos à boca. — Agosto do ano que vem?

— A gosto de Deus, menina. Porque ninguém sabe o dia nem a hora, só o Pai!

Espanei a perna dela com um tapa leve e rimos juntas.

— Já estou sentindo a sua falta — confessei baixinho.

Carolina chegou mais perto e me envolveu em um abraço.

— Se é pra morar aqui, não fique chorando, hein! Nem pelo crápula do Rodrigo, nem pela saudade dessa amiga maravilhosa que eu sou, nem pela megera da sua avó.

— Carolina!

— Ela é uma megera, mesmo, mas você é uma filha amada de um Pai perdoador, então, em vez de ficar presa pelo rancor, vá fazer as pazes com ela. Ela não merece, mas você precisa se libertar.

Estalei a língua nos dentes. Não queria falar daquele assunto. Não ainda. É verdade que eu tinha decidido voltar à minha terra natal, mas não tinha um plano concreto para além do desejo de recomeçar, e ainda morria de medo de rever a minha avó. Deitei a cabeça no colo da Carol, que começou a acariciar meu cabelo.

— Sério. O que foi que aquele cara te disse pra te amolecer a ponto de me fazer cafuné?

Ela suspirou.

— Só me ajudou a lembrar o que eu já sabia.

Girei minha cabeça sobre o colo dela para ver o rosto.

— O que você já sabia?

Carol se inclinou para me encarar.

— Não com essas palavras, mas que você é minha melhor amiga e merecia ser ouvida.

— Hum...

Eu mordisquei o canto da boca. *Morder a língua seria o mais correto?*

— Ele parece um cara muito legal, sabia? Vocês deveriam ser amigos.

A sugestão até me fez levantar.

— Eu e aquele metido?

— Metido, atencioso, gentil, gatinho... Continuo?

Revirei os olhos, e uma almofada acertou o meu rosto.

— É sério, Monalisa. Se não ele, alguém. Faça amigos, coma boas comidas, conheça lugares novos e se fotografe neles. Viva a vida com a empolgação típica do primeiro dia de férias e o saudosismo do último. Ou você muda a si mesma ou não vai adiantar nada ter mudado de endereço.

Com os olhos marejados de novo, eu a abracei bem apertado. Depois de ajudar Carol a fazer as malas, enviei uma mensagem para minha prima avisando que tinha chegado havia alguns dias e me desculpei pela confusão ao telefone.

"Não me conformo que preferiste hospedar-te no Porto e não vieste ficar conosco cá em Braga! Pior ainda não teres avisado que já tinhas chegado no teu aniversário! És mesmo uma tola! Mas que bom que chegaste bem, prima. Amo-te e morro de saudades de ti! Segue o endereço do ateliê para a prova do vestido amanhã. Beijinho grande", foi a resposta dela.

Sorri com pesar para o celular.

Mais tarde, Carol me convenceu a aproveitar o resto do dia pelas ruas do Porto. Ela tirou mais fotos que o normal, muitas comigo, e comprou *souvenirs* para uma longa lista de parentes e amigos anotada no celular. Almoçamos francesinha, que, apesar do nome, é um tradicional sanduíche de forno português, original da cidade do Porto, com molho picante à base de cerveja, leite e vinho.

Atravessamos a ponte D. Luís I e passamos as horas finais da tarde deitadas no gramado do Jardim do Morro, que fica aos pés do miradouro em que estive sozinha no primeiro dia e onde planejávamos encerrar aquele último.

Ouvimos Taylor Swift em fones compartilhados e tomamos *gelato* para celebrar o fim definitivo da nossa juventude. Éramos adultas — embora já fôssemos havia muito tempo, mas a ficha sempre demora a cair — e em breve seguiríamos por estradas separadas.

Próximo ao pôr do sol, subimos até o miradouro para apreciar a paisagem.

— Que perfeição! — Carol disse enquanto contemplava a vista. Para variar, o celular estava guardado no bolso e apenas os olhos eram responsáveis por registrar a cena.

Corri os meus por toda a extensão do horizonte diante de nós. Os prédios, o rio, a ponte lá embaixo, as muitas cores no céu refletidas no rio e os pássaros voando baixo.

— Tudo fica mais lindo sob essa luz dourada — constatei.

— E que bom que a gente chegou aqui a tempo de apreciar.

Eu me lembrei do que o Sr. Gerente havia me dito. Peguei o celular, abri o aplicativo do clima e chequei a hora prevista para o pôr do sol. Faltavam exatos quinze minutos. De fato, a hora mais bonita do dia. Será que havia alguma coisa que João não soubesse?

Ri comigo mesma.

Carolina agarrou meu ombro e, com os dedos longos, me puxou ao encontro do dela. Depois nos fez girar para ficarmos de costas para a vista e ergueu o celular em modo selfie acima de nossas cabeças. Mandou que eu sorrisse e clicou no topo da imagem, enfocando o céu, então apertou no botão branco central para capturar a foto.

— Você ficou linda — ela disse ao conferir o resultado. — Vou te enviar e você manda para o Sr. P — sugeriu balançando os ombros numa dancinha ridícula.

— Não podemos esquecer essa história?

— Esquecer? Minha querida, eu vou voltar para o Brasil, mas ainda tô louca pra desvendar esse mistério.

Bufei, e ela estalou um beijo na minha cabeça.

— Estou contando com essa sua cabecinha inteligente para descobrir quem esse homem é, viu?

Dei risada e passei meu braço por cima dos ombros dela.

— Eu te amo, Carolinda. Temos *jeong* até o fim.

Ela olhou dentro dos meus olhos e sorriu.

— Também te amo, Lisa. Obrigada por me trazer com você.

13
De volta para a minha terra

Carolina e eu nos despedimos na porta do Princesinha da Ribeira com um beijo e um abraço rápidos antes de ela entrar no Uber que a levaria ao aeroporto. Casual, como ela mesma queria que fosse.

"Se você for comigo até lá, vai parecer demais uma despedida", ela dissera minutos antes, enquanto se vestia. E eu me limitei a cumprir a vontade dela. Provavelmente era melhor assim.

Depois que se foi, tentei voltar para a cama e dormir mais um pouco, mas não consegui, então fiquei de pé, tomei um café da manhã reforçado e um longo banho e parti para o meu compromisso do dia.

Minha cidade natal era o destino. A uma hora de distância de trem do meu novo endereço, Braga é uma cidade bimilenar, a mais antiga do país — e, para mim, a mais triste também, porque era lá onde tanta coisa ruim havia acontecido no meu passado e no dos meus pais.

Saí do prédio e subi as ruas até a belíssima estação dos comboios Porto São Bento. O lugar impressionava os viajantes com painéis de azulejos azuis e brancos que contavam a história do país. Gastei alguns minutos em contemplação enquanto aguardava na fila para comprar meu bilhete. O próximo comboio para Braga sairia pontualmente em dez minutos. Com a passagem na mão, segui para a plataforma onde o trem, estacionado e de portas abertas, já recebia os passageiros. Caminhei até o primeiro vagão e, embora houvesse um par de bancos ainda vazios, me sentei ao lado de um homem de boné bege com a cara enfiada em um livro russo. Só o escolhi pois aquele era o último assento virado para a frente. Odeio viajar de lado ou de costas.

Pedi licença e me acomodei junto à janela. Dando graças a Deus mentalmente por ninguém ainda ter se sentado nos dois bancos virados de frente para os nossos, estiquei as pernas e procurei meus fones dentro da bolsa. Como não os encontrei, me dei conta de que os havia esquecido em cima da mesinha de cabeceira.

— Que droga! — lamentei baixinho.

— Concordo — disse uma voz conhecida. Eu me virei devagar para encarar meu vizinho de assento. — Com tantos assentos livres, a senhorita Vaquinha sentou-se justamente ao meu lado. Que droga!

Minha paciência se esgotou no mesmo instante.

— Não gosto de me sentar de costas e não vi que era você aí — falei entredentes.

Um dos cantos dos lábios dele subiu um pouco.

— Tanto faz — respondeu e voltou a enfiar o rosto naquele livro chato.

O título, *Crime e castigo*, sem dúvidas traduzia o meu infortúnio momentâneo. Que crime eu havia cometido para ser submetida ao castigo de viajar por uma hora inteira ao lado daquele cara insuportável?

Encolhi minhas pernas e me virei ao máximo para o lado oposto, quase colei o rosto na janela. O trem logo começou a andar, e eu fixei os olhos na paisagem e me deixei relaxar. Aos poucos, os prédios deram lugar às árvores e, lentamente, tudo virou um borrão de cores que foi escurecendo, escurecendo, até sumir por completo por um longo tempo, como se o meu corpo entrasse em um mergulho profundo até, de súbito, ser lançado para a frente.

Pisquei algumas vezes enquanto a luz voltava a colorir tudo diante de mim e olhei em volta. O Sr. Gerente já não estava ao meu lado, e os demais passageiros se levantavam para deixar o trem. Pela janela, li o nome da estação: Braga. Era o fim da linha. Eu não precisava correr, mas meu cérebro ainda adormecido não se lembrou disso e, assustada, me coloquei de pé em um salto atrapalhado. O movimento fez algo cair do meu colo ao chão com um som metálico forte.

Apalpei a alça da bolsa e conferi que permanecia intacta, transpassada no corpo. Então olhei para baixo. Havia uma garrafa térmica e um boné bege aos meus pés. Eu me abaixei, os recolhi e deixei o vagão com passos apressados. Busquei o celular dentro da bolsa para conferir as horas. Tinha uma mensagem enviada do número da gerência do Princesinha da Ribeira, dez minutos antes.

"Braga é bastante quente. Hidrate-se."

Guardei o boné e a garrafa decidida a não usá-los mesmo que o calor fritasse os meus miolos. Ainda não era meio-dia, e aquele cara já tinha se intrometido na minha vida. De novo. Ainda bem que ele tinha ficado pelo caminho.

Andei depressa para fora da estação até lembrar que não estava atrasada, então desacelerei o passo. Abri o aplicativo do mapa e pesquisei o endereço do ateliê. Avenida da Liberdade, 638.

A rota calculada indicava que eu estava a dezenove minutos a pé do local. Decidi ir assim mesmo, grata pelo meu par de tênis confortáveis. Virei à esquerda e subi o Largo da Estação, depois segui por uma longa rua que terminava no Arco da Porta Nova, uma passagem apenas para pedestres em estilo barroco e neoclássico que é símbolo da cidade.

O caminho para além do arco se tornou uma ligeira subida por onde as pessoas transitavam sem pressa. Passei por restaurantes, cafés, joalherias, confeitarias e lojas de *souvenirs*. Vi igrejas e monumentos históricos com ares de outros tempos. Parecia que, ao passar pelo Arco da Porta Nova, eu tinha, na verdade, acessado um portal para o passado. Mas a modernidade de um ou outro estabelecimento pelo caminho me lembrava de que eu ainda estava no século 21.

O sol brilhava no céu e minha boca logo ficou seca. Praguejando em pensamentos, enfiei o boné do João na cabeça e bebi um longo gole da água ainda gelada. Retomei a caminhada e em poucos minutos cheguei à Praça da República, ampla e com seu esplendoroso chafariz. Lembrei-me do conselho da Carol e fiz uma selfie com o famoso Edifício Arcada ao fundo.

À esquerda estava a Avenida da Liberdade, meu ponto final. Parte dela era apenas para pedestres — a parte mais bela, diga-se de passagem. A larga avenida tinha ao centro dois grandes canteiros de flores multicoloridas que dividiam o caminho em três vias. Várias lojas estavam instaladas nos prédios antigos, com destaque para a fachada belíssima do Theatro Circo e de uma Zara na qual fiquei tentada a entrar.

Fiz diversas fotos e até me sentei em um dos banquinhos para apreciar o ritmo da cidade. Se ela não carregasse a história da tragédia que havia destruído a minha família, eu poderia amá-la até mais que o Rio ou o Porto. O pensamento pesou meu coração, mas não tive tempo para lamentar, pois o telefone tocou. Era minha prima querendo saber onde eu estava. Respondi que havia chegado, me levantei e segui até o número 638.

Na fachada laranja, lia-se "Centro Comercial Gold Center". Em uma lista no alto da parede, logo na entrada, conferi o número da loja e não demorei a encontrá-la. Por trás dos três modelos de vestidos de noiva expostos na vitrine, eu já pude ver dezenas de outros trajes brancos pendurados lado a lado no interior do ateliê, de uma ponta a outra de ambas as paredes laterais.

— Seja bem-vinda, menina — a funcionária me recebeu ao abrir a porta de vidro para mim. Tinha no rosto um sorriso ensaiado, e os olhos dela me analisaram dos pés à cabeça... ou melhor, dos tênis ao boné!

Removi-o depressa e alisei os fios da franja para garantir que não ficassem assanhados demais.

— Obrigada — respondi ao entrar.

O ambiente era muito claro. Na parede ao fundo, havia um balcão revestido de espelho e, atrás dele, o nome *Bem-me-queres* gravado em letra cursiva dourada. Um lustre de cristais, tapete felpudo ao centro e duas poltronas vitorianas em capitonê bege e dourado no canto arrematavam o estilo clássico.

— Só faltava a senhorita. Por favor, acompanhe-me. — E liderou o caminho por uma porta de correr camuflada pelo papel de parede de arabescos ao lado do balcão.

Esse segundo cômodo no qual entramos seguia o mesmo padrão decorativo do primeiro, com a adição de um enorme puff redondo em capitonê ao centro, um espelho do teto ao chão, dois provadores de cortinas em veludo marfim e muitos spots de led.

Tia Inês e Ana Carina me receberam com todo o entusiasmo, abraços e muitos beijos, apresentando-me à outra madrinha como *a prima brazuquinha*.

— Mas ela nasceu cá — Carina acrescentou.

— Ai, por Deus! Achei que morreria sem pôr os olhos outra vez em ti! — Tia Inês envolveu meu rosto com ambas as mãos e me beijou a testa mais algumas vezes. — Por esta luz que me ilumina, Monalisa, juro-te que se sumires por tanto tempo assim outra vez eu vou ao Brasil e arranco-te de lá à força. *Tás* a me ouvir?

Eu teria contado que havia chegado para ficar se elas tivessem me dado a chance de dizer alguma coisa.

— Fizeste boa viagem? — A noiva me pegou pela mão e me fez sentar no puff de camurça. Virou-se para a funcionária e pediu: — Fernanda, por favor, traga champanhe para a minha prima.

— Prefiro uma Água das Pedras de limão — avisei baixinho à moça, que acenou com a cabeça enquanto minha tia e prima ainda disputavam para ver quem falava mais e mais alto.

— Ai, como *tás* linda de franjas, prima! Sabes que és uma inspiração de beleza para mim, não sabes? Tu, com esta cor dourada e curvas brasileiras abençoadas! — E riu do próprio comentário.

Guardei uma mecha de cabelo atrás da orelha e puxei a barra da minha saia jeans mais para baixo. Depois disso, as duas emendaram um discurso animado sobre mim, gabando-se pelo fato de eu ser empresária.

— Embora eu não entenda o que é que ela faz lá — minha tia acrescentou, e a outra madrinha apenas assentiu, como vinha fazendo desde o começo, sem conseguir dizer uma palavra sequer, assim como eu.

— Prima, vais ficar tão *gira* no modelo de vestido que a Amélia desenhou para as madrinhas! — Carina garantiu ao tocar o meu braço, e eu, forçando um sorriso, peguei a bebida que a funcionária do ateliê me serviu. — Vocês duas vão ficar *giras*, meninas — virou-se para a outra madrinha. — A Amélia desenha só vestidos de noiva, mas abriu uma exceção para mim. Fizemos juntas o secundário, e vocês vão ver quanto ela é maravilhosa. Uma pena que não pôde estar cá hoje.

Ela falou mais algumas dúzias de palavras até Fernanda voltar com os vestidos. Eu fui a segunda a provar, o que foi muito bom, pois a outra madrinha precisou ir logo embora para trabalhar e assim não presenciou o diálogo que se seguiu.

— Ui, mas é agora que o teu namorado marca a data do casamento! — Tia Inês levou a mão ao coração. — *Tás* deslumbrante, minha menina.

O comentário poderia ter me entristecido com a lembrança de Rodrigo. Em vez disso, olhei minha imagem no espelho e concordei com um sorriso, enquanto Fernanda marcava os ajustes necessários com alfinetes. De tecido verde-menta com toques brilhantes, a peça era composta por uma saia evasê e corpete justo em decote coração, com mangas compridas de tule que começavam rente à linha do decote e deixavam os ombros completamente nus. Eu estava belíssima dentro daquele vestido. Ou, como dizem as portuguesas, *gira*. Estava muito gira!

O pensamento me encheu de um novo ânimo, e eu me virei para elas.

— Rodrigo e eu terminamos.

— O quê?

— Ele me traiu, na verdade.

Tia Inês xingou um palavrão, e Carina se levantou para me abraçar.

— Ai, eu sinto muito, prima. Deves ter sofrido tanto! Namoraram por quanto tempo? Dez anos? Que grande canalha!

— Valha-me Deus! Agora *tás* trintona e solteira outra vez!

— Por amor de Deus, mãe! Não fales asneiras, *se faz favor*? Faz tempo que se casar depois dos trinta tornou-se perfeitamente normal. O mundo agora é outro, não é mais como quando tu eras menina.

— Pelo menos vê se não engravidas antes de casar-te, Monalisa.

Carina revirou os olhos, e eu baixei os meus para a barriga dela. Tinha me esquecido desse detalhe. Ainda não dava para notar.

— Parabéns — sussurrei para ela, que sorriu em resposta.

— De qualquer das maneiras, sinto muito por isso, prima.

O olhar de piedade me fez encolher os ombros. Tá certo, eu deveria ser mais segura de mim, mas simplesmente odeio ser alvo da pena alheia. Olhei em volta e não era só Carina que me encarava com aquele brilho condescendente, mas também minha tia e até a tal Fernanda. Ergui o queixo tentando ser durona.

— Não sinta. Eu estou ótima. Na verdade, já estou com outra pessoa. — E prendi os lábios assim que a mentira saiu.

Foi uma percepção imediata de que tinha ido longe demais. Onde eu estava com a cabeça?

— O quê? A sério? — Carina questionou com os olhos arregalados.

— E-eu...

Meu coração acelerou enquanto eu procurava as palavras. Como eu sairia daquela arapuca que eu mesma havia armado? Tentei mudar de assunto.

— Eu vim para ficar — falei de uma vez, revelando a mudança que elas ainda desconheciam.

— Como é? — a mais velha perguntou.

— Estou morando em um prédio próximo ao Douro.

— Mas o quê? Mudaste para Portugal e só agora dizes? — Carina me deu um tapa no braço.

— E no Porto? Por que não cá em Braga?

— Eu gosto mais de lá — expliquei.

— Deixa ela, mãe. Que *fixe*! Então teu namorado é daqui?

Ai! Isso de novo. Pelo visto, elas não vão esquecer tão fácil assim.

— Ahn... Ele... é.

— Ai, que maravilha! Leva-o contigo ao casamento, queremos conhecê-lo — disse a dona da festa, e eu me lasquei de vez.

— Na verdade, leva-o à nossa casa neste domingo. Vamos almoçar todos juntos, vocês, nós e a *avó* — a mais velha disse, pronunciando a última palavra com cuidado.

Engoli em seco.

— Obrigada, tia, mas ainda não estou pronta para rever a avó — respondi com a voz abafada. — No casamento, até vai, vai ter mais gente por perto. Mas almoçar com ela... não me sinto confortável.

Tia Inês assentiu. As duas ficaram sérias e, pela primeira vez desde que eu havia chegado, se calaram.

O clima mudou tão drasticamente que Fernanda, até então calada em um canto do cômodo, decidiu preencher o silêncio com um comentário sobre a data para entrega dos vestidos ajustados.

— A menina já pode tirá-lo — ela me avisou, por fim, e eu entrei no provador.

Vesti minhas roupas e, quando saí, mãe e filha já não estavam mais lá. Elas me esperavam na parte da frente, ainda quietas. Tão quietas que incomodava, por isso decidi dizer algo mais.

— Sei que esse é um assunto delicado para todas nós, mas, com certeza, é muito mais para mim, então tentem entender o meu lado. Quando eu estiver pronta, vou falar com ela. Prometo.

Ambas assentiram e deixamos o ateliê.

— Já vais voltar ao Porto? — Carina perguntou. — Almoça conosco.

Como não havia almoçado, aceitei o convite. Fizemos uma refeição típica portuguesa com sopa de entrada, pão, salada à parte, peixe com arroz e batatas fritas em chips; uma fatia de melão como sobremesa e café espresso extraforte no fim.

Me despedi delas e voltei à estação dos comboios com o boné do João na cabeça outra vez, onde permaneceu até que chegasse ao Porto. Talvez, só talvez, eu devesse agradecer a gentileza. Então passei por uma *cafetaria* na descida para casa e comprei pastéis de nata para viagem. Enfiei o boné e a garrafa vazia dentro da sacola e ensaiei a entrega durante o resto do caminho:

— Você é muito intrometido, mas até que o boné e a garrafa foram úteis. Obrigada. — E estiquei o pacote para o ar à minha frente.

Repeti a fala e o movimento algumas vezes pela rua, ignorando o olhar de uma ou outra pessoa que passava por mim. Fiz uma parada estratégica ao alcançar a porta de entrada do Princesinha para respirar fundo e engolir o meu orgulho. Então entrei, mas João não estava lá.

Aliviada, peguei um post-it no balcão, escrevi minha frase ensaiada e deixei tudo guardado onde só ele pudesse ver. Subi as escadas correndo antes que o encontrasse e entrei no apartamento. Tomei um longo banho e me joguei sobre a cama de toalha e tudo. O plano era descansar, mas, de repente, fui atingida pela lembrança do namorado fictício e afundei a cara no travesseiro.

Parabéns, Monalisa. Desta vez você se superou!

Mordi um pedaço da fronha me repreendendo por ter sido tão estúpida. Eu não ia dar uma de doida e contratar um namorado de aluguel. Então só tinha duas saídas, além de aparecer no casamento sozinha:

Opção 1: mentir mais uma vez fingindo que tinha terminado o relacionamento falso e virar a prima que perdera dois namorados em tempo recorde;

Opção 2: contar a verdade e virar a prima solteirona desesperada que precisara inventar um namorado.

Para completar, teria que, finalmente, encarar a minha avó. Apertei o travesseiro com mais força contra o rosto e soltei um choramingo. *Casamento da minha prima ou funeral da minha dignidade?*

14
Quem mora no piso superior?

Passei o resto da tarde perambulando pela casa sem conseguir me engajar em nenhuma atividade. Tentei de tudo: faxina, dorama, filme, leitura, exercícios, meditação e até joguinho no celular eu baixei. Mas, ao longo de todas aquelas horas que se arrastaram até a noite chegar, nada me fez esquecer a besteira que eu havia feito. Inventar um namorado, sem dúvidas, tinha sido o fim da linha. Depois de tudo, acabei de cabeça para baixo no sofá da sala, os pés no lugar da cabeça e a cabeça virada para o chão, num retrato perfeito da minha vida.

Pensar em retratos me fez abrir a galeria do celular e gastar um tempo com as fotos que havia tirado em Braga. Quem morava no piso superior começou a dar marteladas em sabe-se lá o quê, e eu conferi as horas. Sete da noite. Era só o que me faltava!

Rolei as fotos até chegar à foto-mensagem do Sr. P no meu aniversário, e uma ideia desesperada passou pela minha cabeça. *Talvez encomendar um namorado não seja uma solução tão ruim assim.*

— Sério, Monalisa? Tá achando que está em um filme da Sessão da Tarde? Em um dorama? Nossa, você deveria ser proibida de pensar! — eu me repreendi em voz alta em meio a batidas ritmadas e inconvenientes que vinham do andar de cima.

Nesse exato momento, recebi uma mensagem da Carol.

"Oi, cheguei. 😊 Como foi sua ida a Braga?"

Rapidamente escrevi uma resposta.

"Tudo bem, mas fiz uma besteira..."

E me arrependi assim que enviei. Não passou nem um minuto até a notificação de uma videochamada surgir na tela. Endireitei-me no sofá e, em meio às marteladas, atendi.

— O que foi que você fez? E esse cabelo bagunçado? Tá com roupa de ginástica, foi correr? Nossa, que barulho é esse?

O barulho deu uma trégua assim que ela fez a última pergunta.

— Caramba, tá parecendo minha tia com esse falatório todo!

— Rá-rá. Anda, fala logo! — ela respondeu e em seguida bocejou.

— Você não está cansada da viagem? Depois a gente se fala.

— Cansada eu posso ficar, mas curiosa é que não tem como. Desembucha!

Mordisquei o canto da boca.

— Eu...

TUM-TUM-TUM.

Olhei para cima, na direção das batidas, que cessaram outra vez.

— Eu falei que...

TUM-TUM-TUM. TUM-TUM-TUM.

— Mas que droga de bateção é essa a essa hora?

— Só ignora e me conta, Lisa.

— Bem, eu falei que... — Fiz uma pausa para criar coragem e, de olhos bem fechados, completei a frase numa tacada só: — Que-tenho-um-namorado-e-elas-convidaram-ele-para-o-casamento.

Silêncio total.

Abri um olho e depois o outro. Carolina mantinha o olhar fixo na minha imagem na tela do celular.

TUM-TUM.

Então caiu na risada.

— Meu Deus, Monalisa! Ficou louca? — E continuou a gargalhar.

Tapei o rosto com a mão.

— Não sei o que deu em mim. Elas estavam com uma cara de pena! — *TUM-TUM-TUM-TUM*. — E agora, pra sair dessa, de um jeito ou de outro eu vou parecer patética.

— Parecer? — *TUM*. — Lisa, você inventou um namorado. Você *é* patética! — E riu outra vez. — Mas eu te amo.

Eu suspirei, me sentindo *mesmo* patética.

Foi aí que o barulho das marteladas virou um som metálico e agudo de furadeira.

— Ah, pelo amor de Deus! — fiquei de pé. — Pera aí, Carolina. Vou ali reclamar com esse vizinho sem noção.

— Pera aí nada — ela disse, deitando o corpo no sofá —, me leva junto!

Então fomos. Subi os degraus pisando duro e martelei a porta do 43 com meu punho fechado. Ela se abriu, e eu dei de cara com João, que me olhou da cabeça aos pés. Era a segunda vez que alguém fazia isso no mesmo dia. Mas agora eu estava descalça, um pouco mais descabelada e enfiada num conjunto de lycra fúcsia.

Em uma tola tentativa de me resguardar, cruzei os braços e os apertei junto ao corpo, consciente de quão exposta estava naquele momento. Não havia pensado muito bem antes de sair de casa usando só um cropped e uma calça legging.

João limpou a garganta e voltou os olhos para o meu rosto.

— Senhorita Vaquinha, como posso ajudar?

— É o João? — a voz da Carol soou pelo celular, que eu segurava contra a cintura.

— Senhorita Carolina? — ele apontou para as costas do aparelho. — Como foi a viagem?

— Tudo certo, obrigada! Monalisa, eu só tô vendo um pedaço desse seu top roxo!

Eu ergui o celular até o rosto.

— Amiga, depois eu te ligo. E é fúcsia!

— Não desliga, eu q...

E desliguei, sim.

— Que horas você vai encerrar o expediente? — perguntei ao João.

Ele vestia uma camiseta branca, a calça jeans surrada de sempre, meia nos pés e óculos de proteção no alto da cabeça prendendo a franja para trás.

— Em breve — respondeu.

Tentei espiar dentro do apartamento, mas o corpo dele era largo e cobria a visão.

Baixei a voz e perguntei:

— Quem é a pessoa que mora aí que tá te obrigando a consertar coisas a essa hora?

Ele se inclinou um pouco para a frente e respondeu no mesmo tom sussurrado:

— O pior vizinho de todos.

— Nossa! Logo em cima do meu apartamento? E até que horas vai essa barulhada toda?

— Só mais meia hora, mas está dentro do permitido.

Eu assenti.

— Acho que posso aguentar, então. Já vou indo. — E me virei em direção à escada.

— Senhorita Vaquinha!

Cerrei os punhos e girei nos calcanhares descalços de volta para ele.

— Quer parar de me chamar assim?

— Como devo chamá-la, então?

— Pelo meu nome!

— Monalisa? Nunca gostei do quadro. Aquela mulher me dá arrepios. Pensando bem... a senhorita também. — E balançou a cabeça em negação com uma careta.

Estreitei meus olhos para ele.

— Para alguém da Coreia, você é bastante mal-educado.

Ele ficou inexpressivo por um momento e depois pareceu se esforçar para reprimir um sorriso irônico.

— Para "alguém da Coreia"?

— Sim! Seus conterrâneos costumam ser cavalheiros gentis, e não grandes intrometidos... como certas pessoas.

João arqueou uma sobrancelha.

— Quantos coreanos a senhorita conhece?

— Alguns — respondi, imaginando que, se os *idols* não contassem, aquela seria minha segunda mentira do dia.

Ele cruzou os braços e se apoiou no batente da porta.

— Me fala o nome de algum. Talvez eu conheça.

— Ah, tá! Como se a Coreia fosse um ovo.

— A senhorita não imagina como o *mundo* pode ser um ovo às vezes. Anda lá, diz-me...

Passei o peso do corpo de um pé para o outro.

— Ahn... tem a... Kim Mi So.

Os cantos dos lábios dele se esticaram brevemente.

— A protagonista de *O que houve com a secretária Kim*?

Engasguei e comecei a tossir.

Que droga! Pensei que ele não fosse conhecer o nome.

No meio da minha crise, João entrou no apartamento e, com isso, pude ver o lado de dentro. Havia um monte de ferramentas e peças de madeira espalhadas pelo chão da sala e nenhum sinal do proprietário. Ele correu até a cozinha — que tinha conceito aberto como a minha —, abriu a geladeira, encheu um copo de água e voltou.

— Toma. Beba tudo.

Eu já tinha parado de tossir, mas obedeci e bebi até a última gota para ganhar tempo sob seu escrutínio.

— Então a senhorita Vaquinha é noveleira — comentou tentando conter o riso na voz.

— Pelo visto, você também — devolvi o copo.

— Graças a Deus, não. Odeio esses dramas, mas minhas irmãs amam perder tempo com eles, e eu tenho de ouvi-las falar sobre isso vez ou outra.

Ah, claro. Estava estranho mesmo.

— Você é um chato.

— Olha quem está sendo mal-educada agora.

— Por falar nisso... — cruzei os braços. — Você abre a geladeira de todos os moradores sem que eles vejam? Devo colocar um cadeado na minha?

— Eu tenho autorização para abrir esta aqui — ele apontou para trás. — E, a propósito, não precisavas comprar pastéis de nata para mim. Apesar de eu ser mal-educado e intrometido, o boné e a garrafa foram um lapso de gentileza e não careciam de nenhum pagamento, mas agradeço. Estavam deliciosos. Agora, por favor, dê-me licença, preciso terminar o serviço antes que a vizinha... como é mesmo a palavra que vocês usam no Brasil? Ah, sim. *Barraqueira*. Preciso terminar antes que a vizinha barraqueira do trinta e três chame a polícia.

O meu queixo caiu, e João se curvou com um sorriso contido nos lábios ao dar um passo para trás, então o sorriso irônico se abriu amplamente, revelando aquelas covinhas irritantes. Antes que eu pudesse responder, ele fechou a porta na minha cara.

— Idiota! — gritei contra a madeira escura. Desci para casa com fumaça saindo pelas orelhas e o som da furadeira entrando de novo.

Liguei de volta para a Carol e contei tudo o que havia acontecido sem que ela se desse ao trabalho de pedir. Como era de se esperar, a traíra achou a maior graça.

— Ai, eu adoro o João, sério! — disse com toda a sinceridade em meio aos risos, que se misturavam com o som das marteladas voltando a invadir a minha casa. Eu revirei os olhos. — Você devia pedir para ele ir no casamento com você e fingir ser seu namorado.

— Só se eu tivesse ficado maluca de vez!

— Namorados de mentira. Esse não é o seu clichê favorito? Seria uma aventura e tanto.

— Não fala besteira, Carolina — repreendi, como se uma ideia parecida já não tivesse passado pela minha cabeça (sem incluir aquele chato). — Por que tinha de me lembrar dessa história de namorado?

— Como esquecer? Ai, ai, amiga... O seu fundo do poço é um entretenimento e tanto!

— Rá. Rá. Rá.

Carolina me mostrou a língua de um jeito travesso e avisou que ia descansar.

— Por favor — pedi.

— Também amo você, viu?

— Eu sei. Tchau. — E desliguei.

TUM-TUM-TUM.

— Mas que droga! — gritei para o alto e me levantei do sofá queimando de raiva.

Catei a vassoura e bati no teto diversas vezes com a ponta do cabo. Um mísero *toc-toc-toc* foi tudo o que consegui produzir.

Frustrada e exausta, decidi encerrar aquele dia caótico com um longo banho e ir para a cama mais cedo, antes que acabasse fazendo jus ao adjetivo de barraqueira que me fora, injustamente, atribuído.

15
Formalidades

O dia seguinte foi marcado pelo fim das minhas curtas férias. Tínhamos uma reunião importante agendada com uma grande marca nacional de cosméticos veganos, a primeira da qual participaria apenas por videoconferência, a um oceano de distância, e me sentia ansiosa com a ideia. Precisávamos fechar aquele contrato. Estava marcada para as três e meia da tarde no horário de Brasília, sete e meia da noite no de Lisboa, então eu não precisava correr. Mas, como havia acordado cedo, decidi caprichar para o primeiro dia.

Comecei com o meu tempo devocional. Estava estudando a Carta de Tiago e tentava aprender a dominar a língua, ainda sem sucesso, o que ficou claro no capítulo anterior. Fiz uns exercícios aeróbicos com a ajuda de vídeos na tevê, tomei banho e, depois, um café reforçado. Chamei um Uber e parti para a Ikea mais próxima. Na gigantesca loja de móveis, decoração e utilidades em estilo monte-você-mesmo, escolhi minha nova mesa de trabalho, cadeira e todos os apetrechos necessários para transformar o canto da sala em um escritório.

O motorista da volta foi o mais antipático que já havia tido o desprazer de encontrar e nem sequer ofereceu ajuda para colocar as compras no bagageiro. Não que fosse obrigação dele, mas custava tanto assim? À porta do Princesinha, pedi que estacionasse o mais perto possível da entrada para facilitar minha vida, e ele o fez com uma cara de maracujá azedo.

Saltei do carro e tirei do bagageiro as duas grandes sacolas retornáveis amarelas com os itens menores. Eu havia me empolgado na loja e comprado várias coisinhas para a casa a fim de deixá-la um pouco mais a minha cara. Deixei as sacolas pesadas no canto da recepção e voltei para pegar o restante lamentando o fato de não ter elevador ali. Respirei fundo e me inclinei para pegar a primeira caixa, mas um braço forte e marcado por uma extensa cicatriz deteve o meu.

— Eu cuido disso — João disse ao pegar a caixa sem grande esforço, como se estivesse vazia. — Suba com apenas uma daquelas sacolas, depois pegue a outra, para evitar acidentes na escada, *se faz favor*, e deixe as caixas comigo.

Não protestei e fiz conforme ele havia mandado.

João entrou atrás de mim no apartamento, deixando o par de tênis ao lado dos meus, perto da porta. Fizemos mais duas viagens cada um, porque insisti em carregar o espelho grande que havia comprado para finalmente conseguir ver meu corpo todo ao me arrumar.

— Aceita um pouco de água? — ofereci no final, pois era o mínimo que eu poderia fazer depois de toda a ajuda.

No mesmo instante, lembrei-me de um livro em que o cara havia descoberto que a mocinha seria sua esposa porque ela lhe havia oferecido água. Era um sinal que ele tinha pedido a Deus. Fiquei momentaneamente aterrorizada. *Por que não ofereci suco?*, pensei e soltei uma risada esganiçada.

— Não, obrigado — João respondeu. — Tenho muito trabalho a fazer. Com licença. — E saiu, fechando a porta atrás de si.

Suspirei aliviada e dei de ombros. Sentia-me grata pela ajuda e mais ainda por ele ter ido logo embora, então comecei o serviço lavando e guardando os novos itens de cozinha. Depois, dei destino a cada um dos objetos de decoração, como velas aromáticas, uma luminária para o quarto, porta-joias e divisórias para o guarda-roupa. Por fim, restou montar a mesa e a cadeira estilo gamer, branca e rosa, para me dar todo o conforto que merecia. Já era quase meio-dia. Li as instruções e só então percebi que eu não tinha chave de fendas nem nada do tipo.

A imagem das ferramentas espalhadas pelo chão no andar de cima na noite anterior voltou à minha mente. Ferramentas do João.

— Que ótimo! — bufei ao sair do apartamento e desci até a recepção. Silvia, a mulher que deveria trabalhar ali todos os dias se não faltasse mais que tudo, disse que o gerente estava na sala dele.

— Sala dele?

Ela assentiu e voltou a mexer no computador. Eu a encarei esperando que percebesse que eu não sabia onde ficava, mas a mulher não moveu um músculo em minha direção.

— Pode dizer onde é, por favor? — perguntei.

— Naquela porta — ela apontou sem tirar os olhos da tela.

Respirei fundo e caminhei até a pequena porta à esquerda. De olhos fechados, dei duas leves batidas no vidro fumê onde havia uma pequena placa de metal com a palavra *Administração*.

— Pode entrar, Silvia! — o gerente gritou lá de dentro.

— Ahn... É a Monalisa.

Não houve resposta. Pensei em bater outra vez e, quando me preparava para fazê-lo, a porta se abriu.

— Use isto — João me estendeu uma pequena maleta.

— Como sabia que...

— A palavra que a senhorita procura é *obrigada* — interrompeu. — E, agora, com licença.

Segurei a porta para impedir que ele a fechasse.

— Por que você está sendo tão grosseiro?

— Grosseiro? *Aigoo*!* — ele balançou a cabeça em negação. Abriu e fechou a boca algumas vezes e, por fim, acabou dizendo: — Eu *gostava* de saber o que há de grosseiro em ajudar a subir toda aquela parafernália e ainda emprestar minhas ferramentas.

— Tudo bem, *o-bri-ga-da* — arrastei a palavra dita a contragosto. — Obrigada por isso e pelo boné, pela garrafa d'água e pelas lavandas, pelas dicas e por todo o resto. Mas de que adianta tudo isso se vai bater a porta na minha cara?

Ele pendeu a cabeça para o lado e examinou o meu rosto.

— O que foi? Tem alguma sujeira aqui, por acaso? — passei os dedos pela minha bochecha.

— Senhorita Vaq... Monalisa — ele disse com a voz suave e ao mesmo tempo forçada. Não me pergunte como. — Eu estava a fazer o meu serviço ontem à noite com o mínimo de barulho possível, dentro do horário permitido, e a senhorita foi até lá encher a minha paciência. No dia anterior, ajudei na discussão com a vossa amiga...

— Vossa? O que aconteceu com o *tua*?

— Fui chamado de mal-educado, então *tou* a procurar ser o mais educado e formal possível. Enfim, tenho trabalho a fazer, se não se importa.

— É mesmo? E o que faz aí nessa sala? — eu o empurrei, passando para dentro. Era um pequeno escritório com uma mesa, computador, cadeira, armários de metal e dois vasos de plantas.

— É a administração e meu escritório. Satisfeita?

— Hum... — apertei a maleta de ferramentas contra minha barriga, e João a tomou das minhas mãos. Assustada com a atitude repentina, perguntei: — O que foi agora?

---

*Aigoo é uma romanização da palavra 아이구, interjeição coreana que expressa susto ou reclamação, semelhante a *Aish*.

— Você não vai saber usar mesmo. Mais tarde passo lá e monto.

— *Você?* Não disse que seria formal?

Uma risada de desdém escapou pelo nariz dele.

— Para alguém que nasceu cá, a senhorita parece saber muito pouco sobre a cultura do país. *Você*, em Portugal, pode ser considerado bastante formal.

Engoli em seco.

— Como sabe que eu nasci... — Então eu mesma me interrompi dessa vez ao lembrar que ele tinha acesso aos meus dados. — Esquece — completei. E, sem energia para continuar a discutir, assim como sem condições de negar ajuda, avisei: — Preciso de tudo pronto antes das duas para começar a trabalhar.

— Subo em vinte minutos e faço em dez.

— Ótimo.

— Ótimo.

Ele sinalizou a porta, dando-me passagem, e a fechou antes mesmo que eu pudesse dizer mais alguma coisa.

Meia hora mais tarde, meu escritório estava montado, e João, longe da minha vista outra vez. Comecei a trabalhar pela minha caixa de entrada do e-mail, que precisava ser respondida. Assinei digitalmente alguns documentos pendentes e analisei duas propostas de ações de marketing elaboradas para dois importantes clientes. Aprovei apenas uma delas e a outra, enviei de volta para minha equipe com alguns comentários e pontos de melhoria. Revisei um contrato com uma prestadora de serviços e repassei os principais tópicos da apresentação que faríamos na reunião de logo mais. Ao fim do dia, às dez da noite para mim, a Era Uma Vez tinha um novo cliente, e fui para cama com a sensação de dever cumprido.

E assim foi o resto da semana. Por vezes, eu começava o expediente mais cedo ou terminava mais tarde — ou ao contrário, dependia das demandas do dia. Uma nova semana de trabalho veio e, após ela, outra.

Eu geralmente não me deitava antes da meia-noite e sempre permanecia pela sala até que o vizinho terminasse o sarau. Nunca mais havia me aventurado a cantar; só ficava ali, quietinha, ouvindo-o dedilhar o violão e, se tivesse sorte, a voz dele, pois nem sempre cantava. Até cheguei a pensar em gritar "quem você é e onde está?" mais de uma vez, mas desisti. O homem poderia morar em qualquer um dos prédios próximos, por serem todos tão grudadinhos, e no fundo eu gostava daquela espécie de concerto particular e secreto que se tornara uma das minhas poucas interações com o mundo fora do apartamento para além do pessoal do escritório. E, é claro, Carol e eu nos falávamos por FaceTime todos os dias.

— Como estão as coisas desse lado do oceano? — ela me perguntou depois que o restante do pessoal deixou a sala de reuniões. Era uma sexta-feira à noite para mim, tarde para ela.

— Indo — respondi sem ânimo.

— Tá enfiada direto no apartamento desde que começou a trabalhar, né?

Bebi um gole de água para não ter que responder.

— Pelo amor de Deus, Monalisa! Você mora na Europa. São... — ela conferiu o relógio — ... nove da noite aí agora e o sol mal acabou de se pôr. Vai viver!

Sofia, nossa estagiária, apareceu na porta atrás dela.

— Vamos tomar um café, Ca?

— Vamos, sim — Carol respondeu, e fui mordida pelo bichinho verde da inveja. Havia dias que não conversava com alguém de carne e osso fora de uma tela, que dirá sair para tomar um café! — Amiga, sério, vai fazer alguma coisa — ela insistiu quando Sofia se foi. — Vi que tá tendo uma festa de rua aí hoje, com shows em alguns pontos da cidade.

— Onde você viu?

— Numa plataforma nova chamada Instagram, conhece? Você deveria experimentar.

— Não, obrigada. Tô ótima fora dele. Uso só o da empresa, puramente para trabalhar, e sigo minha vida *low profile* por aqui, obrigada.

— Mas pelo menos seja uma *low profile* interessante. Vai atualizar o feed da sua vida real com boas histórias, por favor?

Depois que desligamos, fiquei um tempo pensando no quanto queria sentar em um café com a Carol ou num dos bancos da ribeira depois de bater perna o dia todo.

Meu nível de socialização estava baixíssimo. Deveria fazer o que ela havia falado? Mas para quê? Eu até poderia ir para a rua, mas continuaria sozinha. Não havia me atentado o suficiente ao fator solidão quando calculara os custos de uma mudança para tão longe dos amigos brasileiros e não tão perto dos parentes portugueses. Eu amava minha solitude no apartamento no Rio, mas ao fim de um longo dia de trabalho cercada de gente.

Por fim, decidi sair e pelo menos *ver* gente. E deveria ter apenas me levantado da mesa de trabalho, tomado um banho e saído, mas acabei com as mãos de novo no celular, enviando uma foto para o Sr. P, um print do meu bloco de notas, onde havia escrito: "Oi. Quer ir à festa comigo?".

16
Mister Park

O Sr. P aceitou o recebimento, e eu larguei o celular na mesa como se estivesse em chamas.

— Ai, o que eu fiz? Tô carente? Que vergonha!

Passei dez angustiantes minutos me martirizando à espera de uma resposta, que nunca veio. Depois de quase fritar os miolos, de tanto pensar em uma forma de remendar o meu erro, decidi ir sozinha mesmo. Estava morta de vergonha, arrependida, mas não deveria me privar de viver ou me esconder de alguém que nem sequer tinha um rosto para mim. Deveria?

Tomei banho e me engajei no que era um dos meus passatempos favoritos: me arrumar. Vesti um vestido azul transpassado com estampa de flor de cerejeira, bem cara de verão. Prendi os cabelos num coque alto e despojado, e arrumei a franja deixando duas mechas maiores soltas na lateral do rosto. Coloquei um par de brincos de argolinhas douradas e um colar com pingente de ponto de luz. No rosto, corretivo, pó, blush, máscara de cílios e um lip tint bem suave nos lábios. Tirei do armário minha Gucci Aphrodite rosa-bebê, uma das únicas quatro bolsas que tinha levado na mudança e o primeiro artigo de luxo que havia comprado na vida após fechar o primeiro contrato de sete dígitos com um cliente. Coloquei nos pés uma rasteira de tiras douradas e paralisei diante da porta. *E se o Sr. P estiver à minha espera?* Meu rosto esquentou, porque a vergonha era maior que a curiosidade.

Abri a porta devagar e espiei o corredor. Como não havia ninguém ou qualquer barulho vindo das escadas, desci correndo. Patética, eu sei. Para minha sorte, a recepção estava vazia. Já a rua...

Gente. Muita gente por todo lado e eu nem soube para onde ir. Segui o fluxo para baixo e acabei na ribeira. Os bares e restaurantes estavam entupidos. Para ser exata, as pessoas esbarravam umas nas outras, inclusive no meio da rua. Havia decoração com bandeirinhas coloridas no alto e músicas populares tocadas ao vivo em vários cantos, misturando-se aos gritos do povo numa bagunça sonora. Imensas banquinhas de comida de rua completavam o cenário com bifanas e sardinhas assadas em brasa, cujo cheiro preenchia o ar, e muita, muita cerveja pelas mãos de quem passava por mim.

Eram quase dez e meia da noite, e eu estava faminta. Embrenhei-me por entre a multidão até uma das bancas que vendia sardinhas, e minha cabeça foi atingida por algo que apitou. Olhei para trás. Um homem idoso acabava de me acertar com um martelo de plástico. Sorriu para mim e seguiu martelando outras cabeças pelo caminho. Só então reparei que a maioria das pessoas ao meu redor carregavam um exemplar do brinquedo nas mãos e acertavam as cabeças uns dos outros. Levei umas outras quatro ou cinco marteladas enquanto esperava para comprar uma porção de sardinhas.

— O que é essa festa? — perguntei à senhora que recebia os pagamentos.

Ela apertou os olhos e franziu o nariz.

— Ó menina, *tás* parva? Acaso não sabes que hoje é dia de São João?

Pisquei os olhos para ela e decidi também pôr em ação toda a objetividade portuguesa que corria em minhas veias:

— Ora, se eu soubesse, teria perguntado?

A senhora sorriu.

— Força, menina. São oito euros.

Eu balancei a cabeça em negação e entreguei a ela uma nota de dez. Recebi minha porção de sardinhas e percebi que não daria conta de comê-la sozinha.

— Posso trocar por um tamanho menor? — perguntei ao homem que me havia entregado o prato.

— Este é o único tamanho, menina — ele respondeu e voltou-se para sua grelha.

— Eu divido contigo — disse uma voz grave e encorpada vinda de cima.

Eu me virei na direção dela. Era o loiro alto e bonito do apartamento 12, com a mão estendida para mim.

— Patrick — ele se apresentou, e eu o cumprimentei com um sorriso tão contido quanto possível. Não queria dar muito na cara o quanto tinha ficado animada com sua aparição.

— Monalisa.

— Como a de Da Vinci? — ele gritou acima do som da multidão. Fiz que sim com a cabeça e sorri mais uma vez. — Desculpa, eu ainda *não falar* português *táo* bem.

— Podemos conversar assim — eu disse em inglês. — E você pode me chamar de Lisa.

Patrick assentiu com o alívio estampado no rosto e, a partir de então, continuamos a conversa em sua língua materna.

— Que coincidência nos encontrarmos aqui — insinuei para que ele confessasse que era o Sr. P.

— Vi você sair do prédio e acabei seguindo na mesma direção.

— Ah, sim — respondi sem me dar por vencida. *Então ele vai manter o mistério?*

Patrick me ofereceu um pouco de bebida, mas rejeitei, por isso ele não sossegou até comprar uma garrafa de Coca-Cola em vidro. Depois, tirou o prato de sardinhas da minha mão e sinalizou com a cabeça um espaço mais afastado e menos abarrotado de pessoas junto a umas grades montadas perto da ribeira. Eu o acompanhei até lá.

— Pelo sotaque, você é inglês.

Ele fez que sim, e eu comi uma sardinha. Patrick segurava o prato de papel entre nós.

— Nascido e criado em Birmingham — falou com orgulho, e alguém acertou a cabeça dele com um martelo de brinquedo. — Todo ano é assim?

— Eu não sei. Nasci em Portugal, mas fui embora ainda criança, então não cresci no meio dessa cultura.

— Seu português é como o dos brasileiros.

Assenti.

— Moro no Rio de Janeiro a vida toda. Quer dizer, morava.

— Veio a trabalho?

— Vim viver — respondi e mordisquei mais uma sardinha. — E você?

— Trabalho para uma importadora de vinhos e estou aqui para fechar negócio com uma vinícola local.

A partir daí, Patrick falou sobre o interessante trabalho como *sommelier*. Também quis saber mais sobre mim, então expliquei um pouco do funcionamento da minha agência.

Depois da sexta martelada na cabeça, abrimos o Google para pesquisar o fundamento daquela brincadeira e descobrimos que se tratava de uma antiga tradição relacionada à flor do alho-poró, conhecida por trazer boa sorte. No passado, era usada pelos rapazes para estabelecer contato com as meninas com quem cruzavam durante as festividades sanjoaninas. A planta, ao longo do tempo, fora substituída pelos martelinhos de plástico, e a saudação com marteladas na cabeça se estendera a todas as pessoas.

— Isso explica por que me atingiram com aquela planta fedorenta também — Patrick comentou, e eu dei uma risadinha. Era mesmo fedorenta, mas, ainda assim, uma ou outra pessoa passava batendo com ela na cabeça dos outros.

Não muito distante de nós, um grupo, que aparentava ser uma família, lançou um balão colorido de ar quente — mais um entre tantos no céu. Patrick o fotografou, depois me convidou para uma selfie com o balão ao fundo.

Eu me aproximei dele e sorri.

— Pode me enviar? — pedi depois da foto.

— Claro.

Ele tocou a tela do celular, e eu peguei o meu com toda ansiedade, à espera da mensagem *Sr. P deseja enviar uma foto*. Mas o nome que apareceu para mim foi Patrick Jones. Minha pequena esperança murchou, e agradeci num fiapo de voz.

— *Hey, mister Park*! — Patrick gritou para alguém.

Eu me virei na direção e dei de cara com o Sr. Gerente, que nos lançou um aceno de cabeça muito contido — um tanto hesitante, eu diria. Patrick fez sinal para que se aproximasse, e ele chegou mais perto.

— Estão gostando da festa? — João perguntou em inglês. Havia algo estranho nele. O rosto quase sempre simpático estava gélido, a mandíbula trincada.

— Tirando as marteladas, muito divertido — Patrick respondeu com um sorriso, mas João não sorriu de volta.

— Como vai? — ele me perguntou em português, acho que só para parecer educado, porque os olhos me fitavam com dureza.

O que há com esse cara?

— Bem — respondi com um sorriso forçado.

— *Mister Park* — Patrick disse —, foi bom você chegar! Preciso voltar para casa. Tenho uma reunião amanhã cedo, então, por favor, fique aqui em meu lugar. — E entregou ao João o prato com as sardinhas restantes. — Lisa, foi um prazer. Nos revemos em breve, sim? — E se foi. Simples assim.

João e eu ficamos parados, lado a lado, encarando as costas de Patrick a sumir no meio da multidão. Segurei meu braço direito junto ao tronco enquanto ele batia a mão livre na lateral da perna num ritmo constante e lento. Troquei o peso do corpo de um pé para o outro, e João coçou a nuca, ajustou a franja, depois pressionou os dedos na nuca outra vez. Molhei os lábios, ensaiei mentalmente um comentário sobre o clima, então mordi o canto da boca.

— Eu... — falamos juntos, e ele estendeu a mão para sinalizar que eu falasse primeiro.

— Eu quero mais uma sardinha — concluí depressa. Peguei um dos pequenos peixes e o enfiei na boca de uma só vez. Não era o que eu pretendia dizer.

Mastiguei bem devagar, observando as pessoas que passavam, a fim de não olhar para o homem ao meu lado.

— Eu me perguntava se a senhorita estava viva — João falou por fim. Pelo cantinho dos olhos, vi que ele também olhava para a multidão. — Há alguns dias não saía do apartamento. Eu teria batido à sua porta para checar se a vizinha do vinte e três não tivesse reclamado duas vezes dos pulos da senhorita a se exercitar, mas é bom vê-la fazer novos amigos — ele acrescentou com um tom esquisito que eu decodifiquei como desdém.

— Pois é. Patrick é bem legal, fez valer o tempo trancada no apartamento — falei. O Sr. Gerente deixou escapar uma risada pelo nariz, e me virei para encará-lo. — Algum problema?

— Eu poderia listar alguns, mas prefiro calar-me. Demorei muito a encontrá-la aqui e não quero brigar.

— Me encontrar?

Mr. Park assentiu, e uma luz se acendeu em minha mente. *Mister Park*. Sr. P?

17
Fogos de artifício

João enfiou a mão livre do prato de sardinhas no bolso da calça, um modelo de alfaiataria bege, justo e em muito melhor estado que as peças por ele vestidas no trabalho. Tirou de lá uma pequena chave presa por uma corrente de bolinhas a uma miniplaca de metal com o número 33 gravado, que entregou para mim.

— A chave para a caixa de correspondências. O antigo morador havia perdido, e eu tive de fazer outra. Peço desculpas pela demora.

— Tudo bem — respondi e guardei na minha bolsa, então recolhi o prato com sardinhas. — Pode deixar que eu mesma seguro. Obrigada.

Ele logo colocou as mãos nos bolsos da calça e voltou o olhar para um grupo que passava cantando e dançando. Permiti-me observá-lo por um instante. João vestia uma camiseta branca e uma camisa azul clara sobreposta de mangas curtas, calçava um par de tênis claros e parecia bem menos desinteressante que o normal.

— Park? Esse é o seu sobrenome? — perguntei. Ele me encarou outra vez, balançando a cabeça em sinal positivo. — E imagino que João não seja o verdadeiro nome.

— Mais fácil que repetir Jeong-ho duas ou três vezes sempre que me apresentar a algum português.

— *Jeong*? — quase cuspi a palavra e, em um ato reflexo, cobri minha pulseira com a mão.

Ele se virou de lado para rir. Eu me lembrei do risinho contido nos lábios dele quando vira as pulseiras pela primeira vez. "Boa escolha de palavra", a lembrança do comentário também me atingiu.

— Foi só uma coincidência — falei, apressada, e João ergueu a mão indicando que não falaria mais nada. Suspirei, mortificada, e levantei o prato na frente dele para mudar de assunto: — Aceita uma sardinha?

O rapaz se serviu de um dos pequenos peixes grelhados na brasa.

— Isso é um pedido de desculpas?

— Vamos chamar de trégua — respondi.

João concordou com um aceno de cabeça e recebeu uma martelada de uma mulher bastante bonita, que passou toda sorridente e lhe deu uma piscadela. Ele desviou o olhar para o chão e moveu os pés de modo que formassem um V. Achei graça daquele raro momento de timidez.

— Já levei umas trinta dessas — comentei.

Ele ergueu a cabeça outra vez.

— É irritante e divertido. Não sou um grande fã da celebração, mas é bom ver essa festa toda de novo depois do hiato da pandemia.

— Também não costumo participar dessas festas no Brasil, embora sejam tão diferentes.

— Diferente como?

— Para começar, sem marretadas. E definitivamente não tem sardinhas.

— Como assim? Não tem sardinhas no Brasil?

— Não, nós temos sardinhas. Eu quis dizer no São João.

— Entendi. Menos mal — ele disse e se serviu de mais uma.

— Mas, ainda assim, uma pena.

Minha cabeça começou a doer por causa do cansaço do dia, do barulho ao redor e do pico de adrenalina causado pela vergonha súbita ao constatar que vinha carregando o nome dele em meu pulso por todo aquele tempo. Sem contar as pancadinhas constantes!

Pedi que João segurasse o prato outra vez, abri a bolsa e tirei dela meu óleo de lavandas. Passei uma gotinha na palma das mãos e inspirei o aroma.

— Então a senhorita aprendeu a usar as alfazemas a seu favor?

— Na verdade, eu já usava o óleo, mas preciso admitir que ter as flores em casa tem feito toda a diferença. Obrigada.

— Não por isso. Há muitas diferenças entre a língua falada cá e a que vocês usam no Brasil, não é mesmo? — ele perguntou de súbito enquanto eu guardava o pequeno vidro de volta na bolsa, e assenti com mais intensidade do que era necessário. Aquelas diferenças ainda me deixavam pasma.

— Algumas chegam a ser bizarras — comentei —, como *talho* e *rebuçado*, por exemplo. Nunca vou superar.

João virou-se todo, ficando de frente para mim, visivelmente interessado.

— Como se diz lá?

— *Açougue* e *bala* — respondi.

— *Jinjja*?*

Prendi os lábios para não sorrir e parecer animada demais com o fato de ter acabado de ouvir e compreender a expressão coreana equivalente a *"é mesmo?"*. Então balancei a cabeça de forma positiva, e João moveu a dele em negação, erguendo as sobrancelhas.

— Distinto e estranho — disse ele por fim. — Prefiro a versão portuguesa.

— Credo! — franzi o nariz.

---

*_Jinjja_ é uma romanização da palavra coreana 진짜, que pode ser traduzida como "realmente", "verdadeiramente", "mesmo".

Minha reação o fez rir com a cabeça levemente jogada para trás, o suficiente para fazer o cabelo escuro e sedoso ondular e cair outra vez sobre a testa num charme para o qual eu não tinha me preparado.

Limpei a garganta.

— Como aprendeu o português? — perguntei depressa. — Você fala muito bem.

João baixou os olhos para as sardinhas.

— A necessidade é a melhor professora.

— Já está aqui há muito tempo?

Ele girou um dos pequenos peixes entre os dedos, depois o enfiou na boca.

— Não tanto quanto gostaria.

— Precisa ser tão evasivo?

— Me desculpe — ele disse de boca cheia e levou a mão limpa ao peito. — Cá cheguei aos meus vinte e três. Já são dez anos.

— E veio a trabalho?

Os olhos dele se fixaram nos meus. Ele engoliu e perguntou:

— Senhorita Vaquinha, isso é um interrogatório?

— Senhor Gerente — eu cruzei os braços —, já não disse para me chamar pelo meu nome e me tratar por tu?

— E eu já disse que não consigo.

— Me chamar pelo nome ou pela segunda pessoa do singular?

Ele riu.

— Ambas as coisas são desafiadoras, e eu já disse que Monalisa soa estranho demais.

— Você é impossível! — deixei escapar uma risada pelo nariz. — E se me chamar de Lisa?

— É ainda mais informal.

— Mas informalidade não é sinônimo de má-educação — retruquei. — Pelo menos não no Brasil. E, considerando que você tem a audácia de me chamar de vaca — alteei uma sobrancelha —, Lisa não pode ser tão difícil assim.

As covinhas dele apareceram, emoldurando um sorriso torto. No fundo, essa história toda de formalidade era pura e simplesmente para me provocar. Nós dois sabíamos bem disso.

— Combinado, *Lisa*. — Ele se inclinou de leve para a frente.

Eu imitei o movimento e disse em tom cordial:

— Muito prazer, Park Jeong-ho.

O Sr. Gerente me encarou com uma curva nos lábios.

— Ótima pronúncia, mas pode me chamar de João. Já estou acostumado.

— Certo, será João, então — respondi e peguei a última sardinha.

Ele amassou o prato descartável e o atirou a um cesto de lixo próximo.

Terminei de comer e limpei as mãos com álcool em gel. Ofereci um pouco e ele aceitou, limpando as mãos também. João tirou do bolso um pacotinho de Trident sabor menta e o ofereceu para mim, que peguei um tentando não parecer aliviada demais. *Tchau, bafo de sardinha!*

— Vai voltar para o Princesinha agora? Você, vez ou outra, fica lá até bem tarde — sondei. Queria puxar assunto e tentar fazê-lo confessar de uma vez que era o Sr. P.

— Vou, sim — ele respondeu.

— E por acaso você tem outro celular sem ser o que usa no trabalho?

— *Tás* a falar do *telemóvel*?

— Isso.

— Tenho, sim. Por que a pergunta?

— Curiosidade — respondi e me concentrei em um dos balões acima de nós para parecer casual e não encará-lo demais.

Eu já tinha visto João usar um aparelho da Samsung para uma chamada feita da recepção do prédio. Mas, para ser o Sr. P, ele tinha de ter um iPhone. De repente, o ouvi dizer alguma coisa e baixei os olhos do céu em direção a ele.

— Cerejeiras são melhores que vacas — repetiu, e eu franzi a testa. Então ele se explicou: — Cerejeiras te caem melhor que as estampas de vaca.

Cruzei os braços frente ao peito.

— Você nunca me viu usar nada com estampa de vaquinha.

Ele deu de ombros.

— Mas duvido que algo possa superar esse vestido.

Minhas bochechas esquentaram de imediato e João sorriu meio torto, desviando o olhar. Aquelas covinhas nunca pareceram tão ameaçadoras — ilegais, como diz uma canção do BTS, "Dimple" —, e um sinal de alerta acendeu em minha mente.

Ele estava flertando comigo? Não podia ser! Talvez eu devesse ter mais cuidado em vez de encorajá-lo em vão. Era bem provável que ele pensasse que eu tinha algum interesse, já que havia enviado uma foto minha primeiro. João achava que eu havia dado abertura. E, sim, eu tinha enviado um convite para a festa, mas, apesar da curiosidade, me arrependi no mesmo instante, e precisava impor limites o mais rápido possível. A forma mais fácil de fazê-lo era encerrando a noite, por isso avisei que iria embora.

— E vais perder os fogos de artifício? — perguntou.

— Vai ter queima de fogos?

— Sim, um verdadeiro espetáculo. Dezesseis minutos de queima a partir da meia-noite, bem ali, na ponte. — Ele apontou, depois tirou o celular do bolso. *Um iPhone.* E conferiu as horas. — Faltam dez minutos.

Mal tive tempo de processar que as chances de o Sr. Gerente ser o Sr. P haviam aumentado de forma significativa, pois o inesperado aconteceu: ele segurou em minha mão.

— Venha comigo — puxou-me e foi costurando o caminho por entre as pessoas, que haviam se tornado mais numerosas com o passar das horas.

No entanto, apesar de estarmos cercados de gente e barulhos, a rua se tornou deserta ao toque dele, e a cacofonia à nossa volta se transformou em uma balada envolvente, cada vez mais alta. As cerejeiras do meu vestido dançaram no ar enquanto seguíamos de mãos dadas numa corrida em câmera lenta. O tempo ficou preguiçoso, e a minha vista, embaçada. Todas as luzes, cores, formas e texturas ao redor foram reduzidas a borrões, e o meu coração pulsou forte no peito, tão forte que eu quase podia ouvi-lo bater no tempo da canção que só tocava para mim. À minha frente, os cabelos de João ondulavam no ritmo de suas largas passadas, e o vento produzido por nossos movimentos acariciava meu rosto como uma brisa fresca de verão.

Mas, num instante, a brisa cessou, e eu fui atingida por um congelante banho de água fria. Literal. Ou quase, porque aquilo definitivamente não era água. Um cara havia derrubado em mim um copo com uma bebida alcoólica cheia de cubos de gelo. Gritei com o susto, e João parou de se infiltrar pela multidão, virando-se para ver o que havia acontecido e pondo fim ao contato entre nossas mãos.

A cena, então, voltou à velocidade normal, assim como todos os milhares de figurantes e a barulheira voltaram a aparecer para mim.

— Tenha cuidado — João advertiu o homem com uma voz carregada de irritação, depois se voltou para mim e, com gentileza, questionou: — *Tás* bem?

Fiz que sim com a cabeça, no automático, enquanto tirava o excesso de líquido dos braços e do colo com as mãos. Ele passou o braço por sobre os meus ombros, causando um arrepio em minha pele, e me conduziu para longe do cara, que me fez um pedido de desculpas meia-boca ao qual nenhum de nós respondeu. Poucos passos adiante, João se afastou de forma abrupta, como se acabasse de perceber a proximidade entre nós, e tornou a perguntar se eu estava bem.

— Sim, obrigada — respondi baixinho, a voz rouca e afetada.

Seguimos caminho ladeira acima em silêncio, no fluxo contrário da multidão, e eu tentei pensar em nada, mas não pude evitar a lembrança das nossas mãos dadas e do braço dele sobre os meus ombros me deixando tão pertinho. Passei o resto do caminho em uma luta interior. Como eu podia ser tão sensível ao toque dele?

— Mas não íamos ver a queima de fogos? — perguntei quando alcançamos a rua do Princesinha da Ribeira e vi que era para lá que João me guiava.

— E vamos — ele respondeu e foi em direção ao prédio.

Subimos as escadas para além do quarto andar, chegando a uma porta de ferro com barra antipânico, que ele apertou para baixo e abriu. Demos com o céu noturno em um terraço vazio, bastante amplo, e João caminhou até as grades na beira. Então virou-se para trás e ergueu a mão para mim, me chamando para ir até lá. E eu fui.

— Na ribeira já estava caótico demais, e aqui a vista é privilegiada — disse ele.

No mesmo instante, como num passe de mágica, os fogos começaram a colorir o céu. Estávamos relativamente perto do local e não tão alto, por isso ainda era possível sentir a imponência do espetáculo sobre nós.

— Que lindo! — eu disse com os olhos fixos naquela explosão de cores e luzes de tirar o fôlego.

— É linda mesmo! — ele concordou, e eu me virei para vê-lo. João olhava para mim, mas virou-se depressa para a frente e limpou a garganta. — Uma verdadeira obra de arte no céu.

Engoli em seco e decidi não mostrar a ele que sua fala havia mexido comigo, *porque é claro que ele não te chamou de linda, Monalisa, sua emocionada!* Me obriguei a ficar ali, paradinha, só apreciando as fagulhas brilhantes que subiam, brilhavam e morriam acima de nós, com as águas do Douro a refletir cada uma delas, como num jogo de imitação. E logo me esqueci de tudo, completamente absorta.

Quando acabou, meu coração estava aquecido, assim como minhas costas. Baixei os olhos e vi que havia um casaco sobre meus ombros.

— Como...

— Ficaste a alisar os braços de frio, então busquei este agasalho.

Caramba! Ele foi até o escritório, no térreo, e voltou sem que eu percebesse?

— Obrigada — foi tudo o que consegui verbalizar.

— Não por isso. Vamos? — João sinalizou a porta, e eu fui à frente, outra vez consciente de tudo o que tinha acontecido.

Desci os dois lances de escada até o meu andar com ele atrás de mim. Minha nuca ardia como se pegasse fogo, o rosto também. Onde eu estava com a cabeça? Aquela explosão de sensações no meu peito era perigosa, muito perigosa. Era fato que toda a sucessão de acontecimentos da noite até aquele momento tinha sido digna de enredo de filme, e a apaixonada por romances que eu era queria muito se deixar levar, mas não estava certo. Eu mal conhecia aquele cara! Havia desperdiçado tempo demais da minha vida ao lado do Rodrigo e não podia me dar ao luxo de seguir na direção errada outra vez.

Quando paramos à minha porta, tirei o casaco e o entreguei.

— Obrigada por isso, pela vista e pela companhia.

— Foi um prazer — João respondeu parecendo bastante sincero.

— Mas, sabe... Não vai... hã... rolar nada.
— Rolar?
— É. — Troquei o peso do corpo de um pé para o outro. — Eu enviei aquele print te convidando para ir à festa comigo e acho que passei a impressão errada. Por favor, desconsidere e vamos ser apenas bons *chingus*.* — Forcei um tom animado ao chamá-lo de amigo na tentativa de aliviar o clima.

— *Print*? — ele franziu a testa. — Eu não sei do que *tás* a falar, só sei que não sou teu *chingu*, pois sou três anos mais velho. E quanto a rolar, não te preocupes, eu tomo bastante cuidado nessas escadas. Boa noite, Lisa. — Então me deu as costas e começou a subir para o quarto andar. Que abusado!

Como ele podia fazer tão pouco caso de mim? Incrédula, eu o segui.

— Não se faça de desentendido — cutuquei o ombro dele. — Você sabe bem do que eu estou falando!

Mas João não olhou para trás. Digitou o código e abriu a porta do apartamento 43.

— Pera aí! Você mora aqui?

Só então ele se voltou para mim.

— Tu saberias disso se fizesses as perguntas certas.

O meu queixo caiu, mas logo tratei de fechar a boca e cruzei os braços diante do peito, na defensiva.

— Omitir também é mentir, sabia? E quer que eu faça as perguntas certas? Ótimo. Vamos, diga. Você é ou não é o senhor P, Park Jeong-ho?

Ele balançou a cabeça em negação.

— Eu não sou senhor P, nem Q, R ou S. E também não fui gentil contigo porque quero namorar-te. — O meu queixo caiu

---

Chingu é uma romanização da palavra sul-coreama 친구, que significa amigo, mas só é usada entre pessoas da mesma idade.

de novo. — Então não te preocupes em dizer-me que não vai rolar nada. Não vai mesmo, porque eu nem sequer quero que role.
— Perfeito!
— Ótimo!
Ficamos parados ali feitos duas estátuas a se encararem.
— Este é o *meu* andar! — ele avisou.
— Eu sei! — respondi com rispidez e dei as costas, alcançando os degraus para baixo quase que em um pulo. — Tenha uma boa noite! — gritei já do meu andar, embora desejasse que ele nunca mais conseguisse dormir.

Entrei em casa arrancando o vestido molhado e o arremessei contra uma cadeira. Tomei um banho gelado e me joguei no sofá. De tão furiosa, nem mesmo o dedilhar e a voz doce do cantor secreto, que havia entrado pouco depois pela janela da sala, conseguiram me acalmar. Desisti de ouvi-lo na metade da canção, quando fechei a janela com toda força e fui para o quarto pisando duro, mas o sono fugiu de mim. Na verdade, eu o afugentei enquanto rolava de um lado para o outro no colchão, remoendo a última conversa com o Sr. Vizinho do andar de cima, arrependida de ter saído do apartamento para ver gente. Pessoas dão muito trabalho.

18
O Sr. P é um gato!

Passei o fim de semana trancada em casa maratonando doramas para evitar o João, já que ele era quase onipresente no Princesinha. Uma mensagem da minha prima, o cantor noturno misterioso e minhas conversas com Carolina via FaceTime foram meus únicos contatos com o mundo lá fora. Tive o cuidado de omitir da minha amiga os detalhes da noite de sexta, pois precisava esquecê-los. A semana de trabalho seguiu em um ritmo parecido, e lá pela outra sexta-feira eu já não aguentava mais ficar sem pôr os pés para fora de casa. Por isso, logo cedo, às sete da manhã, desisti de tentar dormir.

O sol brilhava no céu com toda a força, e o aplicativo do clima previa 35 graus de temperatura máxima. E o dia até poderia ser quente, desde que a minha cabeça ficasse fria. Para isso, decidi me dar uma folga. Precisava de uma programação de verão que durasse o dia inteiro. Meus neurônios insones e lentos trabalharam alguns minutos até eu chegar à mais óbvia das conclusões: praia.

Depois de tomar café e fazer o devocional, me preparei para partir. Vesti meu maiô verde, shorts jeans, regata branca e chinelos de dedo. Dentro de uma bolsa sacola multicolorida, guardei os itens necessários e alguns lanchinhos. Abri a porta do apartamento e coloquei só a orelha para fora. Eu não queria correr o risco de encontrar o Sr. Gerente.

Nenhum som estranho, nenhum indício de pessoas pelas escadas. Então apertei firme a bolsa no meu ombro e desci correndo até o primeiro andar. Fiz uma pausa e, pé ante pé, fazendo tanto silêncio quanto possível, desci os últimos degraus para o térreo. Abaixei-me por trás da meia parede que separa o fim da escada e a recepção e espiei por cima dela com todo o cuidado.

Ele não estava lá, para o meu alívio.

Corri para fora e só parei duas quadras depois, de onde chamei um carro para a praia de Matosinhos. Gastei menos tempo para chegar lá do que na caminhada pelo calçadão para decidir em que lugar da pequena faixa de areia me acomodar. Era tão diferente das praias do meu Rio de Janeiro! A saudade bateu forte.

Peguei-me reclamando de tudo em silêncio. Do fato de a areia não ser tão clarinha, da água congelante e do vento insistente. Tão insistente que, em vez de guarda-sóis, as pessoas usavam corta-ventos e isolavam-se em cubículos pela praia. E eu, desprevenida e desprotegida, comi tanta areia ao longo dos poucos minutos em que permaneci ali que, se ficasse um pouco mais, nem precisaria almoçar.

Já os portugueses, bem equipados, pareciam ter ido prontos não só para o almoço, mas também o jantar. O termo *farofeiros* não lhes caberia porque não costumam comer farofa. Em compensação, o conceito parece ter sido inventado por eles, uma vez que comem na praia qualquer coisa que pertença à sua culinária. Eu vi uma família chegar com panelas. Repito: panelas. No plural.

Apesar de eu ter virado um bife à milanesa em meros trinta minutos de praia, não me deixei abater. Estava decidida a passar o dia bem longe do Princesinha, e nenhum vento poderia me impedir.

Pesquisei por outras opções de lazer no Google e descobri as piscinas públicas. A mais próxima não estava longe, então fui a pé. Paguei cinco euros pela entrada com direito a permanência pelo resto do dia e me senti sortuda ao encontrar uma espreguiçadeira livre, sobre a qual me atirei. Almocei uma salada em um restaurante lá dentro e usei meus pertences como guardiões do assento nas vezes em que entrei na piscina para me refrescar.

Foi assim, entre mergulhos, banho de sol, música nos fones de ouvido e leituras pelo app Kindle que eu passei quase todo o dia; a não ser por um breve momento em que usei os perfis da Era Uma Vez para pesquisar por Park Jeong-ho nas redes sociais, sem resultados. Não que eu quisesse saber alguma coisa sobre ele. Só queria checar se era o nome verdadeiro, por via das dúvidas. Talvez não fosse.

Lá pelas cinco, o lugar se tornou insuportável de tão cheio. Descobri que a entrada caía para dois euros no fim da tarde e que, por isso, muita gente deixava para ir só naquela hora. Era tanta criança que, mesmo a céu aberto, eu comecei a me sentir sufocada. Então decidi levantar acampamento. Mesmo assim, não escapei de levar uma bolada na cabeça.

Cheguei de volta ao Princesinha poucos minutos depois com um início de enxaqueca. Meu plano de passar o dia longe de casa e evitar o João teria sido um sucesso, não fosse o fato de o meu Uber ter estacionado na frente da entrada ao mesmo tempo que uma certa Vespa amarela havia chegado.

Bati a porta do carro com um pouco mais de força do que a necessária e tentei entrar no prédio antes que João tirasse o capacete e me alcançasse, mas o destino me tirou para trouxa e o meu chinelo arrebentou no meio da calçada. Levei uma mão à têmpora, no lugar onde a bola havia batido, enquanto observava os pés, emudecida. Com o canto dos olhos, percebi que João dava uma risadinha ao remover o capacete. Inacreditável.

Antes que ele pudesse tecer algum de seus típicos comentários sarcásticos, recolhi os dois pés das Havaianas e entrei apressada, o que não fez muita diferença, já que eu mal tinha alcançado a escada quando a voz dele soou atrás de mim:

— A me evitar, Lisa?

Eu me encolhi, mas logo endireitei a postura e girei no degrau para olhar para ele.

— Ah, você está aí? — perguntei fingindo surpresa.

João deixou o ar escapar entre os dentes com um chiado cheio de desdém e cruzou os braços.

— *Ah*, acaso és míope e esqueceste as lentes de *contacto*? Como não me viste bem ali, na calçada?

— *Ah*, me desculpe. Essa coisa aqui roubou a cena — respondi, balançando o chinelo arrebentado no ar. Eu queria parecer casual, como se não me importasse com tudo o que havia acontecido entre nós na semana anterior.

João se aproximou da escada, e eu engoli em seco.

— Espero que tenhas trazido outro par. Esta marca de chinelos é superfaturada cá em Portugal.

Então ele também vai fingir que nada aconteceu?

— Não se preocupe, eu tenho muitos outros sapatos — respondi. — Agora, se me der licença, tenho que ir.

— Claro. À vontade. Mas antes...

Eu já estava dois degraus acima. Franzi o nariz e fechei as pálpebras com força antes de me virar outra vez com a cara mais neutra e falsa do mundo.

— Sim?

— Espero que as coisas entre nós não fiquem estranhas agora que sabes que eu... ahn... não quero que *role* nada — ele enfatizou a palavra que eu havia usado em nossa última e constrangedora conversa.

Travei a mandíbula. Como ele ousava dizer aquilo tão abertamente, sem nenhum tato?

Limpei a garganta.

— Foi um alívio, na verdade — respondi com a voz mais polida possível, depois tornei a descer os degraus e joguei os chinelos na pequena lixeira que havia no canto, tentando parecer muito convicta em meu discurso: — Seria um horror se você estivesse interessado enquanto eu não tenho o menor interesse. Não estou interessada em ninguém, na verdade. A única coisa que me interessa atualmente é o meu trabalho. — E subi outra vez o primeiro degrau sustentando o olhar dele, que ainda estava ao pé da escada. Assim, ficávamos quase na mesma altura.

João mordeu o canto interno da boca para reprimir o riso.

— Depois de um uso tão excessivo da palavra interesse e suas variações, não restam dúvidas de que estás *mesmo* desinteressada. Isso é um alívio para mim também.

— Perfeito. Até logo. — Forcei um sorriso e me virei depressa para subir o próximo degrau, tão rápido que os meus pés descalços pisaram em falso e as paredes começaram a tombar para frente à medida que meu corpo caía para trás.

Prendi a respiração e fechei os olhos, aguardando o choque contra o chão por não mais que um segundo, mas pareceu uma eternidade, pois o tal choque nunca veio. Ao contrário da fatídica primeira hora na Cidade do Porto, quando minha mala havia ido pelos ares e eu, de bunda no chão, agora meu corpo colidiu contra o tórax de João. Os braços dele me sustentaram, enquanto as pernas fortes evitaram que a gente se espatifasse no mármore frio.

Soltei o ar numa lufada veloz e abri os olhos quando ele me virou de lado e deixou meu tronco pender um tantinho para baixo, com o corpo pairando sobre o meu como num passo de valsa.

— Parece que tu queres rolar — disse ele com os lábios ligeiramente curvados em um sorriso debochado.

Finquei os pés no chão com toda a força e empurrei as mãos dele para longe, então subi as escadas num fôlego só. Assim que entrei em casa, fui direto para a geladeira e bebi quase um litro d'água para conseguir engolir a conversa e tudo que se seguiu.

— Aquele... aquele...

Os nós dos meus dedos ficaram brancos ao redor do copo e quase o quebrei ao batê-lo na pedra da bancada da cozinha. Arranquei as roupas, me enfiei debaixo do chuveiro e permaneci sob a água fria por quase meia hora. Quando me sentei no sofá da sala com uma toalha ao redor do corpo e outra no alto da cabeça, o sangue ainda fervia.

Mas por que estou tão irritada com esse cara?, eu me perguntei. Não podia me deixar dominar daquela maneira. Só que o fato de estar irritada com o João me deixava ainda mais irritada com o João. E comigo!

No fim das contas, a maratona de praia e piscina não havia servido para nada. Sabe quando você se distrai numa parte da música e precisa voltar a ouvir do começo porque parece que não ouviu nada? Eu me sentia assim... ainda precisava espairecer. Mas nada de sal ou sol. Meu corpo carecia de uma grande dose de cafeína, e a minha mente, de pelo menos uma hora de conversa com alguém que fosse o contrário do Sr. Gerente: *interessante*. E nem por um milhão de euros eu colocaria os pés para fora de casa a fim de correr o risco de encontrar aquele chato de galochas e sua Vespa amarela outra vez. Teria que me virar ali mesmo.

Tomei um comprimido para enxaqueca, enchi a chaleira elétrica e liguei para a Carol, mas chamou até cair. Tentei duas outras vezes, e nada. Então, respirei fundo e convidei o Sr. P usando uma foto do filtro de papel cheio de pó com *"que tal um café?"* escrito por cima, enviada por AirDrop.

Eu sei que foi loucura, mas àquela altura eu já estava mesmo louca. Esperei um minuto pela resposta, que não veio. *E se ele vier direto até aqui?* Dois minutos antes, eu havia me convencido de que, às vezes, a gente tinha que ter peito na vida. Agora já não tinha tanta certeza. Mas, enfim, eu tinha procurado aquilo. De novo. Então não podia amarelar. Não dava tempo de pensar muito. *Vamos lá, Monalisa, agora você tem que se arrumar.*

Vesti a primeira peça que encontrei: um vestido bege de botões, em linho muito amassado. Encarei o meu reflexo no espelho. Eu precisava pelo menos passar um batom. Antes que conseguisse fazer isso, porém, ouvi duas batidas à porta. Fosse quem fosse o Sr. P, ele era rápido.

Corri até a entrada, mas, antes de abrir a porta, parei por um instante para me preparar para o que estava por vir. Coloquei um sorriso no rosto, engoli o receio e girei a maçaneta. A figura que se materializou diante de mim foi a última que eu poderia esperar.

— Viemos para o café — disse a senhora de cabelos curtinhos grisalhos e olhar gentil sob óculos de grau.

Baixei meus olhos dos dela para os do felino em seu colo.

— Hã... — As palavras se perderam.

Ainda a sorrir, ela completou:

— Sou Esperança, do apartamento vinte e três, e este aqui é o meu gatinho, o Sr. P.

19
Perfume

Cérebro congelado. Olhos vidrados. Lábios cerrados. Essa era eu diante da minha vizinha e seu gatinho alaranjado por um considerável e constrangedor período de tempo.

— Podemos entrar? — ela perguntou com o sorriso agora um pouco menos caloroso. Afinal, que ser humano não se sentiria desconfortável ao ser deixado plantado à porta aberta da casa de uma estranha que lhe havia feito um convite para um café por uma foto enviada no celular? Na verdade, quais eram as chances de isso acontecer com mais alguém? Limpei a garganta e ofereci passagem.

— Por favor, fique à vontade.

— Obrigada. — Ela passou para dentro, e o gato pulou para o chão. — É bom finalmente conhecê-la, menina do trinta e três. Monalisa é o seu nome, certo?

Fiz que sim com a cabeça, e Esperança, que já havia se acomodado no sofá, continuou:

— E seu apelido?

— Lisa — respondi ao me juntar a ela com um assento de distância entre nós.

A senhora espanou o ar como se estivesse se desfazendo da minha resposta e, com um tom de riso na voz, explicou:

— Estou a me referir ao sobrenome.

— Ah, sim. Machado. Monalisa Machado.

— Ora, eu também sou Machado. Há muitos de nós no Brasil?

— Há, sim, mas o meu Machado é diretamente daqui. Meu pai e eu somos portugueses de nascimento — respondi e me virei na direção de um ruído.

O gato acabava de subir no beiral da janela atrás de mim.

— Ah, mas que coisa boa. Cá do Porto mesmo?

— Braga — respondi ao voltar minha atenção para a dona do gato. *Puxa vida! O Sr. P é um gato?!*, pensei e reprimi uma risada. Quão patética eu era?

— Braga é linda. Meu falecido marido era bracarense. — Ela tirou os óculos de grau e os pousou sobre a mesa de centro. — Esqueci-me de tirar isto, só preciso deles para ler. Pois bem, eu sou de uma pequena aldeia em Trás-os-montes. A menina já ouviu falar?

— Minha avó paterna também nasceu numa aldeia por lá.

— Ora, não me diga! Qual o nome dela?

— Maria Isabel Oliveira Machado.

— Ah, não me recordo de alguém com esse nome, mas certamente conheço quem a conheça. Este mundo é uma *praceta*, e Portugal, então! A menina está a gostar das férias?

— Eu vim de vez, na verdade, mas estou gostando bastante.

— Isso é bom, muito bom — ela disse e cruzou as mãos sobre os joelhos.

Eu olhei ao redor, sem saber bem para onde mais olhar ou o que fazer. Limpei a garganta e, batendo as mãos nas coxas, me levantei.

— Dona Esperança, me dê licença. Vou trazer o café e os biscoitos.

Fui até a cozinha e coloquei pares de xícaras, pires e colheres na bandeja de madeira que guardava sobre a geladeira. Acrescentei uma jarra de água, copos, guardanapos e uma caixa de biscoitos especiais que tinha comprado naquela semana. Ainda bem.

Deixei a bandeja sobre a mesa de centro, ao que minha visita agradeceu e se serviu.

— A menina Monalisa deve estar bastante surpresa conosco, Sr. P — disse ela em um tom alegre enquanto mordiscava um biscoito em forma de coração coberto de chocolate. O gato ronronou entre as plantas do parapeito da janela, e dona Esperança voltou os olhos para mim por sobre a borda da xícara. — Então foi para si que o Joãozinho comprou aquele vaso de alfazemas?

Eu me servia uma xícara de café e quase derrubei tudo.

— Comprou?

Me virei para ver o vaso de barro pintado de amarelo com as lavandas dentro.

Quando havia perguntado sobre as flores, João não dissera que havia comprado. "Eram da senhora do 23. Ela as cultiva", fora a resposta dele. De fato, não havia mentido, mas também não admitira que as tinha comprado para mim, e isso era muito irritante.

— Sim — a senhora confirmou. — Logo depois de me ajudar a enviar a resposta com os parabéns pelo vosso aniversário.

— Então, de certa forma, ele *era* o Sr. P — constatei baixinho, incrédula.

Se minha visitante ouviu, não sei, pois logo emendou num discurso de explicações:

— Ele estava em meu apartamento a me socorrer, pois eu tinha ficado sem energia por algum motivo que já não lembro ao certo, quando a menina enviou-me a fotografia. Eu não sei mexer nessas coisas, como deve imaginar, mas Joãozinho ajudou-me. Eu quis dar-lhe os parabéns, e ele fez o que era preciso com o *telemóvel*, depois comprou aquele vaso amarelo de alfazemas e foi para casa descansar. Então eu apenas aceitei as outras mensagens que a menina enviou-me, porque não sabia como respondê-las.

— Ela me lançou um sorriso enviesado. — Quando a menina

pediu desculpas, naquela mesma noite, ele já tinha ido embora, e eu não soube o que fazer. Na noite da festa, eu não podia vê-la pois estava com visitas, mas, de quaisquer das maneiras, eu não iria ao vosso encontro, pois não participo dessas festas. Mas hoje cá estou, e é bom, finalmente, desfazer o mal-entendido.

Por fim, Esperança tomou mais um gole do café.

E eu fiquei parada, com xícara e pires no colo, processando.

— Ele não me contou nada disso — foi o que consegui dizer quando encontrei a minha voz

— Aquele *gajo*... Provavelmente envergonhou-se de admitir que havia comprado um presente para si.

— A senhora pode me tratar por tu, se quiser.

Ela sorriu.

— Está certo. Sabes que o Joãozinho é o rapaz mais amoroso do mundo? Mas ele disfarça bem.

— Eu tenho que discordar — falei sem pensar e me escondi atrás de um longo gole de café.

— Vais ver o que *tou* a dizer — ela garantiu com um sorrisinho.

Duvido muito.

— A senhora parece gostar bastante dele — comentei para não deixar o assunto morrer enquanto servia mais café para nós.

— Ah... — ela suspirou. — Já temos quase uma década de estrada, minha querida. Uns meses depois de a minha filha caçula, a Ana Lúcia, ir morar mais ao Norte, eu percebi que me sentia muito solitária na casa onde os meninos cresceram, pois os dois mais velhos já tinham se casado. Ambos moram fora do país, e já sou viúva há quase quinze anos. Eu precisava de uma casa *mais pequena* e fui uma das primeiras inquilinas aqui. Com o tempo, aprendi a amar o João como um filho. E sabes? Na vida, há pessoas difíceis de amar e outras que não conseguimos deixar de amar nem com toda a força do mundo. Joãozinho é parte desse segundo grupo. Não conheço coração como o dele. Está sempre disposto a ajudar, a servir, e muitas vezes sequer pensa em si próprio, apenas ajuda a quem lhe pede, custe o que custar.

Eu bebi outro gole demorado.

— Tu pareces discordar disso também — ela acrescentou.

— Bem, eu tenho meus motivos.

A senhora enfiou na boca mais um biscoito.

— Sou toda ouvidos, se assim desejares — disse enquanto mastigava.

Bebi mais um pouco e, como se houvesse coragem na xícara em vez de café, contei a ela sobre a noite de São João.

— Ora, menina, mas o que é que *tavas* a esperar? Foste direta com ele ao expor que presumistes que ele queria namorar-te. João provavelmente foi pego de surpresa. Não deverias levar isso tão a sério, ou vais perder a chance de ter um amigo e tanto. Falo por experiência.

Assenti porque era a melhor coisa a fazer. Pelo visto, não adiantaria retrucar. Dona Esperança parecia ser a fundadora do fã-clube de Park Jeong-ho.

— Mas, diz-me, ficaste muito desapontada ao descobrir que o Sr. P era só um gatinho de uma velha que mal sabe usar esta coisa aqui? — ela perguntou ao tirar o celular do bolso da camisa de botões rosa-bebê.

— Surpresa, confesso.

— Imagino que sim, mas olha: foi bom teres enviado aquela fotografia para mim por engano, assim *tou* a conhecer-te agora. Conta-me da tua família. Pelo que imagino, tua mãe é brasileira.

— Era.

Dona Esperança levou a mão ao peito.

— Ai, sinto muito, menina.

— Está tudo bem, já faz muito tempo.

— E o teu pai? Casou-se novamente?

— Ele se foi antes dela.

A senhora cobriu a boca com a mão e pousou o pires e a xícara de volta na bandeja sobre a mesa de centro. Então pegou minha mão livre e a envolveu com ambas as suas.

— Eu sinto mesmo muito.

— Eu estou bem — reafirmei com um sorriso triste, embora me sentisse estranhamente confortável com o calor daquelas mãos.

— Podes não sofrer o tempo todo nem todos os dias, mas de certeza que ainda sofres. Nós não fomos feitos para a morte, menina Monalisa. — Ela alisou o meu braço, e a minha garganta se fechou. — Por isso a dor pelos que se vão, vez ou outra, torna a latejar.

Eu assenti. Esperança me fez lembrar de alguém muito especial. Não pela aparência, mas pelo carinho e a forma de falar. Alguém de quem eu também sentia muitas saudades.

— A senhora fala como quem já experimenta a vida eterna — respondi.

— Ah, ela já começou para mim. Foi no dia em que Cristo me encontrou.

— Então, além de vizinhas, somos irmãs?

— Somos irmãs — ela afirmou dando dois tapinhas no dorso da minha mão. — E tens ido à igreja?

— Ainda não encontrei uma aqui — respondi e apertei os lábios.

Ela estreitou os olhos para espiar o meu rosto de forma caricata.

— E procuraste?

— Ainda não... — falei baixinho.

— Pois vá neste domingo. Queres o endereço?

— Quero, sim.

— Algumas irmãs vão reunir-se em minha casa amanhã à tarde, estás convidada.

— Eu adoraria, de verdade, mas não posso.

— Por quê?

— Tenho um casamento.

— Mas que coisa boa!

— Em Braga, da minha prima — completei sem ânimo por todos os motivos. Mal tinha tido tempo de pensar nisso ao longo de todo aquele dia de praia, piscina e fuga.

— Não me pareces muito contente com isso.

— É que não me sinto preparada para rever a minha avó.

Dona Esperança ergueu as sobrancelhas.

— O que *tás* a dizer?

Eu olhei aquelas duas bolotas verdes que me encaravam. Não contaria a tragédia da minha família a outra pessoa estranha que não tivesse olhos tão gentis. Enchi os pulmões de ar e comecei a narrar a história de uma jovem órfã recém-chegada do Brasil a Portugal, e não, não era eu.

— Minha mãe não tinha ninguém no mundo, só uma amiga muito querida dos tempos de orfanato. As duas trabalhavam como costureiras, e mamãe usou o dinheiro das economias para vir para cá, tentar uma vida melhor. Ela e o meu pai se conheceram em Lisboa, se apaixonaram e se casaram, mas a minha avó a detestava. Ela fez de tudo para separar os dois desde o momento em que minha mãe chegou a Braga. Não admitia que o filho mais velho tivesse se apaixonado por uma mulher estrangeira e sem família.

Minha vizinha me ouvia com toda a atenção, o corpo inteiramente virado para mim e aqueles olhos a me perscrutar como se pudessem ver a minha alma.

— Ela tanto infernizou, que mamãe decidiu fugir comigo, com medo de que ela nos fizesse algum mal. Meu pai descobriu e foi atrás de nós durante a fuga, mas acabou sendo atropelado e morreu na hora.

— Por Deus, Monalisa, quanta tristeza!

Pisquei algumas vezes para varrer dos olhos as lágrimas que ameaçavam cair, e elas não estavam sós. A essa altura, Esperança também tinha os olhos marejados.

— Minha avó a culpou pela morte do filho, e mamãe quase morreu de tristeza e remorso, então voltou comigo para o Brasil. Eu tinha seis anos de idade na época e, depois disso, ela nunca mais foi feliz. Vivia depressiva, desenvolveu um câncer no estômago e faleceu quando eu tinha treze anos.

— E você ficou sozinha? — dona Esperança perguntou. A mão calorosa agora subia e descia em minhas costas para me reconfortar.

Contei a ela que, na época, viera passar um tempo aqui, na casa da minha tia Inês. Eu me lembro de ter vindo com a esperança de que o tempo tivesse feito minha avó mudar, mas ela me tratou com a maior frieza. Então, depois de muitas discussões, consegui convencer minha tia de que ficar no Brasil com a tia Sandra seria o melhor para mim.

— A amiga de orfanato da tua mãe, suponho — disse ela, e eu anuí. — E essa senhora está no Brasil?

— Infelizmente, ela também já partiu, mas está com o Senhor. Foi quem me apresentou a Jesus e me levou para a igreja.

— Ao menos isso.

— A senhora me faz lembrar dela.

— Somos parecidas?

— Na maneira de falar, sim.

Esperança sorriu.

— Então teus parentes em Braga são toda a família que tens?

— Isso mesmo.

— E há quanto tempo não vês a tua avó?

— Dezessete anos — respondi, a voz entrecortada.

— Ai, caramba! Tens um grande dia amanhã e sabes que precisas perdoá-la, não sabes?

— Sei, mas não quero.

Para o meu alívio, ela apenas assentiu.

— Não a condeno, pois já estive nessa posição. Mas saiba que levarás contigo as minhas orações. Não te preocupes, pois Deus irá à tua frente.

Eu torci o nariz.

— O que é que foi?

— Deus não está muito contente comigo em relação a esse casamento.

— Como é?

— Eu fiz algo que não deveria.

Dona Esperança aguardou, e eu contei sobre o namorado falso. Esperei por uma repreensão e ganhei uma risada calorosa.

— Ah, menina travessa! Vais ter que ser corajosa e contar a verdade.

— Sei disso — encolhi os ombros.

— Peça desculpas, seja sincera e pronto. Não vai doer nadinha.

— Tomara — respondi, deixando uma risada escapar pelo nariz.

— Talvez só um *mucadinho* — ela acrescentou com seu doce sorriso, então se colocou de pé. Foi até a janela e pegou o Sr. P, que dormia no meio das plantas. Depois, amassou uma flor de lavanda entre o indicador e o polegar. — Essas flores são belas e aromáticas, mas liberam muito mais perfume quando esmagadas assim. — Em seguida, ergueu os olhos e disse que precisava ir.

Eu a acompanhei até a porta e, apesar de ter tido uma das minhas flores esmagada sem razão, senti o coração pesar cheio de algo muito bom. Sondei-o por um instante. Era gratidão. Eu me sentia grata a Deus por me ter feito enviar aquela foto por engano. Dona Esperança era a personagem que faltava na história da minha vida. Tão cativante que, em poucas xícaras de café, havia conseguido entrar com os dois pés no terreno do meu coração.

— Foi um prazer conhecê-la, menina. Nos vemos no domingo, sim?

Eu concordei.

— Obrigada pela visita.

— Sou eu quem agradece o convite. Vá em paz amanhã, desfaça os mal-entendidos, divirta-se e... — ela tocou meu rosto de forma afetuosa. — Perfume a tudo e a todos.

20
Muito bem acompanhada

Se você nunca foi a um casamento português, deixe-me gastar algumas linhas explicando algumas tradições desse dia. Em geral, começa logo pela manhã, quando os convidados são recepcionados na casa dos pais, tanto do noivo quanto da noiva, dependendo de por qual parte foram convidados. Há aperitivos e canapés. Pedaços de tule são distribuídos entre eles, que os amarram aos carros e saem em comitiva, buzinando bastante atrás do nubente, até chegarem ao local da cerimônia. E depois a festa dura o dia inteiro, com muita, muita comida. Dito isso, vamos ao que interessa.

Eu me levantei bem cedinho. Chequei o celular e tive uma crise de riso com a resposta boba da Carol ao meu áudio, enviado na noite anterior, contando sobre dona Esperança e seu gatinho.

"Sete vidas serão pouco para o Sr. P rir da nossa cara!"

Continuei rindo durante o banho, mas tive que correr para me aprontar a tempo. Fiz minha própria maquiagem, leve e sofisticada. Penteei o cabelo em um coque baixo e escovei a franja para os lados, deixando alguns dos fios naturalmente ondulados soltos na frente. Depois vesti um vestido longo, amarelo-claro e acetinado, com as linhas do decote V e do quadril marcadas por faixas douradas — um modelo idêntico ao que a Kate Hudson usava em *Como perder um homem em dez dias*. Eu o havia mandado fazer sob medida para um evento de gala um ano antes. O traje de madrinha que usaria me aguardava na casa da tia Inês. Guardei celular, carteira e batom na clutch dourada, que trouxera do Brasil só para a ocasião, e calçava sandálias de tiras e salto quando alguém bateu à porta.

— Um momento! — respondi animada pela perspectiva de rever dona Esperança antes de sair. Peguei de cima da mesa de centro os óculos que ela havia esquecido no dia anterior. — Que bom que a senhora veio cedo. — Abri a porta. — Ou teríamos desencon...

Meus lábios emudeceram quando o olhar pousou sobre duas íris brilhantes e escuras.

— Bom dia — João e as covinhas me saudaram.

Ele vestia terno e gravata pretos sobre uma camisa social branca, e o cabelo estava impecavelmente penteado para trás com gel num topete majestoso.

— B-bom. Dia. Ahn... — limpei a garganta. — Precisa de alguma coisa? Pode ser outra hora? E-estou de saída.

— Eu sei, vou contigo.

A frase me causou um sobressalto.

— Como é?

— Dona Esperança.

— Mas, mas...

— Estou apenas cumprindo ordens. — Ele deu de ombros com as mãos enfiadas nos bolsos da calça.

— Você é funcionário dela, por acaso?

— Sou quase como um filho, o que é muito pior.

— E ela disse por que você deve me acompanhar? — sondei. Seria o fim definitivo da minha dignidade se João soubesse que eu havia inventado um namorado.

— Ela disse que tu precisas de companhia e mandou-me dizer-te que deves dizer a verdade e apresentar-me como um amigo. Mas talvez isso seja mentira, não? Já que tu não gostas muito de mim.

Cruzei os braços.

— Eu não gosto do fato de você ter mentido para mim.

— Tu nunca me perguntaste onde eu morava e quando achaste que...

Depressa, ergui a mão para que ele parasse de falar. Não aguentaria ouvir aquela história de "rolar ou não rolar" nem mais uma vez.

— E as lavandas? — perguntei de súbito ao me lembrar. — Eu já soube que você comprou, mas, quando o questionei, me deu a entender que tinha apenas repassado o vaso para mim. Aliás, eu também já soube que você ajudou a dona Esperança no dia em que enviei a foto por engano e se fez de sonso quando mencionei o Sr. P.

João prendeu os lábios para reprimir o riso, mas fui eu que não aguentei e comecei a rir. Pensar num gato me enviando uma mensagem de parabéns era engraçado demais.

— O Sr. P até que é bem fofo, não achas? — ele disse e riu também.

Logo as risadas deram lugar a um silêncio constrangedor, e eu me adiantei:

— Obrigada pela intenção de me acompanhar, mas não é mesmo necessário.

— Eu já estou vestido assim — ele apontou para si com ambas as mãos. — Então, por favor, apenas aceite a minha companhia.

Como não encontrei palavras para dissuadi-lo e estava, sim, um pouco amedrontada pelo reencontro com a minha avó, aceitei. Uma conversa beirando a briga com o Sr. Gerente, como sempre fazíamos, seria uma boa distração até Braga.

Descemos as escadas, e ele me impediu de chamar um carro por aplicativo. Ao chegarmos à recepção, enfiou a mão em um dos bolsos da calça, de onde tirou um pequeno controle e destravou as portas do Audi preto estacionado na frente do prédio.

— Onde está aquela Vespa assassina?

João apertou os olhos para mim, que prendi os lábios feito uma menina travessa.

— Acho que quatro rodas combinam mais com a ocasião — ele respondeu e se encaminhou até a porta do carona, que abriu para mim, sinalizando com a mão livre para que eu entrasse.

Um tanto sem jeito, suspendi a barra do vestido e me sentei no banco de couro claro. O carro cheirava a novo. Ele fechou a porta, deu a volta pela frente do veículo e entrou, posicionando-se atrás do volante.

— Esse carro é seu?

João me encarou com a testa vincada.

— Por que não seria?

— Ah... eu... — limpei a garganta. — Nunca vi por aqui.

— Há muitas coisas sobre mim que ainda não viste — respondeu.

De imediato, desviei o olhar para a pequena bolsa em meu colo, que abri mesmo sem um propósito definido e fiquei encarando os poucos itens lá dentro enquanto sentia as bochechas esquentarem. João ligou o carro e o rádio em um volume baixo, depois abriu o Trident sabor menta que estava no pequeno compartimento junto ao câmbio. Lançou um tablete à boca e esticou em minha direção a embalagem aberta com os demais.

— Aceitas?

— Não acha que tá cedo demais pra mascar chiclete?

— É meu pequeno vício. — Ele deu de ombros e guardou a embalagem no bolso do paletó. — Podemos ir?

Fiz que sim com a cabeça ao sentir o aroma preencher o pequeno espaço entre nós e fui transportada de volta ao momento em que o Sr. Gerente e a Vespa maluca atropelaram a minha mala. Na ocasião, o mesmo hálito fresco havia me atingido quando aquele cara irritante se aproximara além do que eu teria gostado.

Tão próximo quanto agora.

O que ele está fazendo?, pensei enquanto João chegava cada vez mais perto de mim. Minha boca secou de repente e deslizei as palmas na saia do vestido para secar o suor que começava a brotar. Como ele não parava de avançar em minha direção, fechei os olhos bem apertados. Um sopro sutil e mentolado roçou o meu queixo, e eu prendi a respiração. Então ouvi o barulho do cinto de segurança sendo puxado em direção à trava.

— Podemos ir? — João repetiu, a voz distante.

Abri os olhos e o encontrei na posição original, longe de mim, bem sentadinho no banco do motorista e travando o próprio cinto, não o meu.

Ele tornou a perguntar e eu respondi com um aceno de cabeça positivo um tanto letárgico.

Eu tive uma visão... ou alucinação?! Chame como quiser... de que ele estava se aproximando com a desculpa de puxar *o meu cinto por mim? Você está assistindo a k-dramas demais, Monalisa*, repreendi a mim mesma em silêncio com um sorriso mortificado no rosto.

— Por favor, o cinto — ele pediu, fazendo-me dar um pequeno pulo de súbito no assento com a menção ao objeto do meu devaneio. — Algum problema?

— Ah, problema nenhum. Claro, o cinto, eu vou colocar agorinha, com certeza. Segurança em primeiro lugar — disparei ao puxar o dito-cujo. Tentei encaixar a trava por um número patético de vezes até conseguir. — Não podemos nos esquecer do cinto, não é mesmo? Rá! Rá! Rá! — forcei risada e, assim, finalmente me calei. Em seguida, virei o rosto corado na direção da janela ao fechar os olhos bem apertado.

João começou a dirigir e, por alguns inquietantes minutos, a música foi o único som do lado de dentro do carro. Já na estrada nacional que nos levaria a Braga, agradeci outra vez pela carona e companhia até o casamento, pois o silêncio havia se tornado insuportável e eu precisava esquecer a sensação que a proximidade do João imaginário havia deixado em mim. O João verdadeiro apenas assentiu, e eu imitei o movimento dele em resposta.

O que mais eu poderia dizer? Precisava falar alguma coisa, preencher aquele vazio constrangedor.

— A dona Esperança gosta muito de você — falei, e ele moveu a cabeça de forma positiva outra vez. — Fez um monte de elogios a seu respeito, sabia? — insisti, e João sorriu sem tirar os olhos da pista. — Ela me contou que foi a primeira inquilina do Princesinha depois que a filha caçula foi morar mais ao Norte.

O sorriso dele sumiu.

— Mais ao Norte? — E se virou para mim. — Foi isso o que a dona Esperança disse?

— Foi, sim — respondi, animada com a perspectiva de uma conversa. Mas João tornou a mirar a estrada e não disse mais nada, então afundei no meu assento e me voltei outra vez para a paisagem que deslizava para trás de nós.

— Mais ao Norte... — ele repetiu baixinho.

Eu me virei para vê-lo. Os olhos estreitos pareciam de vidro, fixos no caminho, os nós dos dedos brancos ao redor do volante.

— Algum problema?

— A filha da senhora Esperança faleceu — ele respondeu sem olhar para mim. — Detesto vê-la ainda sofrer ao ponto de maquiar a verdade com eufemismos.

— Ah... Eu não fazia ideia.

Lembrei-me da forma afetuosa com que havia me consolado no dia anterior, enquanto ela mesma enfrentava a saudade da filha. Não fazia nem sequer vinte e quatro horas desde que tínhamos nos conhecido, e eu já tinha me afeiçoado a ela. Dona Esperança perdera a filha caçula, mas a dor não lhe roubara a doçura. Como pudera ter sido tão atenciosa com uma verdadeira estranha a ponto de me consolar a despeito da própria dor? Só alguém muito amoroso poderia fazer tal coisa.

"Sabes que o Joãozinho é o rapaz mais amoroso do mundo? Mas ele disfarça bem", a declaração da minha nova amiga voltou à minha mente. Por mais que eu detestasse admitir, estava consciente de que dirigir por uma hora inteira para acompanhar a vizinha barraqueira a um casamento de estranhos não era mesmo para qualquer um. E, de fato, aquele homem atrás do volante estava longe de ser qualquer um.

Eu me permiti observar o perfil dele um pouquinho mais. O cabelo negro brilhava intacto no penteado charmoso repuxado para trás, deixando o pescoço comprido ainda mais evidente — imponente, até, eu diria. A mandíbula bem marcada estava ainda mais protuberante daquela forma, trincada. Na verdade, João parecia tenso. O queixo apontava para a frente, e uma veia na testa saltava um pouco além da conta.

Será que ele estava nervoso com a ideia de que, dentro de alguns instantes, ficaria diante de um bando de desconhecidos? Eu estaria. E, conhecendo bem a minha família, ainda mais com a história do namorado falso que eu tinha inventado, João não temia à toa. O mais certo a se fazer era contar a verdade — contar a minha mentira, para ser exata, e dar a ele a oportunidade de se preparar para os comentários que possivelmente seriam feitos até eu conseguir desmentir a história. Ou mesmo dar a ele a chance de desistir e me largar na estrada. Ele merecia isso depois de ter aceitado entrar naquela furada. E eu merecia ser abandonada ou, pelo menos, julgada e até ridicularizada por ele. Então, reuni minhas poucas energias e, massageando a têmpora que começava a latejar, avisei:

— Há grandes chances de a minha família achar que você é meu namorado... — E baixei os olhos para o colo de imediato. Como não obtive resposta, olhei para ele de novo. — Você ouviu o que eu disse?

João fez que sim em silêncio, como no início da conversa.

— E não se importa com isso?

— É compreensível que eles pensem que somos namorados. Temos quase a mesma idade, e eu sou um excelente partido.

— Rá! — forcei uma risada e me arrependi de pronto, pois fez minha cabeça doer um pouco mais. — Um partido um tanto convencido — retruquei.

— Sabes que é verdade — ele argumentou, e eu engoli em seco. — Mas não te preocupes muito com isso. Aproveita o dia e deixa que pensem o que quiserem.

— Aí é que está — encolhi os ombros. — Eu já disse que levaria o meu namorado.

Ele me encarou.

— Fizeste o quê?

Me encolhi mais.

— A quem disseste isso?

— À noiva e à mãe dela.

— Que são...?

— Minha prima e minha tia, respectivamente.

João piscou os olhos por um breve instante e balançou a cabeça em negação, apertando ainda mais o volante.

— E a dona Esperança já sabia — ele constatou, e eu fiz que sim em silêncio.

A voz de John Mayer soando pelos alto-falantes foi tudo o que se ouviu por alguns eternos segundos, até eu tomar coragem para fazer o que deveria e dizer:

— Olha, me desculpa por isso, mas não se preocupe, porque eu pretendo contar a verdade assim que chegarmos lá.

Ele deu um longo suspiro enquanto eu tornava a massagear a têmpora, triste por ter esquecido o vidrinho de óleo essencial de lavanda em casa.

— Tudo bem, Lisa. Eu imagino como deve ser difícil ir ao casamento da prima quando se está encalhada.

— Como é? — Eu o encarei e encontrei um par de covinhas no rosto dele. Como tinha a cara de pau de dizer aquilo com um sorriso? — Você é mais velho que eu, então também está encalhado!

— Como, se estou a ir a um casamento com a minha namorada?

As palavras *minha* e *namorada* juntas causaram um efeito estranho sobre mim, um tremor na base da barriga que subiu e aqueceu o meu rosto muito mais do que aquela espécie de visão na hora do cinto de segurança, me obrigando a concentrar o olhar na estrada diante de nós. Vi, pelo cantinho dos olhos, o sorriso dele se agigantar. João se divertia às minhas custas.

Eu massageava com mais intensidade a lateral da testa, bem rente à linha do cabelo, quando ele esticou o braço para abrir o porta-luvas e tirou de lá uma caixa de analgésicos, que depositou sobre o meu colo. Depois, pegou a garrafa de água do porta-copos entre nós e a entregou a mim.

— Obrigada — eu disse baixinho ao desenroscar a tampa.

— Eu já imaginava que essa tua enxaqueca poderia aparecer. Tens de ir ao médico para ver do que se trata.

— É o estresse. A enxaqueca ataca quando me estresso ou fico cansada, não é nada de mais — respondi depois de engolir o remédio, e João não pareceu convencido, mas tornou a se concentrar na direção. A mandíbula antes tensa voltou a se movimentar com o chiclete, e ele tamborilou os dedos no volante ao ritmo da música.

Se existe alguma coisa mais charmosa que um homem relaxado em seu terno atrás de um volante, eu desconheço. A cena fez o calor do meu rosto escorregar de volta para o fundo da barriga, e eu abri o vidro de imediato.

— O ar-condicionado está ligado — ele avisou.

— Prefiro o ar puro — menti ao fixar o olhar no céu azul através da janela, certa de que teria de refazer meu penteado.

Chegamos à casa da noiva pouco antes das dez da manhã para o casamento, marcado às onze. Haveria tempo suficiente para desmentir a história do namorado, apresentar o João como amigo, ser a chacota da família e encarar a minha avó.

Que Deus me ajudasse.

Estacionamos junto ao muro coberto de folhas verdes e desci do carro sem ânimo algum. Havia vários outros veículos estacionados ao longo das calçadas, de um lado e do outro da rua sem saída. Respirei fundo diante do portão de madeira aberto, mas, antes de dar o primeiro passo para dentro do quintal, fui surpreendida por João a oferecer o braço para mim. Eu o aceitei um tanto hesitante. Enquanto caminhávamos, ele quis saber o nome dos noivos e dos donos da casa, então expliquei resumidamente quem era quem.

Tio Joaquim, o pai da noiva, nos recebeu logo na varanda, à porta de entrada para a ampla sala de estar da casa. Ao contrário da esposa e da filha, ele não me bombardeou com milhares de perguntas, apenas me abraçou e disse ao pé do meu ouvido que era bom me ver de novo. Respondi de igual modo e apresentei João apenas pelo nome.

Havia algumas pessoas espalhadas pelo quintal e pela varanda, e outras na sala, sendo servidas por três meninas de avental preto. Uma delas passou por nós e ofereceu canapés. Tanto eu quanto meu acompanhante recusamos com gratidão.

— Querida, anda cá ver quem chegou — o anfitrião disse à esposa, que passava apressada pelo corredor, lá dentro.

Tia Inês interrompeu a marcha e veio até a porta para nos receber de sorriso e braços abertos. Eu endireitei a postura e me preparei para a hora da verdade, mas ela foi direto ao homem à minha esquerda.

— O namorado, suponho. — E lhe estendeu a mão. — Eu esperava por um português, mas o rapaz é uma grata surpresa.

Ele segurou a mão dela.

— Eu me chamo João, e a senhora deve ser a Inês. — Então se inclinou e beijou o dorso da mão da minha tia, fazendo o sorriso dela crescer. — E não sou o namorado — acrescentou —, mas seria um homem de muita sorte se o fosse.

Eu o encarei. Não podia acreditar que ele tinha dito *mesmo* aquilo.

— Pelo visto não deu certo com o outro rapaz, Monalisa — ela disse com uma cara de espanto ao mencionar o namorado que eu havia inventado. Depois voltou a sorrir e, sem a menor cerimônia, completou: — Mas ainda bem. Agora não deixes este aqui escapar-te.

Mal tive tempo de responder porque logo os donos da casa foram solicitados por alguém que eu não conhecia. Envergonhada, tentei soltar o braço do João, mas ele não permitiu e, me segurando com um pouco mais de firmeza, me manteve junto de si.

— Não precisava mentir só para me ajudar a passar menos vergonha — falei baixinho.

Os olhos dele procuraram os meus, e eu não pude continuar encarando as minhas unhas tingidas de branco-renda.

— Estás enganada. Eu não menti — afirmou. Então, ele se inclinou, levando os lábios até a minha orelha, e disse: — Dessa vez, eu disse exatamente o que penso.

21
Só por hoje

Dessa vez, eu disse exatamente o que penso. Essa frase ecoou dentro de mim como os sinos da igreja, que, não muito distantes, badalaram dez vezes para nos lembrar que faltava apenas uma hora para o início da cerimônia. Eu estava no quarto da Carina, no segundo andar da casa, junto à janela, já vestida com meu traje de madrinha e o olhar fixo na vista do quintal lá embaixo.

E o ponto específico em que meus olhos se atentavam era um certo homem de cabelos negros parado no meio do jardim. Ele tinha tirado o paletó e o segurava dobrado em um braço. Na outra mão, um copo d'água. Conversava com um rapaz e parecia bastante relaxado na companhia de quem acabara de conhecer. Relaxado demais para alguém que tinha dito o que ele dissera.

"Não sou o namorado, mas seria um homem de muita sorte se o fosse."

Então João tinha algum interesse em mim? Não podia ser. Ele também me achava irritante, não achava? Só de lembrar, meu estômago virou uma pedra de gelo. Como ele havia sido capaz de dizer essas palavras assim, bem na minha cara, sem mais nem menos? Será que ele tinha *mesmo* dito a verdade? Ele não tinha dito que não queria que rolasse nada?

Pensando bem, João não economizava em atenção, desde o dia em que havíamos nos conhecido. Garantira que eu voltasse para casa pelo caminho mais seguro quando nos encontramos no miradouro; me presenteara com flores em meu aniversário; me dera o boné e a garrafa d'água para eu não esturricar no sol de Braga; me proporcionara a melhor vista da queima de fogos no São João; providenciara remédio para essa viagem. E, caramba, ele estava me acompanhando em um casamento em outro distrito, pelo amor de Deus!

"Não te preocupes em dizer-me que não vai rolar nada. Não vai mesmo, porque eu nem sequer quero que role", era o que me dissera ao fim do São João, e eu ainda me lembrava muito bem. Se ele não queria, por que se importava tanto? Por que tinha dito que teria sorte se fosse o meu namorado? Minha cabeça teria explodido se não fosse o analgésico. Analgésico que *ele* me dera. Ou ele era, sim, um mentiroso, ou estava só brincando comigo, se divertindo às custas da dorameira do andar de baixo.

Puxa vida! Ele tinha que ter um sorriso com covinhas tão lindas?

— Para de sorrir — falei para ele como se não houvesse uma janela e dezenas de metros entre nós.

João seguia envolvido na conversa com aquele estranho. Parecia animado, sorridente do jeito irritante de sempre. A voz da Carol voltou à minha mente:

"Você não acha o João gato? Tá querendo enganar quem?"

— A mim mesma — respondi baixinho, ainda a observar o Sr. Gerente lá embaixo. É claro que eu o achava bonito. Lindo, na verdade. Porque ele era. Mesmo.

Como se pudesse me ouvir, João ergueu os olhos na minha direção.

Dei um pulo para trás e pedi a Deus que ele não tivesse me visto. Depois, devagar, com um passinho cauteloso para a frente, me estiquei inteira para espiar pela janela mais uma vez. Ele não só ainda olhava para mim, como também erguia a mão com o copo para me saudar. Tentei disfarçar, mas acabei sorrindo feito uma idiota.

— Que vergonha, que vergonha — sussurrei ao me afastar da janela dando soquinhos na minha própria cabeça.

— Tudo pronto — avisou a cabeleireira ao concluir o penteado da noiva.

— *Tás tão gira*, meu amor! — disse a mãe com lágrimas nos olhos, e a fotógrafa pediu que nos juntássemos para uma foto. — Dá-me só um minuto que vou trazer a mãe — tia Inês pediu, e foi aí que o meu estômago gelou de vez.

Até aquele momento, eu havia tido sucesso em evitar a minha avó, o que não tinha sido muito difícil. Em seus 80 anos, dona Maria Isabel já não se locomovia com facilidade e havia permanecido no outro quarto por todo aquele tempo, desde a minha chegada. Mas, finalmente, nos encontraríamos. Carina ficou de pé e se aproximou de mim. Estava belíssima em seu vestido todo acetinado.

— *Tás* bem, prima?

Fiz que sim com a cabeça ao mentir com a maior cara de pau. E não demorou nada até a dona da casa voltar ao quarto de braços dados com ela: a mulher que dera a vida ao meu pai e tirara tudo de mim. Prendi a respiração.

Uma parte do meu coração a detestava, e o restante dele desejava que ela tivesse me amado e sido uma avó como todas as boas avós que eu tinha visto pela vida afora. Aparentava estar bem mais envelhecida do que o esperado e caminhava a passos lentos, com a ajuda de uma bengala de madeira escura. O rosto comprido e vincado pelo tempo não tinha perdido a altivez do passado, mas abriu um sorriso surpreendente ao me ver.

Ela disse algo baixinho para a minha tia, que me encarou um tanto receosa. Então, as duas senhoras deram passos vacilantes até onde Carina e eu estávamos, e meu coração acelerava mais à medida que se aproximavam.

A mais velha parou diante de mim, se desprendeu do braço da filha e ergueu a mão para tocar o meu rosto. Eu não me movi um centímetro.

— Estás tão bela, minha Patrícia — disse com os olhos marejados, e eu mal pude acreditar no que acabava de ouvir. Olhei para a noiva e depois para a mãe dela, mas ambas fugiram do meu olhar. — Há quanto tempo eu desejava ver-te, minha filha. Por favor, não te demores tanto assim outra vez.

Patrícia. Esse era o nome da minha outra tia, a irmã mais nova do meu pai. Infelizmente, eu não me lembro dela, a não ser por algumas fotos. E, apesar dos tons de pele distintos, eu sempre me achei muito parecida com ela na juventude. É claro que não a ponto de sermos confundidas pela própria mãe dela. A não ser que...

— A avó tem Alzheimer — Carina disse baixinho atrás de mim. — E também já não ouve bem.

— Mãe, deixa para conversar mais tarde. — Tia Inês puxou a mão da minha avó e a ajudou a se ajeitar para a câmera. — A Patrícia vai estar conosco todo o dia, mas agora temos de tirar fotografias.

Minha tia apertou os lábios e me lançou um olhar que parecia um pedido de desculpas; então, nos posicionamos lado a lado, conforme a fotógrafa pediu.

— Sorriam, por favor.

E todas obedeceram. Menos eu.

Por que o Senhor está me fazendo passar por isso?, questionei em silêncio, certa de que Deus me ouvia. De todos os desfechos possíveis, aquele era, sem dúvidas, o mais doloroso. Agora eu era a filha caçula da minha avó, a filha que não falava com a mãe havia mais de vinte anos.

Patrícia sempre fora muito apegada ao irmão mais velho, o meu pai, e havia se mudado para a França depois de ele ter falecido. Cortara relações em definitivo com a própria mãe por culpá-la por toda a tragédia. Quando eu havia estado em Portugal na adolescência, após a morte da minha mãe, tia Inês me contara que ela nunca mais havia visitado ou sequer ligado para nenhum deles, pois também culpava a irmã por não ter impedido que aquilo tudo acontecesse.

Tia Inês bateu palmas, me despertando do pequeno transe.

— Vamos para o casamento? — disse, animada.

— Casamento? — a mais velha perguntou.

— Sim, avó. O meu, não está a lembrar-se?

Dona Maria Isabel fitou Carina por alguns instantes e riu.

— Não estás um pouco velha demais para brincar de noiva, menina?

Todas as mulheres presentes no cômodo riram, e tia Inês voltou a dar o braço para a mãe.

— Venha, dona Maria Isabel. Vamos ver até onde vai esta brincadeira de crianças.

Assim, as duas deixaram o quarto e a noiva se voltou para mim, tornando a me fazer a mesma pergunta de antes:

— *Tás* bem?

Eu a encarei por um breve momento, sem conseguir dizer coisa alguma.

— Desculpe-nos por não contar-te, não sabíamos como fazê-lo. — Ela segurou minhas duas mãos. — Mas se queres saber, prima, há algo de bom nisto. Permita-te esquecer tudo por hoje e desfruta da doçura que a avó ainda tem para dar-te.

— Não sou eu quem tem Alzheimer, Carina — eu falei, a voz esganiçada pelo meu espanto com a proposta absurda e, pior, com a vontade irracional que senti de aceitá-la.

Estou ficando maluca?

Carina suspirou.

— Só por hoje, finja que tens e vais ganhar uma avó amorosa, como sempre deverias ter tido. — Ela sorriu para mim. Engoli em seco e me deixei ser abraçada. — Nos vemos na igreja, sim? — disse animada e fiz que sim em um movimento automático antes de deixar o quarto.

À medida que descia os degraus para o andar de baixo, as vozes animadas que preenchiam o ambiente me fizeram despertar do momento de torpor. Ergui os olhos devagarinho, com medo de estar sob a mira da minha avó, e encontrei o meu par. Todo lindo de terno e gravata, estava bem ao pé da escada e sorriu para mim ao me rever. Aquele sorriso caloroso me fez esquecer, mesmo que por um momento, o caos da minha vida familiar.

Será que eu também devo esquecer o "não quero que role algo entre nós"? Será que posso me lembrar apenas da sorte que João disse que teria se fosse meu namorado?

— Eu estava errado — disse quando o alcancei.

— Errado?

Ele fez que sim e, com um sorriso, completou:

— O vestido das cerejeiras foi superado.

O comentário gelou minha barriga mais uma vez. Apesar disso, eu me permiti encará-lo, mesmo àquela curta distância, e João ainda sorria para mim. Eu já estava na beira, e aquele sorriso me empurrou para a decisão mais audaciosa. Então sorri de volta, decidida a me lembrar só das partes boas e me permitir, ao menos por um dia, ser apreciada por aquele homem de covinhas arrebatadoras.

22
Entre no personagem

Com um pedaço de tule esvoaçante amarrado ao retrovisor do carro, meu par e eu seguimos a comitiva pela cidade até subirmos a serra para o Santuário do Bom Jesus do Monte. Esse conjunto arquitetônico e paisagístico, o principal ponto turístico da cidade, é composto por uma igreja que fica no alto de uma escadaria em zigue-zague, com capelinhas em cada patamar retratando a paixão de Cristo, além de uma área de mata com parques e lagos, alguns hotéis e um funicular com vista privilegiada de toda a cidade.

A cerimônia de casamento se realizou na famosa e concorrida basílica. Ao contrário dos casamentos brasileiros, não houve o cortejo com entrada dos padrinhos, então eu e um primo de terceiro ou quarto grau, que foi meu par, assim como os padrinhos do noivo, apenas tivemos de nos posicionar ao pé do altar-mor e aguardar a noiva fazer sua grande entrada. Parecíamos quatro pequenos bonecos no meio de toda a talha dourada majestosa e das enormes esculturas sacras.

Mesmo diante da grandiosidade do interior da igreja, Carina se destacou. Há algo de muito sublime em uma noiva. O véu que cobre da cabeça aos pés com a cauda do vestido arrastando atrás, o buquê à frente... tudo é quase sagrado de tão belo. Não é à toa que Cristo compara sua igreja a uma noiva. Foi inevitável sorrir, ainda que houvesse um traço de gosto amargo na minha boca causado pelo medo de nunca experimentar aquela epifania.

O meu olhar cruzou o do João algumas vezes, e lá pela metade da cerimônia parei de me esforçar para evitá-lo. Nem sequer me lembro do que foi dito a partir dali, só me lembro de olhar para ele o tempo inteiro e das covinhas que apareceram todas as vezes que ele retribuía.

Mas outro par de olhos não parava de me observar. Logo na primeira fileira, a matriarca da família tinha a atenção voltada para mim, ou melhor, para a filha querida que havia retornado da França. Levei em conta o tamanho da saudade que eu sentia da minha mãe. Também não devia ter sido fácil perder uma pessoa amada que ainda vivia. O pensamento produziu certa compaixão em meu coração, e eu sorri de volta para a minha avó.

Ao fim da cerimônia, depois da chuva de arroz, os noivos fizeram algumas fotos ao ar livre, no topo da escadaria em frente à igreja, para aproveitar a vista da cidade lá embaixo e o jardim com todo tipo de flores que arrematava a paisagem digna de molduras douradas.

A família foi convidada para alguns cliques, e a nada discreta tia Inês me colocou ao lado da minha avó. Dona Maria Isabel sustentou no rosto um sorriso satisfeito e posou para a câmera de braços dados com sua *amada Patrícia*.

— Mal posso esperar pela tua vez, meu amor — ela me disse após a foto com os olhos ternos, cheios de esperança. — O dia em que ver-te-ei vestida de noiva há de ser o mais feliz de toda a minha vida. — E acariciou meu rosto como havia feito mais cedo, no quarto da Carina.

O meu coração apertou por todos os motivos. Era um tanto difícil vê-la naquela situação. Mais difícil ainda era saber que eu nunca teria ouvido tais palavras carinhosas se ela estivesse em seu juízo perfeito. Mas me lembrei das palavras da Carina.

— Obrigada, *mãe* — respondi, e essa última palavra quase rasgou-me a garganta.

Minha avó abriu os braços para mim e, contra tudo que eu ainda sentia, aceitei o par de braços roliços e deixei ali, naquele abraço, algumas lágrimas. Eu ainda não estava pronta para perdoá-la, mas não queria mais carregar o peso do ódio. Afinal, de que adiantava odiar uma senhora que nem sequer me reconhecia?

Meu acompanhante nos aguardava a alguns metros de distância e chegou mais perto quando ela me soltou.

— Mãe, esse aqui é o João — eu o apresentei, e ele não conseguiu disfarçar o vinco na testa. Secando o rosto, funguei o nariz e movi os lábios em silêncio, atrás dela, para explicar: — É a minha avó e está com Alzheimer.

João ergueu as sobrancelhas enquanto assimilava tudo. Depois, voltou os olhos para a senhora de pouco mais de um metro e meio e disse que era um prazer conhecê-la.

Minha avó o averiguou da cabeça aos pés e até a cabeça outra vez, então finalmente lhe estendeu a mão.

— O prazer é meu. Vá na frente, meu rapaz. Nós já vamos.

Eu ergui os ombros para ele num pedido silencioso de desculpas. João fez que não com a cabeça e balbuciou um "está tudo bem", depois seguiu os demais convidados na direção do Hotel do Elevador, onde celebraríamos a festa.

— Então esse é o teu noivo? — ela me perguntou assim que ele se afastou.

— Noivo?

Ela fez que sim.

— Ahn... é, sim — respondi e olhei as costas largas de João a se afastar.

Minha avó assentiu outra vez e seguiu meu olhar.

— Ficarei feliz se tu me garantires que também estás — disse baixinho.

Sondei o rosto dela. Apesar da confusão mental, parecia sincera, e a sombra da mágoa tentou escurecer as minhas emoções outra vez. Custava ter dado ao meu pai a mesma cortesia? Mas e se aquele comentário fosse a prova do arrependimento que minha avó agora carregava no coração, ainda que não fosse mais capaz de se lembrar e poder admitir? Eu jamais saberia.

Com pesar, sorri para ela.

— Estou feliz, sim. Obrigada.

Então seguimos os demais até a Sala Arcada, um dos grandes salões do hotel. O lugar parecia ter saído de um conto de fadas, com aquelas abóbadas e arcos. Mesas redondas cobertas por toalhas claríssimas, vasos de cristal e flores brancas ajudavam a compor o ambiente de beleza clássica e atemporal. Pelas janelas, podíamos ver um jardim, que naquele dia era exclusividade dos convidados de Carina e Hugo. E, para além da grade que o cercava, estavam o céu e a cidade de Braga em todo o seu esplendor veranil.

Minha tia veio até nós para pedir que a avó a acompanhasse sob a promessa de voltarmos a nos falar em breve.

— Desculpa deixar você sozinho — eu disse ao João quando elas se foram e ele se aproximou.

— Não faz mal. Estou aqui para servir-te. — E me entregou um lencinho de papel, com o qual enxuguei as poucas lágrimas que ainda marcavam o meu rosto.

Agradeci tentando não parecer afetada demais, e ele me guiou até a mesa onde estavam reservados nossos assentos. A mão grande tocava levemente as minhas costas e me causava um tipo de frenesi que tentei aplacar cruzando os braços frente ao tronco.

Fomos colocados para nos sentar junto ao primo que havia sido padrinho comigo e outras três pessoas, que cumprimentei educadamente, a despeito de serem completas estranhas.

— Como te sentes? — João perguntou baixinho ao pé do meu ouvido quando nos sentamos, produzindo uma onda de arrepio no meu pescoço e em meus braços.

— Estou bem — respondi com a voz embargada.

De súbito, ele fechou os olhos, virou a cabeça para o outro lado e cerrou os punhos sobre o colo, embaixo da mesa, como se tivesse sentido uma dor repentina.

A reação inesperada e extrema me fez estremecer.

— Nunca mais digas que estás bem se não for a verdade — advertiu num tom um tanto rude.

Eu não respondi. Fiquei olhando para ele sem entender nada, a boca aberta e os olhos piscando como se eu fosse uma boneca com defeito. Ele notou meu espanto e suavizou a expressão no rosto.

— Se quiseres, será um prazer ouvir-te desabafar — completou com a voz igualmente mais branda.

O que deu nele?

— É difícil pôr em palavras o que estou sentindo — falei com sinceridade, tentando dar um fim à estranheza do momento.

— Podes tentar.

Eu suspirei e comecei a contar uma versão resumida sobre a história da minha família. Se houvesse oportunidade, contaria tudo em detalhes, no futuro. Iniciei narrando a vinda da mamãe para Portugal e como ela havia conhecido o meu pai.

— Minha avó nunca aceitou o casamento do filho com uma estrangeira. E, embora minha mãe nunca tenha dito com todas as letras, creio que ela também tenha sido discriminada pela sogra por causa de sua cor da pele. Consequentemente, eu não fui uma neta desejada, nem sequer amada. Mas agora estou aqui, sendo confundida com a filha caçula da dona Maria Isabel e recebendo um pouco do carinho que nunca tive — concluí.

— Um dia bastante cheio.

Eu me senti estranhamente grata por aquele comentário tão leve, sem me ver como uma pobre coitada e sem abrir espaço para comiseração. A última coisa de que eu precisava naquele momento era um "sinto muito".

— Bastante — concordei e sorrimos um para o outro. Os olhos dele demoraram um pouco mais nos meus, e o gelo que antes havia sentido na barriga começou a derreter. — Obrigada por estar aqui.

— Não me agradeças agora. O dia mal começou.

Um garçom se aproximou com bebidas, o que me permitiu sair da mira de João quando ele se virou para pegar dois copos; escondi o rubor nas bochechas atrás do suco de laranja que ele me serviu. Logo vieram as entradas.

Comida é um assunto muito sério para os portugueses, e o que é servido em um casamento é, de forma muito justa, chamado de banquete. Uma refeição completa com ao menos quatro pratos, desde salada e sopa de entrada até mais de um tipo de carne para escolher no prato principal. Em meio a tanta fartura, conversamos por horas e mal vimos o tempo passar. Falamos do quanto ele havia se tornado um apaixonado pela cultura local, e o ouvi contar com muito ânimo um pouco da literatura lusitana, que pareceu apreciar bastante. Eu não tinha muito a acrescentar nesse assunto. Nunca havia sido uma grande leitora para além das obras contemporâneas pelas quais me aventurava de vez em quando, mas fiquei plenamente satisfeita em ouvi-lo. Comentamos sobre a beleza do local, sobre Braga, e até me deixei convencer de que eu precisava turistar de verdade pela minha cidade natal. Segundo João, havia muito mais para ver por ali, e ele até se prontificou a me acompanhar quando eu assim quisesse.

Fiz algumas perguntas sobre o país dele, e João me respondeu com o mesmo entusiasmo, permitindo-me viajar até a Coreia do Sul por meio de relatos tão detalhados. Ele listou algumas cidades não tão famosas que eu precisava incluir no meu roteiro de viagem quando fosse até lá.

— Você vai ser o meu guia? — perguntei e me arrependi de imediato.

João desviou os olhos para o copo. Girou-o devagar entre os longos dedos, ondulando o líquido dentro dele.

— Há muito tempo não volto lá.

— Alguma razão específica?

O olhar ficou perdido por uns instantes, e ele piscou algumas vezes antes de responder que sim.

— Quer falar sobre isso?

Mas não houve chance de ele dizer sim ou não, pois fomos interrompidos pelo animador da festa. Sim, havia tal pessoa na festa. Nada caricato demais, apenas alguém como um cerimonialista, responsável por conduzir — mas também divertir — a celebração.

O homem de meia-idade anunciou no microfone a primeira dança dos noivos. Todos os convidados se reuniram ao redor do espaço separado para este fim, e João e eu nos juntamos aos demais. Assistimos à valsa dançada por Ana Carina, o marido e o bebê que ela carregava sob seu exuberante vestido. Depois, todos os presentes foram convidados a se juntar a eles em outra balada romântica.

Eu olhei para os meus pés. Não queria dar a entender que desejava dançar, porque é claro que eu queria dançar com João, mas talvez já tivéssemos compartilhado momentos demais para um dia só.

Ele se aproximou um pouco mais de mim, e fui obrigada a erguer os olhos. Abriu a boca por um instante e pude jurar que me convidaria, quando vi a tia Inês e dona Maria Isabel vindo em nossa direção, às costas dele.

— Minha avó está vindo e acha que estamos noivos — avisei entre os dentes em um sorriso forçado e, mesmo tensa, além de morta de vergonha, supliquei: — Por favor, entre no personagem.

23
Sol que me faltava

João virou-se para elas colocando-se ao meu lado e exibiu as covinhas.

— Ora, por que ainda não foram dançar? — tia Inês questionou.

— Eu estava a ponto de convidá-la — ele disse.

— Pois então vá, Patrícia, e veja bem como este gajo a conduz — vovó ordenou com seriedade, depois sussurrou para mim alto o bastante para que os outros dois ainda pudessem ouvir: — Um bom pé de valsa será, *de certeza*, um bom marido.

— Vovó, não diga isso! — eu pedi em meio a um riso sem graça, passando a mão pelo coque só porque não sabia o que fazer com ela. Os três pares de olhos ao meu redor me encararam arregalados, cada um à sua maneira, então me lembrei. Forcei uma tosse. — Digo... *Mãe*. Não diga isso, mãe.

Ouvi dizer, certa vez, que, quando contrariados ou desmentidos, pacientes com Alzheimer podem ter pioras significativas, além de se tornarem agressivos. Eu não sabia se era verdade, mas também não podia arriscar um episódio assim e estragar o dia. Precisava interpretar bem o meu papel pela saúde da minha avó e pela festa da Carina.

Limpei a garganta outra vez e dei o braço ao João.

— Eu já tenho certeza de que ele será um bom marido. — E bati de leve no peito dele com minha mão livre. — *Oppa*, vamos dançar?

Ele disfarçou o riso de surpresa com um pigarro, e as duas senhoras à nossa frente nos incentivaram a ir de uma vez, então puxei meu par para o meio da pista.

— Me desculpa por isso — pedi, desviando os olhos quando nos posicionamos frente a frente para dançar.

— Tudo bem, mas acho que te esforçaste um pouco além da conta. Duvido que elas saibam o que significa *oppa* — João disse, e eu fechei os olhos bem apertados, morta de vergonha. Com um traço de riso na voz, acrescentou: — A não ser que sejam noveleiras como tu. — E acabei deixando uma risada nervosa escapar ao abrir os olhos. — É melhor começarmos a dançar. — Ele apontou discretamente com a cabeça na direção das duas, e eu fiz que sim, então me estendeu as mãos e perguntou: — Posso?

Baixei a cabeça em menos de um centímetro para assentir e pousei uma de minhas mãos na dele com um temor solene. João diminuiu a distância entre nós, ergueu nossas mãos unidas à altura dos ombros, deslizou respeitosamente a outra mão até o meio das minhas costas e começou a me conduzir. Logo senti a tensão crescer e pesar sobre os meus membros, retesando os músculos da face até os pés. Para não deixar o nervosismo transparecer, forcei um sorriso — talvez um pouco demais, já que ele franziu o cenho.

Afastei o corpo para trás só um pouco e, sem me soltar por completo, sinalizei com uma das mãos o vazio que havia surgido entre nós e brinquei:

— Esse é o meu espaço de dança e esse é o seu espaço de dança.

A despeito das minhas intenções, as sobrancelhas dele se ergueram um pouco mais, e eu, enrijecida pelo gelo que não havia sido capaz de quebrar, prendi os lábios e foquei a visão em um ponto qualquer ao longe. Então uma risada baixa escapou dos lábios dele, o que me obrigou a encará-lo de novo.

— Não acredito que acabaste de citar *Dirty Dancing* — ele balançou a cabeça com um sorriso zombeteiro no cantinho da boca.

Estreitei os olhos.

— Por que me fez pensar que não tinha entendido a referência?

— Porque eu estava a me divertir às tuas custas — confessou, e os meus lábios se abriram em descrença.

— Não curte k-dramas, mas gosta de romances americanos? Quem diria!

— Quem disse que gosto? Apenas fui obrigado a assistir pelas minhas irmãs.

— Mas, curiosamente, você até guardou as falas!

— Memória boa demais, lembra? — ele retrucou, erguendo o queixo. — Agora, por favor, ponha a outra mão sobre o meu ombro. Estamos a parecer um par muito desajustado com o teu braço caído assim.

Eu dei uma risadinha nervosa e, bem devagar, como se ele pudesse quebrar ao meu toque, coloquei a mão livre sobre o ombro de João. Inspirando profundamente, me deixei ser conduzida ao som da voz de Ed Sheeran. A música era o clichê de todos os casamentos desde 2014: "Thinking Out Loud". E, como uma boa apreciadora de clichês, preciso dizer que amei. A minha barriga ainda estava gelada, mas um sorriso menos tenso tomou conta do meu rosto à medida que meu parceiro de dança me conduzia pela pista com uma elegância de dar inveja a todas as outras mulheres da festa. Nem era preciso tanta habilidade para chamar atenção. A altura também o fazia se destacar. Enquanto a média portuguesa fica na casa dos 170 centímetros, ele devia medir uns 15 a mais, no mínimo.

— Você entende de plantas, gerencia um hotel, conserta coisas, fala coreano, português e inglês, e ainda sabe dançar?

Os lábios dele se entortaram em um sorriso presunçoso.

— Também falo chinês, japonês, francês e espanhol.

— Sete línguas?

Ele pendeu a cabeça para o lado, erguendo o ombro.

— Meus pais foram um tanto exigentes com a nossa educação, mas o português eu aprendi porque quis.

— E por que quis?

Ele pensou por um instante. Os lábios franzidos em um bico.

— Porque eu tinha algo a dizer a alguém e queria fazê-lo em sua língua materna.

— E conseguiu?

— Não tanto quanto gostaria, mas acredito que há verdades que língua alguma consegue expressar.

— E por isso nunca são ditas?

— Elas são, sim — ele afirmou e me fez girar sob nossas mãos unidas. Quando voltamos a ficar frente a frente, João fixou as íris escuras e brilhantes nas minhas. — Os olhos conseguem dizê-las.

Umedeci os lábios enquanto sustentava o olhar dele. Meu coração acelerou, e eu me arrepiei até os cabelinhos do dedão do pé. Foi intenso e inevitável. Enquanto nos movíamos, João cantarolou um e outro verso da música, mas o som da voz dele foi abafado pelo volume do som que saía dos alto-falantes.

E, como todo momento, aquele também chegou ao fim. A voz do ruivinho inglês deu lugar a uma música mais animada, o que obrigou meu parceiro de dança a se afastar e se ajustar tanto ao novo ritmo quanto a, mais tarde, algumas músicas folclóricas, com direito a bailarinos de dança tradicional portuguesa, aos quais assistimos à margem da pista.

Eram quase cinco da tarde quando eu disse a ele que poderíamos voltar para o Porto.

— E perder o corte do bolo? Costuma ser um evento à parte, com fogos de artifício e tudo. Acho que a tua prima não vai gostar que não estejas aqui.

E, conhecendo a Carina como a conheço, João estava cem por cento certo. Mas, para que a queima de fogos fizesse sentido, o bolo seria cortado apenas à noite. Ainda faltavam umas boas horas para o sol se pôr, e eu já estava tão cansada, por isso disse a ele que precisava me sentar um pouco, sem detalhar o estado crítico dos meus pés dentro das sandálias de salto e muito menos dizer que a enxaqueca ameaçava voltar.

No caminho para nossa mesa, nos servimos de queijos com geleias, dispostos no canto do salão. Quando retomamos nossos assentos, eu me sentia um tanto ansiosa e na obrigação de encontrar algum assunto interessante para puxar um pouco mais de conversa, mas só conseguimos tecer um ou outro elogio aos aperitivos, porque o rapaz com quem João havia conversado no quintal dos meus tios antes do casamento se aproximou para mostrar a ele umas fotos no celular.

Pelo que entendi, o cara era carpinteiro e os dois tinham trocado figurinhas sobre o assunto. Lembrei-me do dia em que havia subido até o quarto andar por causa das marteladas. João trabalhava em alguma peça de madeira e se mostrou bastante interessado no que aquele cara lhe dizia.

Não fui capaz de evitar o sentimento de frustração, mas tentei disfarçá-lo buscando algo diferente para olhar sem ser a nuca do meu acompanhante, que havia me dado ligeiramente as costas. Os outros convidados com quem partilhávamos a mesa não estavam por perto naquele momento, mas, para o meu alívio, a mãe da noiva fez sinal para mim. Pedi licença aos dois aficionados por carpintaria ao meu lado, levantei-me e fui até lá. Tia Inês me apresentou para quase toda a festa, levando-me de mesa em mesa para mostrar a *sobrinha brasileira*.

— Preciso me sentar — eu disse enquanto era arrastada para a quinta mesa consecutiva, e ela deu um muxoxo.

— Ora, uma rapariga jovem dessas!

— Meus pés estão me matando, tia, e eu tenho enxaqueca crônica.

Tia Inês parou de andar e me encarou.

— A sério?

Fiz que sim com a cabeça latejante e então fui conduzida às pressas até a mesa dela, que abriu a bolsa e tirou dela uma cartela de comprimidos de aparência duvidosa. Consegui ver o nome de relance, era *Oxi... co...* alguma coisa.

— Isso é mesmo para dor de cabeça?

— Não te preocupes, é apenas um *opioidezinho*.

— Opioide... *zinho*? Não é muito forte?

— Ora, por amor de Deus, menina! — Ela puxou meu braço com força e destacou dois comprimidos na palma da minha mão enquanto reclamava: — Que mania os jovens têm de não confiarem nos mais experientes. Anda lá! — E me entregou um copo d'água, forçando-me a engolir os remédios com um olhar assustador que eu jamais ousaria contrariar.

Depois disso, me mandou descansar sentada ao lado da minha avó para interpretar o papel de Patrícia e foi tagarelar por outras mesas. Logo em seguida, Carina entregou o buquê a uma amiga da faculdade que ficaria noiva em breve, pois as noivas portuguesas não costumam jogar o buquê. Esse ponto em comum com a tradição das noivas coreanas, conforme tinha visto nas séries, colocou um sorriso no meu rosto. Feito isso, ela veio até mim e a vovó.

— Eu queria dar-te o ramalhete, prima — disse baixinho para que só eu escutasse —, mas minhas amigas já estavam enciumadas demais porque foste madrinha.

Ela se serviu de alguns aperitivos e bebeu um pouco de água.

— E por que você me escolheu? — perguntei. Havia dias eu queria saber a resposta para essa pergunta.

Carina me encarou com a testa vincada sobre a borda da taça e disse:

— Ora, porque és família. — Então abriu um enorme sorriso e bebeu até a última gota.

Família.

Havia muito tempo que eu não me considerava parte de uma família, porque, na verdade, eu mesma quisera me manter longe dela. Apesar das atitudes da minha avó, titia havia, sim, tentado cuidar de mim quando me trouxera após a morte da mamãe, mas eu havia pedido que me deixassem ir de volta ao Brasil. Depois, passei os anos seguintes me esquivando, como se todos os meus parentes fossem cúmplices dos pecados da dona Maria Isabel. Mas ali estava eu, de volta à cidade onde havia nascido, sentada ao lado da minha avó e prima, cercada de pessoas que se mostravam contentes em finalmente conhecer a *filha do Manuel*. Eu não tinha mais os meus pais, mas ainda era uma sobrinha, uma neta e uma prima.

Esse pensamento me encheu de um novo ânimo. Aproveitei que todo o meu corpo havia relaxado sob o efeito dos comprimidos da tia Inês e, como quem vivia um sonho que nem sequer sabia que ainda sonhava, guardei as pendências outra vez num cantinho da alma, dei a mão à minha avó, chamei a noiva e as levei para dançar. Não demorou muito até a tia Inês se juntar a nós. Dona Maria Isabel dava passinhos curtos e vacilantes com o auxílio da bengala escura, enquanto Carina e eu nos revezávamos para ampará-la. Mesmo assim, nós nos divertimos como se estivéssemos dançando perfeitamente bem.

— O teu rapaz está a vigiar-te como um cão de guarda — disse minha avó ao pé do meu ouvido algumas músicas mais tarde. Corri os olhos pelo salão e encontrei o Sr. Gerente sentado à mesa sozinho, olhando mesmo fixamente em nossa direção. Acenei para ele, que correspondeu. — Anda lá! — ela encorajou com uns tapinhas em minhas costas. — Não o deixe sozinho por muito mais tempo.

Quando me aproximei, João ficou de pé com um sorriso no rosto e uma sacola de papel kraft nas mãos que não estava ali quando eu havia deixado aquela mesa.

— Podes vir comigo um instante? — pediu.

Reprimi um gemido de lamento. Precisava muito me sentar. Minha cabeça estava começando a ficar esquisita — não doendo, só parecia vazia, oca —, e a vista um tantinho embaçada. Sem contar os dedos dos pés e os calcanhares doloridos por tantas horas em cima dos saltos! Mas não queria dizer não para ele, ainda mais depois de tudo o que havia feito por mim ao longo do dia. Então coloquei um sorriso no rosto e fiz que sim antes de o seguir para fora do salão.

— Fui buscar isso no carro enquanto dançavas. São para ti. — E me entregou a tal sacola de papel. Agradeci antes de espiar o conteúdo e quase chorei ao ver o par de chinelos brancos lá dentro. — Creio ser uma boa hora para substituir os antigos.

— É, sim. Esses saltos estão me matando — confessei e mordi os lábios para impedir que um sorriso bobo tomasse todo o meu rosto.

João apontou na direção de um dos bancos da área externa, no qual me sentei. Mas, em vez de sentar-se ao meu lado, ele tomou o pacote das minhas mãos com gentileza e se abaixou diante de mim. Prendi a respiração.

— Com licença — pediu antes de suspender a barra do vestido o suficiente para revelar apenas os meus tornozelos. — Segure assim, por favor. — E me entregou o pouco de tecido que havia levantado a fim de manter meus pés descobertos.

Em silêncio, tentei manter no rosto uma expressão neutra ao assistir enquanto João puxava um dos meus pés para a frente e o descalçava. Ele já não vestia paletó e gravata, o botão do colarinho da camisa estava aberto e as mangas, dobradas abaixo dos cotovelos, revelando as veias sobre os músculos bem torneados que ondulavam com o movimento das mãos em minha sandália. Senti o rosto ruborizar, então virei-o para o lado a fim de manter a estabilidade da minha respiração e conter o ímpeto de passar os dedos pela cicatriz na parte interna do antebraço direito dele. Nunca, em meus trinta anos, imaginei que uma ação tão corriqueira e banal como desafivelar as sandálias fosse capaz de um dia causar tamanho alvoroço em meu peito a ponto de me obrigar a prender os lábios com força para evitar que o coração saltasse pela boca.

João repetiu o movimento no outro pé, depois guardou as sandálias no lugar dos chinelos brancos e os calçou em meus pés. Não consegui reprimir um gemido de surpresa ao constatar que serviram perfeitamente.

— Eu vi o número no par arrebentado quando recolhi o lixo naquele dia — ele explicou e se levantou, jogando a franja para trás.

Agradeci em um fiapo de voz trêmula e também fiquei de pé.

— Mas não... — Limpei a garganta. — Não precisava se incomo...

— Não é incômodo algum — ele me interrompeu, como sempre, mas dessa vez não foi irritante como nas outras.

— Obrigada.

— Não por isso. Eu queria dar-te antes, mas não quis atrapalhar o teu momento em família.

— Pois é. — Eu alisei a saia do vestido. — Aproveitei que você estava conversando com aquele rapaz para passar um tempo com elas.

— Ele se foi há quase duas horas.

— Tudo isso? — arregalei os olhos, e João assentiu com um sorriso. — Me desculpa por te deixar sozinho por tanto tempo.

— Não faz mal, fizeste bem. Fiquei satisfeito só em ver-te dançar com a tua família, mas confesso que estou ainda mais feliz por teres voltado na hora certa.

— Hora certa? — franzi a testa, e ele assentiu, então virou-se e se pôs a caminhar em direção ao jardim enquanto carregava a sacola com as minhas sandálias.

Eu o segui. Passamos pelos arcos que arrematavam a fachada dos fundos do edifício e descemos uma pequena escada para um jardim privado, que ficava em um nível abaixo, como uma piscina rasa de canteiros floridos. Arbustos bem baixinhos e flores de tons variados criavam uma espécie de labirinto até a borda gradeada com vista para a cidade lá embaixo. O céu estava pintado de um azul-claríssimo com nuvens laranjas e rosadas.

— Estavas a te divertires tanto, que não fui capaz de chamar-te — ele disse ao alcançar a grade. Com cuidado, depositou a sacola no chão junto aos pés e enfiou as mãos nos bolsos da calça. — Mas acho que meus pensamentos a trouxeram de volta, pois eu queria muito que não perdesses isto. — E apontou com a cabeça na direção do horizonte. — Pareceste encantada, naquele dia no miradouro, então eu queria muito que tu assistisses daqui também. O pôr do sol de Braga é encantador.

Sorri com a lembrança e dei uma olhada na cidade lá embaixo. O sol não estava tão coladinho à linha do horizonte.

— Acho que ainda faltam alguns minutos — falei.

— Sim — ele confirmou com a cabeça. — Quinze. O quarto de hora antes do pôr do sol é...

— A hora mais bonita do dia — completei com ele. — Eu me lembro de você dizer isso — e sorri. — Obrigada por se importar em me mostrar.

João assentiu e sorriu outra vez. Percebi que as covinhas ficavam ainda mais atraentes àquela luz dourada. Ele encostou o quadril na grade que nos separava da mata abaixo de nós e correu os olhos pela vista. Já os meus olhos se fixaram nele, que, para ser sincera, parecia inteiramente mais bonito sob a luz do sol poente. Com dificuldade, engoli o nó que surgiu na minha garganta e decidi voltar a atenção para a paisagem também. E ficamos assim, lado a lado e em silêncio, por todo o tempo até o sol dizer adeus. Um silêncio estranhamente confortável.

Ao se pôr, a grande bola de fogo celeste costuma parecer um tanto morna, se comparada a sua intensidade ao meio-dia; mas, nos quinze minutos que passei ao lado do meu vizinho, apreciando seu adormecer, aquela luz dourada me aqueceu como nunca. Foi como se o céu imprimisse em mim uma lembrança eterna daquele dia que mudou tudo: eu não era uma órfã sem família, e o homem ao meu lado não era *só* o vizinho do andar de cima e gerente do meu apart-hotel. Park Jeong-ho era o homem dos meus sonhos.

24
Extasiada

Na manhã seguinte, fui despertada com batidas à porta. Demorei um pouco até conseguir entender e me levantar da cama. Eu me sentia tão cansada! Carregava uma tonelada nas costas e, para minha surpresa, ainda usava o vestido de madrinha, o que era muito, muito estranho.

Por que não mudei de roupa?, questionei-me diante do espelho. Para ser sincera, não me lembrava de como a noite anterior terminara, por isso repassei os últimos fatos em minha mente: pôr do sol, corte do bolo e de volta ao carro do João.

Ah, João! Um sorriso bobo tomou conta do meu rosto. Só de pensar no homem que morava logo ali, no piso superior, meu coração acelerou tanto que eu cheguei a pensar que estava ouvindo as batidas, mas eram batidas à porta.

— Já vou! — avisei, pressionando os olhos com as pontas dos dedos, depois me arrastei pelo apartamento até alcançar a maçaneta.

E se for ele? Recolhi a mão depressa e alisei o cabelo, limpei as remelas, ao mesmo tempo que, com uma voz esganiçada de desespero, perguntei quem era. Mas, para o meu alívio, foi a voz da Esperança quem me respondeu.

— Sou eu, menina! — ela disse, e eu abri a porta com um movimento rápido. — Bom dia! Como estás?

— Bom dia. Bem, e a senhora? — respondi e não consegui evitar um bocejo, que cobri com as costas da mão.

— Perdeste a hora?

Franzi a testa.

— Perdi?

— Pelo visto, a festa ontem foi boa o bastante — os lábios dela se esticaram um pouco mais.

— Foi maravilhosa — concordei.

— Pois... A julgar pelo teu pijama, foi mesmo brutal!

Dei uma risadinha sem graça e finalmente reparei nas roupas que ela vestia. Minha vizinha usava calça de alfaiataria em linho cru e uma camisa branca com mangas dobradas. O cabelo curtinho grisalho estava impecável, com as pontas modeladas para dentro, e havia uma bolsa de couro marrom presa no braço, combinando com as sapatilhas de bico fino no mesmo tom.

— E me desculpa, mas eu não estou me lembrando de termos combinado alguma coisa para fazer por agora, então, sim, acho que perdi a hora — respondi à pergunta inicial.

— Prometeste ir à igreja comigo. Hoje é domingo.

— Ah. — Pisquei algumas vezes. — Eu não pensei que seria logo pela manhã.

— Tudo bem, podemos ir juntas na semana que vem.

— E logo mais? — sugeri.

— Ah, eu não tenho o costume de ir à noite. Queres o endereço, então? — ela ofereceu tentando ser simpática, mas notei o brilho de empolgação em seus olhos sumir.

— Dá tempo de me trocar?

Esperança conferiu o relógio de pulso.

— Temos meia hora.

Então a convidei para entrar e se sentar enquanto eu me aprontava.

— Ah, os óculos da senhora estão aí, na mesinha! Por favor, fique à vontade. — E corri para o banheiro.

Banhos rápidos não são o meu forte, mas consegui me aprontar em quinze minutos. Dona Esperança dirigiu com cautela até estacionar em frente à igreja, sediada no prédio que um dia havia sido um teatro. Ela cumprimentou todos por quem passamos e me conduziu para a galeria.

— Daqui podemos ouvir melhor. Hoje vou ficar o tempo todo contigo, mas geralmente sou voluntária e ajudo a *rececionar* as pessoas à porta.

Eu assenti me sentindo feliz por não ter deixado de ir com ela, que tinha mudado sua programação habitual só para me acompanhar.

As pessoas ainda chegavam aos montes e se acomodavam pouco a pouco, causando aquele típico burburinho pré-culto. Aproveitei para fazer uma breve oração, já que tinha levantado da cama no susto.

— Ficaste chateada comigo por ter dito ao Joãozinho para acompanhar-te? — Esperança perguntou assim que ergui a cabeça.

— Não mesmo — respondi com um sorriso contido, e ela assentiu.

— E como foi com a tua avó?

— Ah... um tanto triste.

— Ora, por quê?

— Ela está doente, mas praticamente fizemos as pazes.

Esperança sondou o meu rosto.

— Praticamente?

— Minha avó não se lembra de mim.

Ela sorriu com pesar.

— Sinto muito, menina. — E deu alguns tapinhas no dorso da minha mão sobre a Bíblia. — Mas Deus sabe de todas as coisas.

Anuí, dando o assunto por encerrado.

Uma canção que eu não conhecia soou pelos alto-falantes, e o telão passou a reproduzir uma contagem regressiva de cinco minutos. Os músicos tomaram seus lugares no palco e, quando o *timer* chegou ao zero, a canção gravada deu lugar ao som da banda ao vivo, e a igreja se colocou de pé.

No telão agora eram transmitidos em tamanho grande os rostos da banda, revezando com outros aleatórios por toda a igreja, além dos versos da música na parte inferior da tela. Cantamos juntos uma versão portuguesa do hino "Porque ele vive", e eu percebi o tamanho da saudade que sentia de congregar com o corpo de Cristo. Integrar aquele coral nessa e nas músicas que se seguiram foi como mel morninho derramado na minha alma.

Depois, o pastor trouxe uma reflexão sobre o Oleiro e o vaso de barro.

— Somos tão frágeis, meus amados irmãos — ele disse docemente em certo ponto da mensagem. — Mas que grande privilégio é poder ser frágil nas mãos do Bondoso Oleiro, pois ele é capaz não apenas de refazer-nos, mas de refazer-nos conforme sua boa, perfeita e agradável vontade.

Ouvir e ser lembrada dessa verdade trouxe tanta alegria ao meu coração!

Em seguida, os irmãos do louvor voltaram ao palco e logo ficou nítido que havia algum problema com o vocalista da banda, porque ele foi o único que não apareceu. Os demais integrantes olhavam uns para os outros com cara de interrogação e, por fim, o pastor, que ainda estava atrás do púlpito de acrílico posicionado ao centro do palco, fez sinal para que alguém da primeira fileira de poltronas subisse.

Um homem de cabelos escuros não demorou a aparecer. Ele tomou o violão nas mãos, passou a correia por sobre os ombros largos, depois posicionou-se atrás do microfone ao centro do palco. De onde eu estava, não conseguia ver o rosto dele. Eu lhe assisti, com certa curiosidade, subir o pedestal consideráveis centímetros até a altura dos lábios dele, e prendi os meus quando começou a cantar.

Senhor, meu Deus, contemplo extasiado
O teu poder na vasta criação

Extasiada era a palavra para traduzir com exatidão o efeito causado por aquela voz inconfundível: ali estava ninguém mais, ninguém menos que o meu cantor-misterioso-particular. Ele tocava e cantava com a emoção de sempre, e o meu coração saltou em expectativa até o telão exibir o rosto do dono da voz.

Prendi a respiração.

Era ele.

Era Park Jeong-ho.

E sua imagem em tamanho gigante desbloqueou a minha memória.

25
O pacote completo

Atrás do volante, João cantava "As It Was" em um dueto com o Harry Styles do rádio enquanto avançávamos pela estrada escura de volta ao Porto. Minhas pálpebras pesavam toneladas por causa do cansaço, mas credito a culpa maior àquela dose dupla de comprimidos duvidosos da tia Inês, que havia baixado a minha pressão, me deixando molenga e a enxergar apenas borrões.
Mas eu ouvia bem.
— Sua voz... é tão doce... tão... familiar — falei baixinho ao me aconchegar no banco do carona, até que tudo virou escuridão.

E sabia que ele também tinha ouvido o que eu dissera. Certeza que tinha ouvido! Assim como me ouvira agradecer por tocar "Lifesong" na noite do meu aniversário. É claro que João reconhecera a minha voz através da janela naquela primeira noite e sempre soubera que eu o ouvia nas que vieram depois, mas havia ficado lá, cantando e tocando no escuro da minha ignorância, noite após noite. Passamos o dia anterior inteirinho juntos, conversamos sobre várias coisas. Ele havia conhecido a minha família e não tivera tempo de parar e dizer: "Ah, sabe o cara que você escuta tocar na janela TODAS AS NOITES? Então, sou eu".

Eu deveria ter ficado muito animada com tamanha descoberta — emocionada, até —, mas em vez disso me senti enganada, feita de trouxa mesmo.

— Além de bonito e boa gente, ainda é bom cantor — Esperança sussurrou ao meu ouvido em meio aos versos cantados por toda a igreja, toda orgulhosa.

Não respondi, e ela voltou a cantar de olhos fechados. Indignada, cruzei os braços e me recusei a acompanhar. Depois pedi perdão a Deus, mas a verdade era que ali, naquela hora, minha alma ficou irritada demais para cantar "Grandioso és tu". A câmera focou no rosto de João novamente. Aquele rosto perfeito e irritante de um *grandioso mentiroso* — afinal, omitir também é mentir. E não era a primeira vez!

E, então, o restante da memória me atingiu, fazendo meu rosto queimar de vergonha.

— *Voxê é tão forte, Jão!* — *falei enquanto ele me carregava de cavalinho pelas escadas do Princesinha acima.* — *Bonitão também! Bonitão, não. Voxê é lindo, aff...*

Ele teve uma crise de tosse e jogou o peso do meu corpo um pouco mais para cima, segurando firmemente minhas pernas para não me deixar cair. À entrada do meu apartamento, colocou-me no chão. Errei duas vezes o código da fechadura e cambaleei para dentro quando a porta finalmente abriu.

— Aish — *disse ao me amparar e impedir de cair. Depois me ergueu de novo, mas dessa vez à frente dele, com um braço sob meus joelhos dobrados e o outro nas costas; tipo cena clássica de recém-casados entrando em casa pela primeira vez.*

Com facilidade, como se eu pesasse pouco mais que uma pluma, levou-me até o quarto e me deitou sobre a cama. Então cobriu meu corpo com o lençol e apagou a luz, tudo de forma muito apressada.

— *Pode cantar mais um pouquinho?* — *pedi quando ele já estava no corredor.* — *Axim eu pego no xono de vez. Pufavô...*

João voltou para dentro com passos relutantes e se sentou à beira do colchão, onde começou a cantar uma música coreana. Depois disso, acho que apaguei de vez, pois a próxima lembrança que tenho é de despertar com a Esperança batendo à porta.

Na galeria do amplo teatro, meu rosto queimou de raiva. Quando o louvor terminou, o pastor fez a oração final e despediu o povo. Esperança e eu descemos a escada para o saguão e, junto à porta da saída, ela avisou:

— Tenho que resolver uma questão na secretaria da igreja. Não vou demorar. Podes esperar aqui?

Eu não queria esperar. Não queria encontrar aquele fazedor de mistérios nem pintado de ouro puro de ofir.

— Eu acho que já vou indo — avisei.

Ela franziu a testa.

— Por quê?

— Ahn... eu preciso ligar para uma amiga — foi a minha resposta. Embora soasse como mentira, era a mais pura verdade. Eu precisava, com urgência, desabafar.

— E vais a pé?

— Vou chamar um carro.

— Está certo, então. — Ela me lançou um sorriso débil. — Vemo-nos mais tarde?

Eu fiz que sim com a cabeça, e cada uma de nós foi para um lado. Assim que alcancei a rua, peguei o celular, chamei o carro por aplicativo e liguei para a Carol.

Ela custou a atender e, com a voz arrastada, foi logo perguntando:

— O que você quer? São nove horas da manhã de domingo.

— Você ainda estava dormindo? — Bufei, enrolando uma mecha de cabelo entre os dedos. — Não vai pra EBD, não, ô descrente?

Carol liberou uma risada de desdém.

— E você, *desigrejada*, quer falar o quê?

— Eu já fui ao culto, tá?

— E daí? — ela questionou, como era de se esperar, e eu massageei as têmporas.

— E daí que o João estava lá.

— O gerente?

— Não, o do pé de feijão — respondi, e foi a vez dela de bufar do outro lado. — E você não sabe o pior!

— O quê? — ela perguntou em meio a um bocejo.

Fechei os olhos para me preparar para o grito que certamente viria a seguir, então contei o detalhe que escondera ao longo daquela semana:

— O verdadeiro nome dele é Jeong-ho.

— JEONG? — ela deu um berro. — Jeong tipo das nossas pulseiras, Jeong?

— Uhum.

Um pequeno momento de silêncio e mais gritos:

— Você me fez usar uma pulseira com o nome do seu crush, Monalisa?

— Ei, foi você quem comprou, e eu não sabia que o nome dele era esse. E ele não é meu crush!

— Ah, tá! — Ela riu com desdém outra vez. — Ai, que loucura! Será que é profético?

— Se divertindo às minhas custas, né, Carolina?

— Sempre — respondeu e riu de verdade. — Mas agora me conta esse *causo* direito. O cara, então, é crente?

— Parece que sim.

— Cara, fala sério! Você já tava toda caidinha por ele que eu sei.

— Tava nada!

— Sem nem saber se o cara era cristão — ela continuou, ignorando a minha negativa mentirosa —, e aí... *puft*! O cara é cristão! Depois tem gente que acha que Deus não tem filhos favoritos.

Revirei os olhos.

— Heresia a uma hora dessa?

— Ui, desculpa, santa Lisa! — ela ironizou, e deixei uma risada nervosa escapar pelo nariz.

— Pois o cara é crente, dançarino, cantor, carpinteiro. O pacote completo! — acrescentei e bufei de novo.

— Mas o que tem de ruim nisso?

— Ah... É que ele é tão... tão...

— Interessante? Bonito? Simpático?

— Tão desonesto! — respondi e agora era eu quem estava gritando.

— Oi?

— É que ele não me conta as coisas, amiga. Não é cem por cento sincero, sabe? Esse tempo todo, era ele quem estava cantando na janela, sem me dizer nada, mesmo depois de assistirmos à queima de fogos e do dia incrível que passamos juntos ontem.

— É O QUÊ? — Carol gritou de novo. — Como assim, Monalisa? Agora eu tô sentada na cama. Me conta essa história direito!

O motorista chegou, e eu entrei no carro. Acomodada no banco traseiro, comecei a relatar todos os pormenores nem um pouco pequenos que havia omitido de Carol, desde a noite da festa na rua até o casamento. Contei melhor sobre Esperança e o Sr. P, passando pelo fato de o Sr. Gerente ter a voz mais linda e doce e ser o meu cantor particular da janela. Contei com tanta riqueza de detalhes, que terminei o relato no sofá de casa.

— E você está chateada por que mesmo, hein? — Carol perguntou quando eu parei de falar.

— Porq...

— Porque você só pode estar de brincadeira comigo, garota! — ela me interrompeu, a voz carregada de autoridade e irritação. — Uma romântica incurável que, só porque era doida pra namorar, gastou nove anos com um troglodita traidor que não te dava nem um chocolatinho fora de época. E agora tá achando ruim um homem maduro de trinta e poucos anos mostrar um interesse genuíno e sadio sem sair escancarando a vida dele toda de uma vez? Por acaso você já contou pra ele cada detalhezinho da sua vida, Monalisa?

O único som do meu lado da chamada foi o do meu pé batendo sem querer na mesa de centro.

— Ai!

— Pois é — Carolina completou. — Parece maluca, criando caso onde não tem. E, por falar em não ter, você não tem mais quinze aninhos pra ficar arrumando essas paranoias, não, sabia?

— Não é paranoia! — Esfreguei o dedão do pé para amenizar a dor. — São questionamentos legítimos.

— Legítimos? Aposto que ontem você foi dormir achando que ele era o homem dos seus sonhos e agora tá irritada porque ele é mais interessante do que você achava. Pior! Tá irritada porque acha que ele já deveria ter te contado tudo sobre a vida dele. Isso faz algum sentido, Monalisa?

Silêncio. De ambos os lados da chamada.

Levantei-me do sofá fazendo uma careta de dor por causa do pé, que ainda doía, e também por causa do puxão de orelha, admito. Fui até a janela da sala, que abri pois precisava de ar, muito ar. Eu sabia que meus sentimentos não faziam sentido, mas paciência. Era o que eu estava sentindo, puxa vida!

Amassei uma das flores de lavanda para sentir melhor o perfume e conter a enxaqueca que ameaçava aparecer, então Carol quebrou o silêncio:

— Talvez você devesse parar de tentar roteirizar a sua vida como se fosse um filme de comédia romântica e, principalmente, desistir de controlar tudo.

— Disse a mulher que queria descobrir quem era o Sr. P muito mais do que eu — retruquei encarando as pétalas lilases entre os meus dedos.

Carolina não respondeu.

— Alô?

— Uma brincadeira numa viagem de amigas é bem diferente de uma vida de faz de contas, Lisa.

— Está dizendo que a minha vida é uma mentira?

— Não. E a sua vida amorosa também não precisa ser. Pessoas perfeitas não existem. Seja como for, com o João ou com qualquer outro cara, se Deus quiser, não vai ser um canalha tipo o Rodrigo. Mas, ainda assim, não vai ser um príncipe da Disney. E outra: tira o pé do acelerador. Você não tá velha demais para o amor, amiga, então não precisa ter pressa para achar alguém e se casar. Há um tempo certo para todo o propósito debaixo do céu, lembra? Se o casamento estiver nos planos de Deus para você, ele vai acontecer.

— E se não estiver? — eu perguntei sem pensar.

Carolina se calou enquanto meus olhos se voltavam, perdidos, para o céu de um azul-claro e sem nuvens. A verdade era que eu sempre fazia essa pergunta no silêncio do meu coração. Queria, desesperadamente, descobrir a resposta e tinha medo dela na mesma proporção.

— E se não estiver? — Carol devolveu. — Você ainda vai amar a Deus acima de todas as coisas, inclusive do casamento que ele não te der?

— Nossa, Carolina! Coloca essa no Twitter.

— Só se você retuitar — ela respondeu com riso na voz.

Deixei uma risada triste escapar pelo nariz e permanecemos em silêncio por mais alguns instantes.

— Amiga?

— Fala, Lisa.

— Como foi que ele te convenceu a me ouvir no dia em que você descobriu que eu ia ficar aqui em Portugal?

Carolina respirou fundo.

— Ele disse que às vezes a chance de recomeçar está a quilômetros de distância e que precisamos de muita coragem para ir atrás dela.

— Forte.

— Aham. Mas foi o que ele disse depois que me quebrou no meio.

— Ah, é? E o que foi?

— Que eu provavelmente sou uma das suas fontes de coragem.

— Caramba!

— Pois é... O cara manja dos paranauês, mas agora eu preciso desligar, amiga. Pensa nisso tudo que te falei com carinho e, pelo amor de Deus, não faz nenhuma besteira. Amo você.

26
Vaso de barro

Fiquei olhando para a tela apagada do meu celular por um tempinho.

Não faz besteira, repeti para mim mesma. *Quando foi que eu fiz besteira? Pensar, sempre, mas fazer? Puxa vida, Carolina! Quem você pensa que eu sou?*

Eu não estava desesperada, só não queria morrer sozinha. Está certo que fazia poucos meses que eu tinha saído de um relacionamento de anos, mas o tempo estava passando para mim, sim.

Tudo o que a Carol tinha dito era verdade, mas é fácil falar quando se tem um noivo, né? Eu só queria o meu final feliz, e agora ela tinha conseguido me deixar preocupada com a possibilidade de eu não amar a Deus. Que ótimo!

Mas talvez Carol estivesse certa e eu não podia me dar ao luxo de seguir meu coração enganoso outra vez. Fosse o João bom o bastante ou não, eu não deveria criar tantas expectativas de forma tão precipitada. Deveria? Eu não estava fazendo isso, estava?

Olhei para as lavandas.

Eu estava. Mas a culpa não era só minha. Era também de Park Jeong-ho, e daquelas benditas lavandas, e de todo o resto!

Decidida, peguei o vaso e saí de casa rumo ao quarto andar. Subi os degraus correndo, descalça e com um parafuso a menos, o que eu reconheço só agora. Abaixei-me diante da porta com os números quatro e três em metal pregados na madeira e depositei o vaso de barro pintado de amarelo sobre o tapete com a palavra *home* escrita em tamanho grande.

Voltei à posição original e expirei pesado ao levar as mãos à cintura enquanto encarava o vaso no chão. Livrar-me dele seria como me livrar das expectativas. Depois eu diria ao João que não sabia cuidar de plantas, o que não era uma mentira completa.

— Melhor assim — falei em voz alta e refiz o caminho para casa.

Já passava pela minha porta quando ouvi uma voz e passos vindos das escadas do andar de baixo:

— Mas por que ela não esperou?

Era o João.

— Disse que precisava falar com uma amiga. Deve ser aquela loira que andava cá também — dona Esperança respondeu.

Eu não precisava ouvir o resto da conversa, porque, em primeiro lugar, não deveria ouvir escondido e, em segundo, tinha que dar um tempo da voz do cara que provavelmente falaria a seguir, então decidi entrar de vez no apê.

E estava fechando a porta quando dona Esperança acrescentou uma frase interessante ao diálogo:

— Mas e como ela estava ontem? Bonita?

Abri a porta toda de novo, mas não ouvi nada, por isso tive de sair para o corredor e me debruçar sobre o vão da escada.

— Não precisa me olhar desse jeito — a senhora acrescentou. — Eu sei que estás interessado, e deverias estar mesmo. Já faz muito tempo que andas só, e eu odeio ver-te assim, tão solitário.

Eu esperei pela resposta, que não veio.

Que cara mais sem graça! Vamos. Fala alguma coisa.

— Mas é claro que eu me preocupo — ela tornou a falar.

Então João disse alguma coisa? Por que ele falou tão baixinho?

O silêncio que se seguiu só podia ser o espaço de outra fala dele, e eu me estiquei inteirinha para conseguir ouvir.

— Parece errado — foi tudo o que consegui captar.
Errado?
— Não digas asneiras — ela o corrigiu. *Isso, dona Esperança!* — E, se queres saber, eu dou-te a minha bênção e total apoio.
Ai. Meu. Deus.
— Obrigado, mas... — E não deu para ouvir o resto.
Aff, fala mais alto! Eu estava a ponto de descer para o segundo andar.
— Ora, pois então invista tempo em conhecê-la melhor. Convide-a para sair. Como é mesmo que os jovens dizem?
— Um encontro? — João devolveu, e eu quase voei escada abaixo.
— Isso, um encontro. Vocês deveriam se conhecer melhor, ficar amigos e orar bastante a respeito, com certeza.
— A senhora acha mesmo?
— Sim! — deixei escapar em voz alta e me agachei depressa. Fiquei imóvel ali, atrás do murinho da escada, à espera de ser descoberta.
— O que é que tens a perder? — dona Esperança deu seguimento à conversa, e eu respirei aliviada.
Outra vez, a resposta do João não subiu até o meu andar, mas o que a nossa vizinha disse em seguida me deu a esperança que o nome dela prometia:
— Isso me deixa muito feliz.
Meu Senhor amado. Park Jeong-ho ia me chamar para um encontro? Lembra aquela minha reflexão profundíssima na janela depois da conversa com a Carol cerca de cinco minutos antes? Pois eu, não. Tinha esquecido completamente. Porque — para tudo! — João ia me chamar para sair! Eu dei uns pulinhos no corredor, sim. Quem não daria? Mas, no meio dos pulinhos ridículos, lembrei-me do vaso de lavandas.

De olhos arregalados, cobri a boca com as mãos para reprimir um grito e corri degraus acima.

— Venham comigo, lindinhas — sussurrei para as flores assim que ergui o vaso do chão e voltei para a escada o mais rápido possível.

Então ouvi passos vindos do andar de baixo. João estava passando pelo meu andar. *E agora?* Olhei em volta. Em alguns segundos, ele me encontraria ali, no andar dele, com o vaso nas mãos e os pés descalços. Corri para cima, decidida a esperar no terraço até que ele entrasse em casa. Mas, no meio do caminho, tinha uma pedra — ou melhor, um pacote da Amazon —, sabe-se lá por quê. Topei nele com o mesmo dedão que havia chutado a mesinha de centro minutos antes, e o vaso de lavandas escapuliu das minhas mãos, se desfazendo em alguns poucos cacos e muita terra por todo lado no curto espaço do quinto andar.

Só o que consegui fazer foi fechar os olhos e esperar pelo Sr. Gerente, que me alcançou em pouquíssimos segundos, correndo o restante dos degraus assim que me viu ao topo da escada.

— Lisa? *Tás* bem?

— Ahn... Eu tropecei.

João me fez dar alguns passos para longe dos cacos de barro.

— Mas quem deixou isto aqui? — Ele se referiu à fatídica caixa e pareceu bastante irritado ao deslizá-la com o pé para longe de mim. — Tens certeza de que estás bem? — Fiz que sim com a cabeça, e ele também arrastou para longe de mim os vestígios do vaso. — Cuidado com os pés. Vamos, desça.

Obedeci, e ele desceu após mim até o quarto andar, onde avisou que pegaria vassoura e pá, depois entrou em casa. Ainda no corredor, eu disse através da porta aberta que poderia limpar sozinha. João não respondeu e logo voltou trazendo os utensílios prometidos e um par de chinelos, que depositou aos meus pés.

— Primeiro, calce isto.

Obediente, enfiei os pés nos *slides* Adidas enormes e o segui escada acima outra vez. Segurei a pá e, bastante triste e arrependida, o ajudei a catar os restos mortais da minha planta, a planta que *ele* havia me dado. Ao contrário do que eu esperava, João não fez mais nenhuma pergunta, o que era em parte bom, pois eu não teria que dar explicações embaraçosas, e em parte terrível, porque me fazia parecer ainda mais idiota.

— Dá para consertar? — perguntei para que o som da vassoura raspando no chão não fosse o único a reverberar pelo espaço curto e vazio do quinto andar.

— Dá, sim. Podemos pegar um vaso novo com a senhora Esperança e replantar — ele disse, e eu assenti. — A propósito, ela convidou-te para o almoço.

Estremeci.

Será que eles me escutaram antes mesmo de o vaso quebrar?

— Ah, que ótimo — respondi depressa.

João tirou uma sacola plástica do bolso traseiro da calça e despejou nela a terra e a planta. Tirou mais um e guardou os grandes cacos de barro.

— Vamos? — Apontou para os degraus abaixo e comecei a descer, então paramos à porta dele de novo.

— Obrigada pela ajuda.

— Por nada. E deixe a planta comigo. — Ele balançou de leve a sacola com a terra e as lavandas. — Eu cuido disso.

Sem olhar nos olhos dele, agradeci mais uma vez e me virei para seguir rumo ao meu andar.

— Não vais aceitar o convite da senhora Esperança?

Eu me virei de volta para ele.

— Vou, sim. Nos vemos lá em um instante. — E bati no corrimão algumas vezes, ritmadamente, para aliviar a tensão e parecer descontraída ao descer.

— E o meu convite?

A pergunta me paralisou no meio dos degraus e olhei para cima. João estava debruçado sobre o vão da escada como eu havia feito instantes antes para ouvir a conversa dele com Esperança.

— Teu convite? — perguntei.

Ele mordeu a boca por dentro e balançou a cabeça de forma positiva, depois sorriu amplamente da cara de idiota que eu devo ter feito.

— Eu ainda não o fiz, mas já sabes que vou fazê-lo — disse ele, por fim. Engoli em seco. — E então, Lisa, queres ir a um encontro comigo?

— Q-quero! — eu disse depressa e pisei em falso, quase caindo da escada.

João correu até mim, mas agarrei o corrimão, firmando o corpo antes de ele me alcançar.

— Tenhas mais cuidado — advertiu-me em tom severo, e assenti num agitar de cabeça meio abobalhado.

As covinhas dele apareceram bem fundas para mim, que sorri de volta incapaz de conter a alegria.

27
À portuguesa

Ergui o punho cerrado à porta do apartamento 23, mas ela foi aberta antes que eu a tocasse, surpreendendo-me com o rosto igualmente surpreso de Park Jeong-ho.

— Já chegaste — ele constatou com um sorriso no cantinho dos lábios.

As quatro incríveis palavras que consegui dizer foram:

— Ah... sim. Oi. Ahn...

— É a menina Monalisa? — a voz da Esperança soou lá de dentro. João respondeu que sim, e ela mandou que eu entrasse e ficasse à vontade. — Traga aquela faca maior! — completou, e o homem bloqueando a porta respondeu um "sim, senhora" alto e firme.

Depois disso, ele ergueu as sobrancelhas para mim, e eu, com um sorriso tímido, passei uma mecha de cabelo para trás da orelha.

— Preciso que me dês licença, por favor — pediu.

— Ah! — Eu pisquei várias vezes e dei um meio passo para o mesmo lado que ele. — Desculpa. — Fui para o outro lado e João também. — Desculpa. — E fomos juntos para a direita. Parecia uma dança esquisita.

E acho que ela teria se prolongado por mais alguns passos atrapalhados se ele não tivesse segurado os meus ombros e me feito entrar no apartamento, desbloqueando a passagem.

— Eu já volto — avisou, e eu fiz que sim com a cabeça em um movimento robótico. — A propósito, este ainda não é o nosso encontro. Não precisavas caprichar tanto. — E bateu a porta.

Congelei diante da madeira escura. Depois, lentamente, olhei para baixo e fiz uma careta. Eu usava um vestido verde-bandeira de poá com uma rasteira dourada de pedrarias nos pés. E maquiagem, muita maquiagem. Tinha me perguntado se não deveria passar só um gloss nos lábios, mas, em frente ao espelho, minhas mãos nervosas capricharam na base, contornos e... delineado! Mortificada, subi os dedos até os cabelos modelados com babyliss. Babyliss, pelo amor de Deus!

Fechei os olhos com força.

— Monalisa? — a dona da casa chamou. Forcei um sorriso e me virei na direção da voz. Da cozinha, Esperança me olhava. — O que fazes aí, parada à porta?

Limpei a garganta e respondi que estava me descalçando.

Ela baixou os olhos para os meus pés dentro das sandálias ainda afiveladas, por onde o Sr. P me cirandava com um ronronar suave. Para disfarçar, me abaixei depressa e acariciei de leve o pelo alaranjado do felino, então tirei as sandálias.

— Anda cá! — ela chamou.

— Obrigada pelo convite — falei ao me aproximar.

Minha anfitriã deu uma boa olhada em mim e sorriu.

— *Tás* muito bonita.

Suspirei aliviada com a falta de julgamentos.

— Obrigada. A senhora quer ajuda?

— Sim, por favor. Leve tudo para a mesa e arrume para mim — pediu ao apontar para o aglomerado de pratos, talheres e copos sobre a bancada que separava a cozinha da sala. — O almoço não demora nada.

De pronto, peguei todos os utensílios e os levei para a mesa, forrada por uma toalha toda bordada a mão com várias frases em letra cursiva torta. Eles me prenderam por um instante. Eram diferentes versinhos escritos com erros ortográficos, como:

Curação *por* curação
Amor num troques o meu
Olha que meu curação
Sempre foi lial *ao teu.*

Havia ainda pequenos desenhos entre eles, como pássaros, flores e as filigranas portuguesas, numa profusão de cores. A toalha era, na verdade, composta de toalhas menores, todas quadradas e costuradas umas nas outras para formar a maior.

— Gostaste? — a dona da casa perguntou da cozinha, e eu fiz que sim com um sorriso.

— Acho que já vi uma igual na casa da minha tia, há muitos anos.

— Viste uma parecida, talvez, porque há muitas réplicas, mas esta aí foi feita com lenços dos namorados de verdade, bordados há muitas décadas pelas mulheres da família da minha sogra.

— Lenços dos namorados?

— Sim, uma antiga tradição da região do Minho, quando as raparigas bordavam esses lenços na intenção de confessar o amor. Queres um copo d'água? — Esperança ofereceu ao tirar a jarra da geladeira, e aceitei. Ela atravessou a sala e, enquanto me servia um copo, prosseguiu: — Se o rapaz que havia recebido o lenço o usasse no bolso da casaca no domingo seguinte, estava oficializado o namoro.

— Que divertido! — falei com sinceridade e tomei um longo gole de água.

— Posso ensinar-te a bordar assim para dar um desses ao João — ela lançou, e eu cuspi metade da água de volta ao copo, fazendo-a gargalhar.

No mesmo instante, o homem em questão entrou sem bater.

— O que é tão engraçado? — perguntou.

Eu tossi algumas vezes e tive as costas estapeadas pelas mãos da dona da casa, que respondeu:

— Era um assunto de mulheres. Estão afiadas? — ela apontou para as facas na mão de João.

— Claro que sim.

— Ótimo. Limpe o peixe enquanto faço a salada — ordenou, e os dois foram para a cozinha.

E eu fiquei ali, estatelada no canto do cômodo, fazendo conjunto com a mesa e a cristaleira enquanto eles começavam a cozinhar lado a lado e sem cerimônias.

— Senta-te no sofá e fique à vontade, menina — a dona da casa me disse sem olhar para trás, e eu fiz que sim com a cabeça como se ela pudesse me ver. — Aceitas algo para petiscar?

— Não, obrigada — respondi e pousei o copo com água pelo meio sobre a fatídica toalha dos namorados.

Caminhei até o sofá, mas, em vez de me sentar, estiquei os passos até a porta da varanda aberta a fim de apreciar as flores que por tantas semanas eu via do alto, da janela da minha sala. Precisava de um pouco do ar carregado de aroma de lavanda para acalmar o coração acelerado. Mal dava para enfiar os pés entre os vasos, de tantos que eram, espalhados pelo chão, mas consegui me esgueirar entre eles, esticando os braços para o lado para manter o equilíbrio. Não resisti e tirei o celular do bolso do vestido. Fiz uma foto dos meus pés descalços, cercados dos vasos de todas as cores e tamanhos com suas lavandinhas arroxeadas. Ficou tão linda que coloquei como fundo da tela.

Depois, obedeci à dona da casa e me sentei no sofá, do qual reparei que só havia paisagens nos porta-retratos sobre os móveis da sala. Por certo Esperança preferia não ficar se lembrando do rosto da falecida filha, e isso era um tanto triste.

Park Jeong-ho e nossa anfitriã se movimentaram na cozinha por quase uma hora inteira, e eu cheguei à conclusão de que, apesar da minha produção toda, havia me arrumado rápido demais. Teria dado tempo de ir comprar alguma coisa e não chegar de mãos abanando. Enquanto trabalhavam, os dois conversavam livremente sobre diversos assuntos, incluindo-me vez ou outra.

Quando nos sentamos à mesa, Esperança fez uma oração.

— Comam à vontade — acrescentou após o amém, mas ninguém se mexeu, então ela pegou a minha tigela e a encheu com caldo verde.

— Está uma delícia — falei depois da primeira colherada.

Ela sorriu e disse que eu poderia repetir o quanto quisesse.

Pelo cantinho dos olhos, espiei enquanto João comia. Ele havia acabado de levar a tigela aos lábios e bebia o caldo da sopa. Os olhos me encontraram por sobre a borda de porcelana, e eu corri os meus depressa para a minha sopa.

— Contem-me sobre ontem, no casamento — Esperança pediu.

— Ah, foi maravilhoso — respondi de imediato.

— Sim, mas eu gostaria de detalhes.

Assenti e comecei a listar:

— A noiva estava linda, como era de se esperar, e a festa aconteceu num lugar encantador, com vista panorâmica da cidade. A comida estava deliciosa e teve muita dança.

— E vocês dançaram? — Ela encheu a boca com uma colherada generosa e olhou de mim para o João, depois para mim outra vez.

— Ah, dançamos, sim — respondi sob o olhar ansioso dela e tentei mudar de assunto: — Posso perguntar por que o gatinho da senhora tem esse nome?

— Pode — foi tudo o que ela disse.

Eu pisquei algumas vezes à espera da resposta, e nada. João prendeu o riso forçando um pigarro.

— Por que ele se chama Sr. P? — eu repeti a pergunta.

— Porque meu marido se chamava Paulo, odiava gatos e nunca me deixou ter um. Quando ele faleceu, adotei esta coisinha alaranjada e o nomeei assim como um tipo de vingança. Mas apenas P, para não ficar óbvio demais. Mas e então... — emendou, sem sequer parar para respirar. — Música lenta?

— Como?

Esperança suspirou, erguendo as sobrancelhas.

— Acaso dançaram música lenta?

Fiz que sim com a cabeça.

— Quantas?

— Uma.

— Só? — E olhou para o João outra vez, mas ele manteve a atenção na sopa.

— Dançamos várias outras animadas — acrescentei porque senti que devia. O olhar dela já tinha passado do ansioso para o inquisitivo. — E comemos bastante. Eu já disse que a comida estava deliciosa? Ah! E esse caldo verde também está uma delícia! A senhora cozinha muito bem.

Esperança agradeceu.

— Mas foi o João quem fez.

Eu olhei para ele e encontrei o par de covinhas a arrematar um sorriso convencido, enquanto os olhos se mantinham baixados para a tigela.

— Eu o ensinei bem — ela acrescentou. — E o que mais? Contem-me mais sobre ontem. Vocês passaram o dia inteiro fora. Quero mais detalhes, amo casamentos.

Enchi a boca com uma colherada generosa para ganhar tempo, mas João resolveu abrir a matraca:

— Tivemos de fingir ser um casal, por causa da avó da Lisa, que está doente, e fui até chamado de *oppa*.

Engasguei com a sopa e comecei a tossir.

— Foi mesmo? — Esperança perguntou com um tom de voz bastante carregado de interesse. — Aprendeste com as novelas coreanas?

Eu ainda tossia, por isso ela me deu alguns tapinhas nas costas como havia feito mais cedo, quando João havia chegado bem no meio da conversa sobre os lenços dos namorados.

— Beba água — ele ordenou com a voz mais grave, e obedeci.

— A senhora assiste? — perguntei ao me recuperar, e ela fez que sim.

— E adoro! Estou a acompanhar *Sorriso real*.

— Eu também! — falei sem conseguir conter a empolgação, em parte porque o assunto havia desviado para algo menos constrangedor.

— Já assististe aos episódios deste fim de semana?

— Ainda não.

— Podemos ver juntas após o almoço — ela sugeriu.

— *Aish*... — João reclamou, revirando os olhos, e a dona da casa estalou a língua nos dentes.

— Vais assistir conosco e sem reclamar, Joãozinho.

— Obrigado, mas eu tenho mais o que fazer.

— É domingo, dia de descansar. Nada de trabalhar feito um condenado hoje. *Tás* a me ouvir? Agora coma tua comida, anda.

Como um filho, ele baixou a cabeça outra vez e voltou a comer. Fiz igual, mas ergui os olhos disfarçadamente para espiá-los. Esperança pingava molho de pimenta na tigela de João, que agradeceu com uma reverência breve. A proximidade dos dois era algo bonito e, ao mesmo tempo, intrigante. Como foi que se tornaram íntimos a ponto de cozinharem juntos e de ele a obedecer tão fielmente? É certo que dez anos de convivência são mais que o bastante, mas eu gostaria de perguntar os detalhes sobre o início, quando se conheceram. Contive-me, porém, a comer a comida à minha frente.

Após a sopa, comemos o peixe assado com arroz e batatas, falando sobre os protagonistas do drama da vez, Sr. Gu e Sa-rang, enquanto Park Jeong-ho emitia um e outro grunhido de reclamação e desdém. A sobremesa foi pudim e, depois dela, a dona da casa ligou a televisão. Mandou-me sentar outra vez no sofá e foi passar um café, enquanto João guardava a louça suja na máquina de lavar.

O Sr. P dormia sobre a cristaleira cheia de louças antigas com pinturas delicadas, jogos de chá e jantar completos, além de taças trabalhadas em dourado. Um movimento errado e aquele gato faria um estrago. Mas, a julgar pela serenidade do sono, estava acostumado a dormir ali, por isso tentei não surtar com a possível queda da cristaleira nem olhar demais naquela direção.

— Chega um *mucadinho* para lá — Esperança me pediu quando veio da cozinha trazendo a bandeja com o bule de café e as chávenas, e eu assim fiz, ficando no meio do sofá. — Senta-te conosco para alcançares melhor o café — disse ao João e baixou a bandeja até a mesinha de centro à nossa frente.

João deixou a poltrona e se sentou no sofá à minha esquerda, e a dona da casa se acomodou à direita. Não resisti e olhei para as pernas dele, que, pela primeira vez, estavam à mostra com uma bermuda. Havia uma cicatriz circular ao redor de quase todo o joelho direito, o mesmo lado da cicatriz no braço.

— Algum problema? — perguntou, e eu limpei a garganta, erguendo os olhos para a tevê.

— Problema nenhum — tentei soar bem despojada. — Pode dar play, dona Esperança.

E ela assim o fez.

Assistimos a dois episódios, e eu posso jurar que vi as covinhas do homem ao meu lado aparecerem em mais de uma cena de comédia. Quando acabou, Esperança se pôs de pé, foi até a porta da varanda e puxou um pouco mais as cortinas já abertas.

— Por amor de Deus, quanto calor faz hoje!

— É mesmo — concordei mais para ser educada, porque não estava com tanto calor assim.

— O que acham de tomarmos um *gelado*? — ela sugeriu. Sem graça demais para negar, concordei outra vez. — Ótimo! — E bateu uma mão na outra. — Anda, levantem-se e vamos já.

João e eu ficamos de pé, evitando os olhos um do outro, e a seguimos em direção à porta. Esperança girou a maçaneta e a abriu, e eu passei primeiro para o corredor.

— Ai, quase me esqueci! — ela levou a mão à testa. — Meu filho mais velho ficou de ligar-me. Vou na próxima, sim? — Então empurrou João para fora e fechou a porta na nossa cara.

28
Derretidos

— Tá calor mesmo — comentei com os olhos voltados para os pés enquanto descíamos as escadas do prédio.
— É verdade — foi a resposta *brilhante* que João me deu. E seguiu-se um momento de silêncio embaraçoso até chegarmos à rua. — Um *gelado* vem bem a calhar nesse *solinho* — acrescentou, soando mais português que nunca, e eu não consegui evitar uma risadinha. — O que foi?
— *Solinho* é muito fofo — confessei.
João uniu as sobrancelhas.
— Fofo?
— Uhum — confirmei com a cabeça.
— Mas o que tem de fofo?
Eu suspirei, arrependida do comentário.
— É que no Brasil falamos *solzinho* — expliquei.
— Ah. Certo. É mesmo... ahn... diferente — foi tudo que ele disse.
Concordei cruzando os braços frente ao peito. João cruzou os dele às costas e descemos a rua rumo à Ribeira, caminhando lado a lado sob a estranheza de estarmos intencionalmente sozinhos pela primeira vez desde que ele dissera que me levaria a um encontro. Nosso destino era uma famosa sorveteria que estava sempre abarrotada de gente e era conhecida por servir o melhor e maior gelado da região — sim, sorvete.

Durante a caminhada, preenchemos o silêncio incômodo com mais comentários a respeito do clima, elogios à comida e à companhia de Esperança, e até passamos um tempo longo demais falando do azul do céu daquela tarde de domingo. Meu coração era metade euforia, metade pavor. O suor escorria sob o vestido pelas minhas costas e pernas e gotejava das palmas das mãos.

Havia anos que eu não tinha um primeiro encontro, se é que podia chamar assim uma ida ao cinema com o grupo jovem da igreja, cujo desfecho havia sido voltar para casa na companhia do Rodrigo e ter um beijo roubado — meu primeiro da vida, o que nos tornou namorados. Mas agora, ali, naquele simples passeio para tomar sorvete, eu sentia que estava em meu primeiro encontro de verdade, com um homem de verdade. E as horas dedicadas a assistir a comédias românticas também não me prepararam para esse momento.

— Peço desculpas se a senhora Esperança foi indelicada e colocou-te numa situação embaraçosa ao sugerir esse passeio — João disse, as mãos ainda unidas atrás do próprio corpo enquanto cruzávamos a ponte sobre o Douro em direção ao calçadão da margem de Gaia.

— Não foi nada. Eu gostei, na verdade. Acho que estava ansiosa demais para conseguir esperar mais um dia por esse momento — confessei, porque senti que um pouco de sinceridade ajudaria a suavizar a tensão.

João me encarou por um instante, surpreso. Havia um sorriso contido no canto dos lábios dele, tão contido que apenas uma das covinhas marcou presença, como uma mera sombra. E, por fim, ele concordou com um aceno de cabeça, deixando o sorriso tímido um pouco mais evidente.

Mas o que se seguiu à minha declaração foram mais alguns minutos de silêncio até chegarmos à sorveteria. E eu me arrependi de ter aberto a boca para confessar a ansiedade, porém não tive tempo para gastar em comiseração, porque precisava escolher dois sabores entre tantos disponíveis. Fiquei um tempo lendo as plaquinhas com os nomes e optei por uma bola de pistache e outra de iogurte com amora. João escolheu chocolate belga e caramelo salgado, então saímos da loja com as casquinhas enormes abarrotadas de sorvete.

— Eu não tenho facilidade para falar de mim, como deves ter percebido — ele disse assim que pisamos para fora do estabelecimento a fim de tomarmos o caminho de volta.

Soltei o ar devagar e tentei não parecer afetada demais ao responder:

— Pensei que estivesse fazendo algum tipo de jogo, escondendo fatos sobre você mesmo.

— Por que eu faria isso?

Girei o sorvete na língua e dei de ombros, porque, apesar de achar a pergunta pertinente, não sabia como respondê-la. João balançou a cabeça em negação e abocanhou uma porção considerável da sobremesa.

— Mas você disse que não estava interessado, e agora estamos aqui — falei, por fim.

Ele ergueu uma das sobrancelhas.

— Tens a mania de mudar as minhas falas na tua lembrança. Eu disse que não queria que rolasse nada, não que não estava interessado. São coisas diferentes. Foste tu que disseste algo sobre interesse.

Na minha cabeça, dava tudo no mesmo, mas, pelo visto, não na dele.

— Então você *estava* interessado — insinuei, escondendo meu sorriso atrás da casquinha.

João parou de caminhar e fitou meus olhos.

— Corrija o tempo verbal, por favor. Eu *estou* interessado, do contrário não teria caminhado tanto por um gelado.

A declaração fez os meus lábios se esticarem de vez em um sorriso incontrolável, e as covinhas dele apareceram em resposta. Lambi um pouco mais do sabor pistache, e a minha barriga ficou mais gelada que a língua. Havia muito tempo que eu não me sentia assim. Na verdade, desse jeito mesmo, eu só tinha me sentido ao ver cenas românticas na tevê. Voltamos a caminhar e, para não parecer uma adolescente boba, limpei a garganta e retruquei:

— Mas por que você não queria que rolasse nada?

— Porque eu não sabia mais como fazer *isso*. — Ele apontou para mim e depois para o próprio peito.

— Sair em um encontro?

João assentiu.

— E me relacionar com alguém — acrescentou. — Já faz muito tempo desde a última vez.

— Quanto? — perguntei. Ele suspirou antes de responder que uma década inteira havia se passado. — E por que terminaram?

João ergueu os olhos para o rio e os fixou em algum ponto distante, perdendo-se nele por um tempo. Eu já considerava fazer, de novo, um comentário sobre o clima, só para mudar de assunto, quando ele disse:

— Não era para ser. Mas agora... — Os olhos dele se voltaram para mim. — Fala-me de ti. Já namoraste?

— Ahn... — Eu mordi o lábio. — Uma vez.

— Há muito tempo?

Fiz que não e tomei um pouco mais de sorvete ao olhar para longe dos olhos dele.

— Por muito tempo?

— Nove anos — respondi em voz baixa, o rosto escondido atrás da casquinha.

João não fez mais comentários, apenas encheu a boca de sorvete também. Esperei que me perguntasse o motivo do término, como eu havia feito, mas ele não disse nada.

— Ele me traiu — contei de uma vez, os olhos voltados para o chão. Então os pés dele pararam de caminhar.

— Sinto muito — disse com seriedade ao esticar o braço e tocar a minha mão. — Mas não somos todos iguais.

Não era a primeira vez que nossas mãos se tocavam assim, mas agora o toque parecia ainda mais íntimo. E, se a minha vida fosse uma novela sul-coreana, esse seria um daqueles momentos em que a imagem se repete várias e várias vezes, em câmera lenta e de ângulos diferentes. A minha mão sendo envolta pela mão dele. A enorme mão de Park Jeong-ho segurando a minha. Aqueles dedos longos tocando a minha pele...

Com o coração acelerado, ergui os olhos e encontrei os dele. Estavam carregados de um sentimento muito terno.

— Eu acredito — respondi, por fim, e João assentiu, extinguindo o contato. Usei a mão ainda aquecida para baixar os fios de cabelo que subiam com a brisa, e ele enfiou a dele no bolso da bermuda. Para amenizar o clima, optei por uma confissão: — O pior é ter de admitir que eu me deixei ferir, porque sempre desconfiei.

— E ainda assim sustentaste por nove anos? — perguntou, as sobrancelhas unidas ao centro da testa.

Enchi os pulmões devagarinho.

— Medo de ficar sozinha — admiti ao soltar o ar.

Ele meneou a cabeça com um sorriso triste e disse:

— Estar sozinho é mesmo ruim, mas estar com a pessoa errada é, com certeza, pior.

Mordi a borda da minha casquinha e me senti um pouco mal por um dia ter provado o gosto amargo daquela verdade.

— E nunca pensaram em casamento? — ele quis saber.

— Ah... — Suspirei. — Eu pensava nisso o tempo todo! — Então forcei uma tosse, envergonhada por ter falado sem pensar direito. Não queria parecer desesperada. — Digo, pelo menos no começo, sabe? Mas o pai do Rodrigo queria que ele se estabelecesse dentro da empresa da família primeiro, aí o tempo foi passando, eu fui relaxando, e ele se aproveitou disso.

— Em partes, eu entendo a preocupação do pai dele. Um homem não deve se casar sem ter como prover para a família.

— Sim, mas nesse caso é um pouco menos altruísta que isso. O pai dele é um homem muito ganancioso, e Rodrigo é igual. A vida deles meio que gira em torno daquela empresa e dos lucros, só pensam em dinheiro. E é uma pena que só fui perceber quando já estava envolvida demais emocionalmente.

Ele apertou os lábios como quem compreendia, e isso me incentivou a continuar:

— E essa era só a pontinha do iceberg de um mundo de problemas. A verdade é que, mesmo que ele fosse diferente do pai e levasse a sério o nosso compromisso, não teria sido fácil nos casarmos. Famílias ricas são muito complicadas — falei revirando os olhos, e João apenas assentiu. — Eles são donos de uma empreiteira — continuei, mas o silêncio do meu ouvinte me fez entender que eu não precisava mais me alongar nos detalhes. Decidi mudar de assunto, mas nem tanto. — E a sua família? Você disse que nunca mais voltou à Coreia. Não sente saudades?

Ele entortou os lábios por um instante, e eu temi ter tocado em um tópico sensível.

— Me desculpe se fui intrometida.

— Não é isso — respondeu com um meio sorriso. — É que talvez esta não seja a melhor hora para contar que também somos uma família rica, mas é o que somos.

Meu sorvete quase caiu.

— Ah... me desculpe, eu não quis ofender você — pedi em um fiapo de voz.

— Não ofendeu. — Ele ergueu uma das mãos. — Mas tu também és rica, então não sei bem o que *tás* a pensar.

— Ah, não é bem assim. Sou bem-sucedida, mas estou longe de

ser rica — apressei-me em dizer. — Montei minha empresa com o dinheiro do imóvel que era o único bem que o meu pai deixou, e o resto Deus me deu através de muito trabalho. Não tive nada de mão beijada, sabe? Acho que isso pode estragar uma pessoa.

Ele anuiu de uma forma um tanto hesitante, e eu percebi que tinha dito besteira. Deveria ter tentado me consertar, mas a emenda saiu pior que o soneto.

— Você por acaso não é um herdeiro *chaebol*,* é? — perguntei. João engasgou com o sorvete, e eu bati nas costas dele enquanto tentava me explicar: — Não me leve a mal, é só que eu já assisti muitos dramas de CEOs, então sou um pouco familiarizada com o termo. Desculpa se fui inconveniente.

Ele ergueu a mão.

— Tudo bem, Lisa, eu só fui pego de surpresa.

— Mas você é?

João deu uma risada nervosa e respondeu:

— Minha família é dona de empresas, sim, mas não fazemos parte das famílias *chaebol*. E, sobre o que disseste, concordo que o excesso de bens materiais pode mesmo complicar as relações.

Eu me calei por um instante para absorver a informação e, antes que o silêncio se tornasse constrangedor, questionei:

— Foi por isso que você veio pra cá?

— Em parte, sim. E, respondendo à tua outra pergunta, sinto saudades deles todos os dias, mas sou mais feliz como vivo aqui.

— E vocês já se viram nesses dez anos?

João confirmou que sim.

— Tanto meus pais quanto as minhas irmãs costumam vir aqui ao menos uma vez por ano. Eles adoram hospedar-se no Princesinha — afirmou com um sorriso orgulhoso.

*Um *chaebol* é um grande conglomerado industrial que é administrado e controlado por uma família na Coreia do Sul.

— E eles apoiam o teu estilo de vida?

— Estilo de vida?

— É... assim, mais... — procurei a palavra adequada. — *Simples*, como funcionário de um apart-hotel — falei, por fim, e João deu um sorriso de canto de boca. — O que foi?

— Sobre me apoiar. Bem... — Ele inspirou bem fundo. — Os meus pais não ficaram muito felizes com o fato de eu ter abdicado de ser o sucessor no comando do Grupo Park, mas eles me amam e acabaram por se contentar ao me ver trabalhar em algo que *eu* amo. Meu estilo de vida aqui é de *facto* muito simples se comparado a como eu vivia na Coreia, mas vais ficar muito surpresa se eu disser que sou o dono do Princesinha da Ribeira?

E foi a minha vez de parar de caminhar. Dei uma enorme mordida na minha casquinha para encher a boca antes de falar alguma bobagem. *Respira, Monalisa. Não é mais tempo de surtar com revelações*, falei para mim mesma. Afinal, estávamos ali para nos conhecermos melhor.

— Você parece ser uma fonte inesgotável de surpresas — eu disse, por fim, com um tom de voz polido. — Tem mais alguma revelação surpreendente?

— Por ora, é tudo. — Ele sorriu, e eu assenti. Queria perguntar sobre as cicatrizes no braço e no joelho direitos, mas achei melhor deixar para outra ocasião, por isso concordei sorrindo de volta e voltamos a caminhar.

— Você sempre gostou desse ramo? — questionei mais adiante.

— Ramo?

— Hotelaria.

— Ah... bem, posso dizer que sim. Morei muito tempo em um hotel enquanto estudava nos Estados Unidos, então habituei-me ao ambiente. Tempos depois, encontrei cá no Porto a motivação que faltava para tocar o barco após uma fase difícil, com o perdão do trocadilho. Hotelaria foi mais um meio para um fim, porque eu precisava fazer alguma coisa da vida e acabei por gostar bastante. *Tou* sempre a conhecer gente nova e nunca tenho um dia igual ao outro.

— Imagino que sim — concordei e voltei minha atenção para o sorvete, pois não sabia o que mais dizer.

Alguns passos à frente, João quebrou o silêncio:

— Agora que já sabes que sou o CEO e praticamente único funcionário do meu pequeno negócio, diz-me um pouco sobre o teu.

Aquela escolha de palavras me arrancou uma risada fraquinha, à qual ele correspondeu. De fato, era engraçado pensar em um coreano herdeiro de empresas como dono de um pequeno hotel português e que trabalhava como um faz-tudo, além de sempre cobrir a recepcionista, que vivia faltando.

Depois disso, contei a ele sobre como havia começado meu pequeno porém bem-sucedido negócio e o quanto a Era Uma Vez estava crescendo. João pareceu interessado ao fazer algumas perguntas bastante técnicas para entender o funcionamento do negócio e o tipo de serviço que prestávamos. Ele até manifestou o desejo de nos contratar para tornar o Princesinha mais presente no digital, e eu comecei ali mesmo a pontuar algumas ações para atrair novos clientes, ao que ele se mostrou um tanto animado.

— Seria interessante mostrar no perfil oficial um pouco mais do Princesinha por dentro, o dia a dia no hotel, mas vamos omitir o fato de que o gerente e dono anda por aí numa Vespa atropelando a bagagem dos hóspedes e mandando a gente pastar. — Então empurrei o ombro dele de leve com o meu.

— Aqueles pijamas de vaca... — Balançou a cabeça em negação e fez uma careta.

Dei um tapinha no braço dele.

— Para! Eu amo vaquinhas.

— Deu para notar, *senhorita Vaquinha*. — Ele tocou a ponta do meu nariz com o indicador, me fazendo franzi-lo. Já estávamos diante da fachada do Princesinha.

— Você foi tão grosseiro! — comentei ao revirar os olhos de forma bem-humorada.

— E tu, tão descuidada. Como ficaste parada no meio da rua daquele jeito, *hã*?

Quiquei os ombros em resposta feito uma menina travessa.

— Em minha defesa, a culpa foi da Carolina.

— Ficaste tão brava. — Ele riu ao lembrar. — E tinhas uma cueca presa ao cabelo!

A lembrança me arrancou uma boa gargalhada.

— Mais engraçado é você dizer cueca! — comentei em meio ao riso, e João, que também ria, perguntou o porquê. — Porque no Brasil cueca é só o que vocês, homens, usam.

— Ah... e como chamam a peça feminina?

— Calcinha — respondi e me dei conta do quão esquisito era falar de calcinhas e cuecas durante um primeiro encontro entre crentes. Pigarreei e disse a primeira coisa que me veio à mente: — Nossa, eu fiquei toda descabelada, parecendo uma doida.

— Uma doida muito *gira* — ele disse e parou de rir. Não restou nem um sorrisinho sequer no rosto dele, para dizer a verdade. Os olhos escuros e brilhantes se fixaram nos meus, e o meu coração foi parar na boca. — És muito bonita, Monalisa.

Monalisa. Era a primeira vez que ele me chamava assim.

— Você não desgostava do meu nome?

João deu de ombros.

— A Monalisa do Da Vinci tem um olhar sinistro, mas o teu poderia passar o dia todo a me perseguir.

Abobalhada, deixei o pedaço final da casquinha cair e me abaixei correndo para pegar, mas ele foi mais rápido que eu e nossas mãos se tocaram outra vez. Diferente de minutos antes, como se nossos dedos entrassem em curto, nós nos afastamos depressa e nos levantamos juntos, com os olhos fixos um no outro. João limpou a garganta e me pediu desculpas, depois entrou no saguão do prédio e atirou a ponta de casquinha ao cesto de lixo.

— *Tás* sempre a deixar as coisas caírem. — Ele limpou a mão na bermuda, e eu estalei a língua nos dentes.

— Não é verdade — retruquei indo em direção às escadas.

— Diz a mulher que quebrou um vaso há poucas horas.

— Por falar nele... obrigada mais uma vez. — E começamos a subir.

— Já me agradeceste o suficiente.

— E já agradeci pela companhia de todas as noites?

João interrompeu os passos e olhou para mim. Estávamos no corredor do primeiro andar. Ele não pediu explicações. Sabia bem ao que eu me referia.

— Eu faço isso desde que cheguei cá, todas as noites. Cantar e tocar olhando para o céu ao fim de um dia cheio sempre me relaxa e é meu momento com o Senhor. Estava prestes a começar a tocar, naquela primeira noite, quando te ouvi cantar. Acompanhar-te foi instintivo. Pensei que considerarias uma intromissão, por isso nunca disse nada.

Eu sorri e fiz que não com a cabeça.

— Foi o melhor presente de aniversário, e ouvir você tem sido um presente recorrente desde então. Por isso, obrigada.

Ele baixou a cabeça e coçou a nuca de um jeito meio sem graça, o cotovelo apontando para cima e evidenciando a cicatriz.

Para deixá-lo menos desconfortável, retomei a caminhada e voltamos a subir. Passamos em silêncio pelo segundo andar; em parte porque não sabíamos bem o que dizer, em parte porque não queríamos que nosso cupido descobrisse que estávamos de volta e corresse à porta para nos fazer perguntas.

À entrada do meu apê, João disse ter gostado muito de estar comigo, e concordei. Olhamo-nos por um instante. Troquei o peso do corpo de um pé para o outro. Ele estalou os dedos, eu limpei a garganta.

— Obrigada pelo sorvete — falei antes que o clima ficasse inquietante. Mais inquietante.

— A próxima vez pode ser um café — João disse com um sorriso tímido ao jogar a franja para trás e olhar na direção da escada para o andar de cima. Eu sorri de forma mais ampla diante da perspectiva de uma próxima vez. Não queria me despedir, mas não sabia como prolongar o momento, mesmo tendo ainda boas horas da tarde e noite ao nosso dispor. E, para minha alegria, ele perguntou: — Nos vemos amanhã?

— Com certeza — falei com a voz carregada de empolgação e prendi os lábios.

João assentiu com um sorrisinho fofo e se virou para seguir rumo ao andar de cima. E eu deveria ter digitado o código da porta e entrado em casa, mas as vozes da minha cabeça começaram a gritar. *O que acontece a seguir? Como agimos amanhã? O que somos agora?*

— O que disseste? — ele perguntou ao voltar o corpo para trás na escada.

Suspirei um tanto envergonhada por ter dito aquilo em voz alta, mas repeti a pergunta:

— O que somos agora?

João desceu o degrau e refez o curto caminho da escada até mim mantendo o contato visual a todo tempo. Ao me alcançar, segurou em minhas mãos e disse:

— Somos duas pessoas que não vão mais fingir não se gostar. Dois filhos de um Pai amoroso, de quem buscaremos a resposta mais certeira para essa questão. Não posso mais enganar a mim mesmo e tentar esconder o quanto quero namorar-te, Lisa, e confesso que tenho orado a esse respeito há alguns dias, quando percebi como me sentia a teu respeito. E tive receios, pois considerava estar bem sozinho e não queria que as coisas mudassem, mas fui vencido. Agora temos de nos aproximar, conhecer-nos melhor, cultivar a amizade e orar ainda mais. Quando não restarem dúvidas, responderemos à tua pergunta.

A essa altura, meus lábios já tinham se esticado no sorriso mais bobo do mundo, e João o imitou, revelando aquelas covinhas tão lindas. E, ao contrário de instantes antes de abrir a boca para perguntar, eu já não precisava que ele dissesse ou fizesse mais nada. Estava perfeito assim. Mas Park Jeong-ho se inclinou diante de mim e beijou o dorso de ambas as minhas mãos, fazendo o meu coração derreter que nem sorvete no sol.

— Agora vamos descansar e nos revemos amanhã. Pode ser assim? — sugeriu.

Fiz que sim e entrei em casa. Nem lembrei de tirar os sapatos. Só comecei a pular e dançar feito uma doida. Eu, Monalisa Machado, estava caidinha da silva por um Park. E não conseguia parar de sorrir — ou dançar. Então ouvi sons vindos do andar de cima. *João está pulando também?*

Ah! Eu queria gritar, e o fiz numa espécie de grito mudo, afinal, o cupido estava abaixo de mim, e o motivo da minha euforia, logo ali, no piso superior. Ele, com suas covinhas fofas e olhos tão lindos! Aquele par de olhos estreitos e brilhantes foi a última coisa que vi antes de fechar a porta e começar a dançar. Foi neles que pensei o resto do dia, e foram também eles a última imagem que me visitou antes de eu adormecer ao fim daquele maravilhoso domingo.

29
Presente coreano

— Já escolheste? — João me perguntou ao apontar para o pequeno cardápio em minhas mãos.

Eu não tinha escolhido, mas movi a cabeça em sinal positivo de forma automática. Não conseguia parar de pensar no fato de que estávamos juntos às nove e meia da manhã de uma simples segunda-feira. Park Jeong-ho estava sentado bem à minha frente: menos de um metro nos separava, e eu me perguntava se ele poderia ouvir o meu coração bater tão acelerado quando a garçonete veio lá de dentro anotar nossos pedidos. Estávamos sentados a umas das mesas da área externa do café, na calçada da rua, sob um enorme guarda-sol. Acabei por seguir a mesma escolha dele: um americano gelado, ovos *revoltos*, pães tostados com manteiga, geleia de frutas vermelhas à parte e pastéis de nata. A jovem recolheu os cardápios e avisou que logo traria nosso *pequeno almoço* — que é como os portugueses chamam o café da manhã.

— Não consegui esperar para ver-te — João disse assim que ela nos deixou.

Mordi o interior da bochecha, baixando o olhar para os meus dedos sobre o tampo da mesa. Parecia um sonho, mas eu estava bastante acordada. Havia despertado fazia pouco mais de meia hora, com um sorriso estampado no rosto pela lembrança de um domingo perfeito, e o sorriso se esticou ainda mais quando encontrei uma mensagem dele no celular.

Sr. Gerente: *Bom dia! Já comeste?*
Lisa: *Bom dia! Acabei de acordar :)*
Sr. Gerente: *Passo aí às 9h.*

Ainda deitada na cama, abri a foto do remetente. Tão lindo! Por que tão lindo? Beijei a tela sem me importar em ser ridícula. Depois, mudei o nome do contato salvo como *Sr. Gerente* para *Jeong-ho Lindo* com um coração flechado. Ele tinha dito que eu poderia chamá-lo de João, e assim eu havia feito até aquele momento, mas Jeong-ho soava muito mais bonito. Li o nome em voz alta e, sustentando no rosto um sorrisinho bobo, abri a foto dele de novo e tornei a beijá-la. Teria beijado outras tantas vezes se não tivesse posto os olhos no relógio no cantinho superior da tela. Faltavam só vinte minutos para as nove da manhã. Levantei da cama depressa e fui batendo em todos os móveis no caminho até o banheiro, como se tivesse perdido por completo a pouca noção de espaço. Tomei o banho mais rápido da história dos banhos e fiquei pronta com cinco minutos de antecedência, os quais gastei andando de um lado para o outro da sala.

E, agora, ali estava eu, tomando café da manhã com o homem mais interessante do mundo... do *meu* mundo, pelo menos. Ao erguer o rosto de volta para ele, João sorria para mim.

— Vais gostar da comida daqui — garantiu ele. — Dormiste bem?

Assenti. Era a terceira vez que me fazia essa pergunta desde que nos encontramos à porta do meu apartamento. Também devia estar nervoso.

— Que tal um jogo? — sugeri para quebrar o gelo.

Ele franziu a testa.

— Que tipo de jogo?

O interesse dele me empolgou. Tratei de me sentar reto na cadeira e juntei as mãos por cima da mesa.

— Fazemos perguntas um ao outro que só possam ser respondidas com uma palavra, assim podemos nos conhecer melhor.

João hesitou.

— Não sei...

— Ah, vamos. Eu começo. Comida favorita.

— Isso não foi uma pergunta — ele disse com uma sobrancelha erguida.

Revirei os olhos de forma caricata e então disse pausadamente:

— Ok. Qual é a sua comida favorita?

— Batata — João lançou sem pensar duas vezes. Fiz uma careta de espanto.

— Batata?

— Esperavas o quê? *Kimchi*?

— Sim — respondi, e ele balançou a cabeça em negação, com um sorrisinho pendurado no canto da boca. — Vai me dizer que você não gosta de *kimchi*? E batata?! Pelo amor de Deus!

— Eu amo *kimchi*, óbvio, mas amo batatas ainda mais. — E cruzou os braços frente ao peito. — E, afinal de contas, foste tu quem disseste que teríamos de responder com uma palavra só.

— Tudo bem, tudo bem — ergui as mãos em sinal de trégua. — Eu aceito batatas. Agora é a sua vez de perguntar.

— Certo. — Ele soltou os braços e tamborilou os dedos na mesa, dando uma boa olhada nas pessoas que passavam na rua como se estivesse à procura de inspiração. — Qual é o teu hobby favorito? E, por favor, não digas novelas.

Ergui uma das sobrancelhas.

— Qual o seu problema com novelas?

— Detesto todos aqueles clichês. — Ele meneou a cabeça e sorriu quando franzi o nariz. — Desapontada?

— Talvez. Bem, sou eu de novo.

— Não, não, não — disse, balançando o indicador erguido. — Ainda não me respondeste.

— Mas k-dramas *são* o meu hobby favorito. — Suspirei ao encurvar os ombros de leve.

— Não há outra coisa que eu ainda não saiba?

— Filmes de comédia romântica?

João vibrou os lábios com desdém.

— Por favor... foram quatro palavras e acho que podes ser melhor que isso.

— E se eu não for?

Minha pergunta ficou no ar ao sermos interrompidos pela chegada dos pedidos. Afastamos o corpo para trás enquanto a garçonete servia a mesa. João disse um "obrigado" baixinho e, quando a atendente se foi outra vez, ele voltou ao exato ponto em que paramos:

— Se não fores melhor que isso, ainda vais ser a noveleira mais bonita que conheço.

O comentário fez o meu rosto esquentar. Bebi um longo gole do café gelado enquanto ele me assistia com aquele sorrisinho pendurado no canto da boca.

— E as suas irmãs? E a dona Esperança? — perguntei depois de engolir, tentando manter a respiração normal.

João inclinou o corpo por sobre a mesa e sussurrou:

— Que elas não me escutem.

Mordi o lábio. Não queria parecer feliz além da conta.

— Foco, ou não vamos avançar no jogo — pedi. Ele assentiu e abocanhou o pão tostado com um pouco de ovos. — Toma lá, dá cá. Bem rápido, sem pensar muito. Pode ser? — sugeri e João esticou os braços para a frente, com os dedos entrelaçados como um maratonista prestes a iniciar a corrida. Então eu disse: — Um lugar.

— A casa da minha avó — ele respondeu de pronto com a boca cheia.

— Cinco palavras?

Ele engoliu a comida e retrucou:

— Impossível responder com apenas uma. As regras mudaram. Pode ser mais de uma palavra, desde que seja uma coisa ou ideia só.

— Tudo bem.

— Certo. Um sonho — ele quis saber.

O sonho maior era me casar, mas eu não poderia responder isso em nosso primeiro encontro oficial.

— Coreia — respondi, e ele fez uma expressão de espanto que acabou por me levar a pensar se essa não tinha sido uma resposta pior ainda, então eu completei depressa: — É que eu amo k-dramas, né? Então sempre quis conhecer o seu país.

João bebeu um longo gole de café para esconder o sorriso. Eu, com a bochecha quente, pigarreei e disse:

— Continuando... Uma música.

— Depende — respondeu ele depois de engolir o café e passar geleia em outra fatia de pão tostado.

— Como assim?

João pendeu a cabeça para o lado e deu uma grande mordida no pão.

— Há muitas músicas boas no mundo — falou enquanto mastigava —, ritmos e mensagens diferentes para momentos diferentes.

— Então fala o seu top três.

Ele pensou por um tempo e, ao engolir, começou a listar:

— "Dynamite", do BTS, para levantar o humor.

— Concordo plenamente.

Ele assentiu com um sorriso satisfeito.

— "Grace", do Son Kyung-min, é a que canto quase todos os dias em meu devocional.

— Não conheço essa.

— Mas já ouviste.

— Ouvi?

João balançou a cabeça em sinal positivo.

— Foi a que cantei para fazer-te dormir depois do casamento — explicou, e eu engoli em seco ao piscar algumas vezes, mortificada. — Mas podemos continuar fingindo que aquilo não aconteceu — ele emendou com o mesmo sorriso torto de antes. — E, por último, mas não menos importante, "Something", dos Beatles.

— Acho que temos um romântico por aqui, senhoras e senhores — brinquei, tentando colocar o assunto da outra noite para trás, e mordi o pastel de nata.

— Romântico, sim, com toda certeza — confirmou com uma sobrancelha erguida. — E isso é uma promessa.

O creme de nata do pastel que eu acabava de morder escorregou pelos meus lábios e caiu na mesa. Depressa, João pegou um guardanapo e limpou o cantinho da minha boca com uma naturalidade desconcertante que me paralisou. Ergui o olhar da mão rente aos meus lábios até o rosto dele, que sorria para mim de um jeito doce. Limpei a garganta e agradeci, então ele baixou o guardanapo.

— Você tem direito a mais uma pergunta — avisei com a voz mais firme que consegui.

— Quem determinou a quantidade?

— Eu propus o jogo, por isso *eu* determino. — E ergui o queixo, fazendo-o rir. — Vamos. É a última, então escolha bem.

João estreitou os olhos, e fiz o mesmo.

— Um medo — disse ele, e respirei fundo. Eu conhecia bem o meu maior medo, mas receava que ele não entendesse os meus motivos, ou pior: que eu não fosse capaz de os explicar. — Acaso não tens medo de nada? — Umedeci os lábios e mordi o cantinho da boca, enquanto João erguia o copo suado da mesa. — Podes dizer. Eu não vou julgar-te. Anda lá... Qual é o teu maior medo? — E sugou outra golada longa de café pelo canudo.

— A morte — falei de uma vez, então ele pousou o copo na mesa com um pouco mais de força do que devia. — Não me entenda mal — pedi. — Creio na vida além desta aqui, e sei que o morrer com Cristo é lucro, mas, ainda assim, tenho medo da morte por toda a dor que ela causa àqueles que ficam.

O pomo de Adão subiu e desceu quando ele anuiu. Depois, com a voz mais grave que o normal, disse:

— Tens razão, e sinto muito pelos teus pais.

— Tudo bem — respondi com um sorriso triste, e a isso se seguiu um breve relato com os pormenores sobre o acidente do meu pai, a doença da minha mãe e a partida da tia Sandra, a amiga da mamãe que havia cuidado de mim até minha vida adulta, sobre quem João ouvia pela primeira vez.

— Mal posso imaginar o quanto sofreste, Lisa.

— Você já perdeu alguém?

Ele bebeu mais um gole de café, e eu fiz igual.

— Já — respondeu por fim —, mas tu perdeste três. Sinto muito mesmo.

Espalmei o ar dizendo que deveríamos mudar o rumo da conversa, e João concordou.

— Então amas mesmo a cultura do meu país? — ele quis saber.

— É fascinante! — assenti e finalizei minha torrada.

— Quem sabe não vamos juntos a Seul?

A pergunta me levou de volta à nossa conversa no casamento, quando o animador nos interrompera. João tinha dito que nunca mais havia voltado ao país dele e que existia um motivo para isso, mas sem me contar qual. Fosse qual fosse, agora ele estava cogitando voltar, e comigo! Então sorri.

— Você vai ser o meu guia? — tornei a perguntar, como havia feito naquela ocasião.

As covinhas dele se aprofundaram para mim.

— Posso ser, se quiseres — respondeu, e eu correspondi com um sorriso amplo.

Terminamos a refeição e voltamos para casa a passos preguiçosos. Falamos sobre nossos compromissos de trabalho do dia, e ele prometeu cozinhar comida coreana para mim em breve.

— Vou cobrar — avisei. Já estávamos no saguão do Princesinha e percebi que ele tinha algo mais a dizer, mas parecia reticente, então o encorajei: — Pode falar.

João entortou os lábios para o canto, depois disse:

— Há uma coisa que tenho para dar-te.

— O que é?

Com um sorriso um tanto travesso, ele me tomou pela mão e nos fez subir as escadas até a porta do meu apartamento, tão rápido que mal tive tempo de suspirar pelo toque e encaixe perfeito.

— Entra, deixa a porta aberta e me espera em qualquer lugar que não a sala. Já volto com o teu presente.

— Presente? — indaguei, mas ele virou as costas e subiu para o andar de cima.

Corri para o quarto e esperei, o coração aos saltos. Em alguns minutos, ouvi um barulho grave vindo da sala como o de um objeto pesado a ser arrastado no chão.

— Venha cá! — ele gritou, por fim, e eu saí depressa.

Cheguei à sala e lá estava, junto à porta de entrada, um móvel de madeira rústica: um aparador com uma segunda prateleira na parte de baixo, quase rente ao chão. E eu me lembrei da peça. Era nela que João trabalhava no dia em que eu tinha ouvido as marteladas vindas do quarto andar. Agora estava terminada e era *minha*.

Olhei da obra para o criador.

— É mesmo para mim?

Ele balançou a cabeça de forma positiva.

— E você fez tudo isso sozinho?

Outro aceno positivo.

— E dentro de casa?

Ele riu.

— Tenho um galpão alugado a algumas quadras daqui. É minha oficina e garagem — respondeu, então abaixou-se, pegou os pares de sapatos que eu havia deixado ali, perto da porta, e os colocou sobre a prateleira inferior. — Agora eles têm um lugar certo.

Tentei encontrar palavras para expressar o que senti, mas não encontrei.

— Notei desde o dia em que nos conhecemos que... — ele ia se explicando, mas eu o interrompi ao me colocar na ponta dos pés e beijar-lhe a bochecha.

— Obrigada, Jeong-ho — falei quando meus lábios se afastaram.

Ele olhou nos meus olhos com carinho.

— Fala de novo?

Abri um sorriso.

— Muito obrigada. Eu amei!

— Não. O meu nome — pediu.

Respirei fundo. Bem, não era a primeira vez que eu falava o nome dele. Eu o tinha pronunciado no dia em que o descobrira, na Ribeira, em plena festa sanjoanina. Ele até tinha elogiado a minha pronúncia. Mas ali, sozinhos na minha sala de estar, soava mesmo diferente.

Limpei a garganta.

— Jeong-ho — sussurrei, então os lábios dele se esticaram para os lados, e as covinhas deram o ar da graça. — Jeong-ho — tornei a falar, mais alto dessa vez.

— Meu nome nunca pareceu tão bonito — disse ele, a voz um pouco rouca fazendo disparar o meu coração. Depois, inclinou-se e plantou um beijo demorado na minha testa, que pôs um arrepio a percorrer todo o meu corpo.

30
Pergunte outra vez

Um dia desses, eu terminava de revisar os detalhes de uma ação de marketing para um novo cliente, quando o celular vibrou sobre a mesa.

Jeong-ho Lindo 🦋 : *Já jantaste?*

Era fim de tarde. Meu estômago estava vazio, e o coração, cheio de saudade. O fato de que havíamos nos encontrado propositalmente todos os dias daquelas últimas semanas não conseguia aplacar a empolgação a cada vez que uma mensagem como essa chegava.

Lisa: *Ainda não. Vamos juntos? Preciso de trinta minutos para ficar pronta.*
Jeong-ho Lindo 🦋 : *Ok. Vou levar-te a um restaurante especial.*

Meia hora mais tarde, ele bateu à porta.
— *Tás* especialmente bela — disse ao me ver.
— Você disse que era um lugar especial. — Dei de ombros, fazendo charme.
— Gosto quando prendes o cabelo assim.
Sob o comentário, apalpei o coque de leve para garantir que estava bem preso. Eu tinha escolhido um estilo vintage e, sem querer, estávamos combinando.

— E eu gosto quando você se veste desse jeito — respondi.

Ele segurou as bordas do blazer no mesmo tom acinzentado da calça de alfaiataria e o puxou levemente para baixo, empinando o nariz ao dizer:

— Vamos? — Então me ofereceu a mão, e eu a aceitei.

Descemos as escadas como se o jantar já tivesse sido servido, prestes a esfriar, mas paralisei diante do meio de transporte que nos levaria ao restaurante.

— Nós vamos nessa coisa? — apontei para a Vespa amarela estacionada em frente ao Princesinha, e João confirmou com um balançar de cabeça tão intenso, que alguns fios de cabelo se soltaram do penteado com gel e caíram sobre a testa. — Mas eu estou assim — e olhei para minhas pernas.

Ele conferiu a saia que me cobria mais de um palmo abaixo dos joelhos.

— Parece perfeitamente adequada — retrucou, e eu suspirei. Jeong-ho estava certo. O corte um pouco rodado garantiria a mobilidade necessária para que eu subisse na moto sem complicações. — Tens medo? — questionou, e eu mordi o canto da boca.

— Tens medo. Tudo bem. Eu vou buscar o carro. Espera aqui — ele pediu sem emoção na voz e começou a andar com os ombros um pouco encurvados, mas fui atrás dele e o puxei pela mão.

— Podemos ir nela se você me prometer que não vai correr.

Com a animação de volta ao rosto, Jeong-ho me entregou um dos capacetes, subiu na moto e me estendeu a mão, então acomodei-me atrás dele.

— Segura firme — orientou, dando a partida.

Agarrei-me à cintura dele e fechei os olhos bem apertados. Em poucos instantes, o vento começou a agitar o lenço de seda que eu havia amarrado ao pescoço e a acariciar meus braços, descobertos pelas manguinhas dobradas da camisa de botão que eu vestia. Abri os olhos devagar e constatei que não estávamos rápido demais.

A cidade deslizava para trás de nós num ritmo gostoso, e eu me permiti apreciá-la por sobre os ombros largos de Park Jeong-ho.

Seguimos por ruelas, subimos e descemos ladeiras. Passamos pela *cafetaria* onde, por mais de três vezes, havíamos nos sentado ao início ou ao fim do dia e pela livraria à qual ele havia me levado em um dos nossos encontros diários das últimas semanas. Por fim, paramos diante da fachada de uma cave de vinho à beira do rio Douro, a alguns quilômetros de distância de casa. O enorme portão de entrada do armazém, em madeira maciça e pesada, estava fechado.

— Tem certeza de que viemos ao lugar certo? — perguntei ainda grudada à cintura do condutor.

Ele fez que sim com a cabeça.

— É o *sítio* certo, sim, e agora já podes soltar.

Eu afrouxei as mãos ao redor do corpo dele e desci da moto assim que Jeong-ho o fez. Penduramos os capacetes de volta no retrovisor e seguimos até a entrada. Ele girou a maçaneta de uma portinhola recortada no portão de madeira, então fez sinal para que eu passasse para dentro primeiro.

Perto daqueles enormes corredores de barris de carvalho, empilhados do teto ao chão, eu parecia minúscula. O galpão, iluminado por lâmpadas em tom de âmbar, estava mergulhado em um silêncio solene, diante do qual eu me senti uma verdadeira intrusa.

— Vamos. — Ele me tomou pela mão, e eu o segui.

Como da primeira vez, meus sentidos não foram indiferentes ao seu toque. Entre os tonéis de vinho, caminhei de mãos dadas com Park Jeong-ho enquanto me repreendia em silêncio por ainda reagir feito uma adolescente quando ele me tocava.

— Tem certeza de que podemos estar aqui? — sussurrei quando paramos ao pé da escada caracol de ferro que havia ao fundo do galpão.

— O dono é um amigo meu — ele respondeu, e começamos a subir.

Ao topo da escada, abriu uma pequena porta de ferro e precisou se abaixar para passar por ela. Até *eu* precisei me abaixar. E, quando cruzei a porta, dei com a imensidão azul do céu do Porto. Era um amplo terraço com vista para o rio e, em comparação com o terraço do Princesinha, esse estava muito mais perto das águas do Douro, proporcionando um visual ainda mais encantador.

A poucos metros da beirada, uma mesa tinha sido posta para duas pessoas, forrada com toalha branca e adornada com velas ainda não acesas e um pequeno vaso de flores amarelas. No canto, próximo a nós, junto à porta, havia sido montada uma estação culinária com um fogão e uma bancada, sobre os quais se podia ver ingredientes e utensílios, onde um chefe de cozinha devidamente uniformizado e de traços asiáticos trabalhava ao lado do ajudante. Os dois nos saudaram com uma reverência discreta. Uma pequena caixa de som em cima da bancada tocava música instrumental suave em volume baixo.

— É um restaurante superprivado ou você preparou tudo isso só para mim? — perguntei baixinho, sem acreditar no que meus olhos viam.

— Gostaste?

— Como não gostar? — sorri para ele. — Obrigada!

— Ainda não provaste a comida.

— Mas sei que vou amar.

Jeong-ho também sorriu, satisfeito, e me conduziu até a mesa, puxando a cadeira para eu me sentar. Era a primeira vez que um homem fazia isso para mim, e eu precisava admitir que era tudo mesmo o que sempre parecera ser nas séries e nos filmes: de derreter o coração. Depois, tirou o blazer e o pendurou nas costas da cadeira em que se sentou.

— Ainda está calor, não está? — perguntou, e eu confirmei.

— Vamos ver o pôr do sol juntos pela segunda vez — comentei.

Pelos meus cálculos, faltava mais de uma hora para o sol se pôr.

— Terceira.

— Terceira?

Ele assentiu.

— Eu estava lá também naquele dia do miradouro, lembras?

— Tem razão — respondi —, mas não estávamos juntos de verdade. Foi só uma coincidência.

— Uma coincidência muito boa — ele acrescentou, e eu anuí com um sorriso.

O assistente do chefe nos serviu bebidas e avisou que o jantar seria servido em breve. Durante a espera, fiz Jeong-ho me contar como havia conhecido o dono daquela vinícola. O assunto rendeu e chegamos à época em que ele se mudara para o Porto.

— Como eu disse, morei em hotel durante todo o meu tempo de estudos na América, então aprendi a gostar da atmosfera e cogitei montar meu próprio hotel. Mas não tinha nada muito planejado, era só um desejo. Anos mais tarde, caminhando pelas ruas do Porto, eu me encantei com a fachada velha de um prédio fechado. Procurei saber e descobri que o dono pretendia vender, então comprei.

— E por que veio a Portugal, em primeiro lugar, já que o hotel não estava planejado?

Ele bebeu um gole demorado de água.

— Eu tinha algo para resolver.

"Porque eu tinha algo a dizer a alguém e queria fazê-lo em sua língua materna", eu me lembrei da explicação que ele havia me dado sobre o fato de ter desejado estudar português, enquanto dançávamos no casamento da Carina. Certamente fora por essa pessoa que ele tinha voado até as terras lusitanas.

— E resolveu? — perguntei tentando esconder a ansiedade em minha voz.

— Eu não diria que sim — ele respondeu e cerrou os dentes, gerando um volume protuberante na mandíbula.

— E o Princesinha veio logo em seguida? — perguntei para ver se aliviava a tensão dele, que relaxou o rosto.

— Foi um tanto impulsivo, tenho de dizer, mas resultou em algo que mudou a minha vida para sempre, pois comecei a ajudar os trabalhadores durante a reforma e não parei mais. Todo dia, aprendia algo novo. Percebi que, embora tenha competência para administrar um negócio, são os trabalhos braçais que me dão maior satisfação. No fim do dia, ver o que se quebrou voltar a funcionar por meio das minhas mãos me dá a sensação de que trabalhei de fato, em vez de só lidar com papéis e dados.

— Gosta tanto que quase não tem funcionários.

— O prédio é pequeno e gosto de resolver as demandas que surgem, mas minhas duas funcionárias dão conta do serviço.

— A menina da limpeza até que sim, mas a da recepção vive faltando.

— O marido dela está doente.

— Ah...

— Não te sintas mal, não tinhas como saber. — Ele me lançou um sorriso contido, o qual correspondi.

A comida foi servida. Culinária coreana. Apressada, peguei meus talheres e enchi a boca, mastigando vigorosamente enquanto a língua era inundada por aquela explosão de sabor agridoce picante. Então ergui os olhos para Jeong-ho, que me encarava ainda sem tocar na refeição.

— Que tal orarmos? — ele disse, então parei de mastigar e engoli a massaroca de comida em minha boca como se fosse uma pedra. — Depois de comer, a gratidão é até maior, não é verdade? — brincou, e eu sorri timidamente enquanto pousava os talheres de volta na mesa.

Assim, Jeong-ho baixou a cabeça e fez uma oração de agradecimento bem simples e sincera, louvando a Deus também pela companhia, o que aqueceu meu coração.

— Depois disso aqui, não vais querer comer a comida que prometi cozinhar — disse quando começamos a comer.

— Não conte com isso.

À medida que os *banchan* eram trazidos à mesa, que são os diversos acompanhamentos servidos com arroz, Jeong-ho listava os ingredientes.

— Está uma delícia! — falei ao provar o prato diferenciado à base de *bulgogi*, carne bovina grelhada marinada em molho de soja, alho picado e semente de gergelim, segundo o meu especialista particular.

— Tem que estar — ele respondeu. — Geralmente nós mesmos grelhamos a carne, como tu deves saber, mas essa é uma versão especial do Chef Hong. O restaurante dele tem uma estrela Michelin.

Dei uma conferida no homem por sobre o ombro, depois voltei a encarar o meu par.

— Como você conseguiu trazer esse cara até aqui? — perguntei. Jeong-ho deu de ombros e bebeu um pouco. — Puxa! Você é *mesmo* rico — pensei alto demais.

— Isso é um problema? — ele perguntou ao voltar a taça para a mesa. Havia um traço de ansiedade na voz, e o rosto parecia tenso.

— Não, não é — respondi com firmeza. — Desde que você seja sempre sincero, nada será um problema.

Um dos cantos da boca de Jeong-ho se repuxou levemente para o lado, e ele enfiou nela um pouco mais de carne. Eu prendi os lábios, ponderando sobre a pergunta que desejava tanto fazer. Enchi os pulmões de ar e tentei ser o mais cautelosa possível ao questioná-lo:

— Pode me contar sobre as cicatrizes?

Ele baixou os olhos para o prato e engoliu devagar a comida que mastigava.

— Foi um acidente.

— Não precisa contar os detalhes, se não quiser — falei depressa, com medo de que ele se sentisse pressionado.

Então Jeong-ho anuiu e voltou a comer.

Tentei não parecer frustrada demais e respeitar a privacidade dele ao dizer a mim mesma que logo, logo ele se abriria por completo e me contaria tudo que ainda faltava — inclusive o verdadeiro motivo que o trouxera a Portugal. Eu tinha um palpite, mas esperaria que ele contasse, e contasse em detalhes. Por enquanto, a conversa precisava percorrer caminhos menos acidentados, então puxei um assunto sobre viagens que acabou rendendo bem e nos fazendo superar o desconforto momentâneo.

Após a refeição, comemos *patbingsu* especial do chef, gelo raspado com feijão vermelho doce. Enquanto nos refrescávamos com a sobremesa, Jeong-ho fez perguntas sobre a minha infância e nos divertimos com as diferenças entre as culturas nas quais crescemos. O sol já estava baixo no céu, e os raios dourados agora banhavam o horizonte e o rio de uma forma quase mágica.

Chequei o relógio e vi que faltavam dez minutos para ele se pôr, conforme previa o aplicativo do tempo.

— Já perdemos cinco dos quinze minutos mais bonitos antes de o sol se pôr — avisei.

— Já estou a aproveitar a paisagem banhada pela luz dourada — ele respondeu, os olhos fixos nos meus.

— A paisagem está ali — apontei na direção do rio, à esquerda, e ele, com um sorriso enviesado, se virou para lá. Tirou o celular do bolso e fotografou a vista. E eu foquei meu olhar no belíssimo reflexo do sol sobre as águas do Douro. — Tem mesmo algo maravilhoso nesses quinze minutos. A luz parece mágica — constatei e, quando me virei para vê-lo de novo, Jeong-ho apontava a câmera para mim.

— *Yeppeuda**— ele disse. — Linda demais.

Baixando os olhos, agradeci e suguei o ar devagarinho para controlar a respiração acelerada. *Meu Deus, é possível morrer de tanta felicidade?* Mal podia acreditar! Eu acabava de ser chamada de linda durante um jantar romântico com comida coreana, no terraço de um armazém de vinho português, e uma escola de samba carioca batucava no meu peito: uma verdadeira festa global!

— Faça-me de novo a pergunta — ele pediu, obrigando-me a erguer o olhar outra vez.

— O que disse?

— Pergunte outra vez — insistiu, e então eu me lembrei.

Uma sensação fria cercou meu estômago, e engoli em seco. Apertei uma mão contra a outra sobre o colo, tomei fôlego e, com a voz trêmula, repeti o que eu tinha pensado em voz alta quando nos despedimos após o primeiro encontro:

— O que somos agora?

Jeong-ho esticou a mão sobre a mesa e se inclinou para a frente, a palma aberta para o céu alaranjado acima de nós. Olhei na direção do chef e o ajudante, mas eles já não estavam lá, então ergui a mão e pousei-a sobre a dele, que a envolveu por completo. Com os olhos fixos nos meus, respondeu:

— Tenho orado por ti, por nós, e estou em perfeita paz. Se me quiseres, serei teu namorado.

Eu acho que fiquei boquiaberta. E não era para menos, se você pensar na cena que se desenrolava diante dos meus olhos: o cenário, o clima, a música ambiente soando baixinho e aquele homem dos sonhos dizendo que queria ser meu namorado. Para não parecer abobalhada demais, optei por uma brincadeirinha:

Yeppeud é uma romanização da palavra coreana 예쁘다, que significa bonita, bonito.

— Quer mesmo namorar a vizinha... qual foi a palavra que você usou? Ah, sim. Barraqueira. Tem certeza que...

— Eu posso fazer esse esforço — ele respondeu e me lançou uma piscadela ao jogar a franja para trás.

— E eu também posso me esforçar para relevar essa sua mania feia de interromper os outros.

— Acho que a senhorita Vaquinha quer-me como namorado desde o dia em que passou a carregar parte do meu nome consigo por toda parte. — Ele mordeu o lábio para conter o sorriso zombador, alisando com a ponta do dedo a medalhinha da minha pulseira.

— Ali, eu ainda não queria — retruquei, e o sorriso dele se alargou.

Pousei os olhos sobre aquelas covinhas e desejei tanto beijá-las!

— Então agora me queres? — perguntou.

Engoli o pequeno nó que ameaçava fechar minha garganta e ergui o olhar para as íris escuras dele.

— Sim, eu quero — respondi com a voz mais afetada e suplicante do que eu gostaria de ter transparecido.

Então o sorriso nos lábios dele sumiu e, sem desviar os olhos dos meus, Jeong-ho plantou no dorso da minha mão um beijo longo, emitindo uma onda de calor que subiu pelo meu braço até o pescoço. Depois, ficou de pé sem soltar a minha mão, então afastei minha cadeira para trás e também me levantei. Demos alguns passos em direção à beirada para apreciar melhor o sol a se pôr, e eu mal sentia meu próprio corpo, tão inebriada estava.

Com o coração aos pulos e as pernas bambas, pisei em falso e cambaleei para trás, mas os braços de Jeong-ho envolveram a minha cintura. Estávamos a poucos e perigosos centímetros, tanto da beira do terraço quanto um do outro. Nossas respirações se fundiram, e o frio no meu estômago se intensificou — os olhos dele tão perto que, se estivessem em chamas, eu teria me queimado.

Bastava Park Jeong-ho cruzar a distância de um dedo para que nossos lábios se tocassem. E eu queria muito que ele assim fizesse.

Nos filmes de comédia romântica, é nessa hora de tensão que a música cresce e faz o coração do espectador se agitar pelo que virá a seguir. Já nas novelas sul-coreanas, a música se cala, e um silêncio quase palpável envolve tudo, dentro e fora da tela. E foi assim para mim. O tempo desacelerou por completo, e a música que antes tocava se tornou inaudível. Ele estava logo ali, a um dedo de distância. Eu poderia beijá-lo, mas não tive forças para me mexer; esperava um movimento de Jeong-ho e, em vez disso, recebi uma pergunta:

— Tenho a tua permissão?

Pisquei algumas vezes, tentando assimilar. Os olhos dele permaneceram vidrados nos meus, à espera da resposta. Abri a boca, mas não encontrei a minha voz. Sem fôlego, fechei os olhos outra vez, erguendo o queixo com os lábios entreabertos, à espera dos dele. Meu rosto queimava, as mãos suavam, e o ventre parecia feito de gelo. Até o meu namorado cobrir minha boca com a dele em um beijo suave que fez tudo derreter. As mãos grandes me seguraram com gentileza pela cintura, e eu passei os braços por sobre os ombros dele, me colocando na ponta dos pés enquanto os lábios dançavam devagarinho no compasso da canção, que, aos poucos, voltou a soar aos meus ouvidos.

As emoções entraram em ebulição, e eu quis chorar de alegria, mas também por lamentar não ter sido aquele o meu primeiro beijo da vida. Como eu queria que tivesse sido! Jeong-ho beijava com carinho, respeito e, ainda assim, com paixão, me fazendo sentir a mulher mais agraciada do mundo. Quando ele se afastou, não o fez totalmente, mantendo os braços a me cercar; nossos corpos balançando de leve, ainda no ritmo da música.

— Esse é o nosso primeiro dia? — perguntei, porque a dorameira em mim não podia evitar, depois prendi os lábios.

Jeong-ho deixou uma risada leve escapar pelas narinas e, erguendo os dedos, afastou para o lado as pontas da franja que caíam sobre o meu olho. Ele se demorou no movimento, acariciando minha testa.

— Oficialmente, sim — respondeu e deixou um beijo entre os fios da minha franja.

— E extraoficialmente?

Jeong-ho me lançou aquele sorriso torto, depois sussurrou:

— Eu sou teu desde o dia em que entraste na frente da minha Vespa. — Então o sorriso que tentou conter se desprendeu e invadiu todo o rosto.

Não retruquei dizendo que tinha sido ele quem me atropelara. Eu não precisava de razão, não precisava de mais nada depois de ter Park Jeong-ho a se autointitular como "meu". Com os milhares de asinhas de borboletas fazendo cócegas no meu interior, me coloquei na ponta dos pés e beijei ambas as covinhas que me atormentavam havia semanas. Sem dúvidas, aquela foi a hora mais bonita não só daquele dia, mas também de toda a minha vida.

31
O outono é sempre igual?

— Diz-me se eu não estava certa? — Esperança empurrou meu ombro com o dela, me fazendo errar o ponto do bordado. — Joãozinho é a pessoa mais amorosa do mundo, e eu não tinha dúvidas de que ele seria um namorado maravilhoso.

— Ele é mesmo — respondi com uma curvinha abobalhada nos lábios e desfiz o ponto.

Estávamos na casa dela após a reunião do pequeno grupo de mulheres da igreja, que acontecia semanalmente ali, e eu acabava de me lembrar e mostrar-lhe uma foto do buquê de flores e da vaquinha de pelúcia com que Jeong-ho tinha me presenteado em nosso primeiro mês de namoro. Todas as outras irmãs já tinham ido embora havia mais de uma hora, e eu havia ficado para ajudar a anfitriã a arrumar a louça do jantar, ter minha aula particular e secreta de bordado e conversar um pouco mais.

— Sabes que eu notei que ele estava interessado em ti desde os primeiros dias?

— É mesmo?

Ela fez que sim, um sorriso matreiro no rosto, e bebeu mais um gole do café recém-passado.

— Era só uma questão de tempo até aquele gajo criar coragem, mas até que meu empurrãozinho veio bem a calhar, não? — Ela arqueou repetitivamente as sobrancelhas por sobre a borda da xícara, o que me fez rir. — Joãozinho tinha receio de se relacionar de novo depois de tudo que aconteceu, mas decerto que ainda seria um homem romântico como foi com a... — Então se calou.

— A...?

— A última namorada — ela respondeu depressa e bebeu um longo gole de café.

— Ele mencionou essa pessoa, muito superficialmente — sondei, pondo o tecido, a agulha e a linha de lado. — Foi há dez anos, não foi?

— Uhum — Esperança balbuciou ainda dentro da xícara, os olhos fugindo dos meus.

— Era portuguesa?

Ela engoliu o café e pousou a xícara no pires sobre o colo.

— Melhor perguntares a ele, Monalisa. Eu e esta minha boca grande não devemos nos intrometer mais.

Puxa vida! Eu queria tanto que elas se intrometessem e me entregassem as peças restantes do quebra-cabeça Park Jeong-ho.

— A senhora a conheceu? — tentei puxar a língua dela só mais um tiquinho, mas meu celular começou a tocar sobre a mesa de centro. — Um minuto — pedi e atendi à chamada.

— Onde *cê* tá? — meu namorado perguntou, e não contive uma risadinha. Desde o dia em que oficializamos o namoro, Jeong-ho, vez ou outra, falava comigo em "brasileiro", como ele e os portugueses se referem ao português falado no Brasil.

— É o Joãozinho? — Esperança perguntou com demasiada alegria, nitidamente satisfeita pela interrupção, e eu respondi que sim.

— Estou aqui com a dona Esperança — avisei a ele.

— Venha cá — a dona da casa completou em volume alto o suficiente para que ele ouvisse e foi guardar os materiais sobre a mesinha de centro, deixando ali só a bandeja de café.

Em poucos instantes, Jeong-ho bateu à porta. Corri para abri-la e o recebi com um abraço e um beijo em cada bochecha, bem em cima das covinhas.

— Já comeu? — perguntei.

— Essa fala é minha — ele retrucou, corando, e olhou na direção da mais velha pelo cantinho dos olhos.

— Senta-te que vou fazer o prato. — Esperança se levantou do sofá e foi em direção à cozinha sem se importar com nossa demonstração de afeto.

Meu namorado e eu nos sentamos à mesa, e ela nos deixou a sós sob a desculpa de ter que guardar algumas roupas passadas antes da reunião.

— *Tu num qué* um *pôco?* — Jeong-ho ergueu o *jeotgarak* para mim, que são aquelas varetas de metal usadas como talheres. Ele deixava um par intencionalmente na casa da vizinha.

— Eu não estou com fome — avisei, rindo daquela tentativa de imitação do sotaque carioca.

— Só um *pôquinho* — insistiu, então cedi e abri a boca para receber um pedaço de carne de porco.

Enquanto lhe assistia comer o restante, decidi não tentar mais arrancar de Esperança informações sobre o passado do meu namorado, convencendo-me de que ele mesmo, no tempo certo, me contaria tudo o que havia para saber.

Depois da refeição, nós nos sentamos no sofá e conversamos sobre o dia de trabalho de cada um, com o Sr. P se enroscando em nossas pernas a suplicar por um pouco de carinho e atenção. Noites como essa passaram a ser tão frequentes, que se tornaram rotina, e eu amava minha nova rotina. Amava mais ainda o fato de que o meu namorado, embora fosse um homem bonito e bem-sucedido de 33 anos, amava ao Senhor mais do que a si mesmo ou a mim e era tão cuidadoso, que evitava que ficássemos sozinhos no apartamento dele ou no meu.

"*Não é como se não tivéssemos domínio próprio, mas não precisamos criar ocasião para a tentação*", ele dissera logo na primeira semana de namoro, e eu me apaixonara um pouquinho mais depois disso.

Esperança nos acolhia quase todas as noites com grande entusiasmo. Em uma delas, depois de preparar *kimbap* para nós três, Jeong-ho recebeu uma ligação. Ele pediu licença e atendeu em coreano, ainda sentado à mesa. E eu, apesar de não entender muito, me derreti toda ao ouvi-lo falar na língua materna. No meio das frases, escutei meu nome, e Jeong-ho se virou para mim. Tinha no rosto uma expressão de contragosto.

— Minha irmã quer te ver. Tudo bem?

Engoli em seco e assenti.

— Qual delas? — perguntei baixinho.

— A mais nova.

Então respirei aliviada. Não que eu não quisesse falar com a irmã do meio, mas a mulher que havia se tornado CEO do Grupo Park no lugar do irmão mais velho parecia séria, intimidadora demais. E aqui você vai achar que eu sou maluca — afinal, também sou CEO da minha própria empresa —, mas ela é uma empresária ricaça, e eu, uma mulher que havia assistido a muitos doramas sobre herdeiros. Embora meu namorado fosse um deles, ali, na simplicidade do Princesinha, eu não o enxergava assim.

Esperança pediu licença e se retirou, certamente para nos dar privacidade, e Jeong-ho tocou a tela do celular, mudando a chamada para vídeo. Logo o rosto delicado da jovem de 22 anos apareceu para nós. Estava debruçada sobre alguns livros, sentada à escrivaninha do quarto.

— Oi, Lisa — ela disse em português com um sorriso orgulhoso por conseguir me saudar na minha própria língua.

— Oi, Min-a.

— Isso é tudo o que sei dizer — acrescentou em inglês. — Muito prazer.

— O prazer é meu — respondi.

— Não, acredite: o prazer é *todo* meu. Estou muito feliz em conhecer a mulher que desencalhou o meu irmão.

— Min-a! — o irmão a repreendeu em um tom severo, e ela deu uma risadinha que arrancou dele um sorriso de canto de boca.

— *Oppa*, eu te amo, mas você estava *mesmo* encalhado.

— *Aish*...

Ouvi-los usar essas expressões, ainda que em meio a uma conversa em inglês, fez a minha ficha finalmente cair. Depois de levar o maior par de chifres da história, essa protagonista — que, como você sabe, já não é uma mocinha e nem em seus maiores devaneios esperava estrelar um drama sul-coreano em terras lusitanas — havia encontrado seu *oppa*!

Agora eu tinha, assim como a Carol dissera no dia em que havíamos chegado ao Porto e conhecido o meu futuro namorado da forma mais absurda e maravilhosa possível, um dorama para chamar de meu. Como é a vida, não é mesmo?

— Boa noite — Jeong-ho desejou mais tarde ao beijar minha testa em frente à porta do meu apê.

— Boa noite, *oppa*.

O sorriso dele se abriu para mim.

— *Oppa*?

Eu ergui os ombros.

— Posso chamar você assim, não posso?

— Não é a primeira vez — ele alfinetou com uma das sobrancelhas levantada. — Mas podes, sim. Podes tudo. — E então selou meus lábios com um beijinho.

No dia seguinte, fui surpreendida com uma ida de Vespa até a orla da praia de uma cidade vizinha. Estacionamos diante de um food-truck onde se lia "Pastel da Lu".

— Você lembrou? — Cobri a boca com as mãos, reprimindo um gritinho de euforia.

— Como esquecer se passaste a semana toda a dizer *tô lôca por um paixtel*? Procurei na internet onde vendia pastel brasileiro, e cá estamos. Espero que valha a pena.

— Você nunca comeu uma iguaria como essa! — garanti ao pular no pescoço dele e beijar-lhe a bochecha em agradecimento.

Comemos enquanto caminhávamos descalços pela arrebentação, sentindo a água gelar os pés e a maresia noturna ondular nossos cabelos. Foi assim que Park Jeong-ho se apaixonou por pastel de queijo e vento. O lanche da noite seguinte foi pizza para mim e *pisa* para meu namorado e nossa adorável cupido-amiga, também nossa vela — não que ela tivesse escolha.

— Pior que vocês dizerem *pisa* em vez de *pizza* é o fato de colocarem abacaxi nela — reclamei após o segundo pedaço.

— Isso é ananás — a dona da casa me corrigiu, e Jeong-ho deu risada.

— O povo no Brasil não faz a mínima ideia de que a pizza portuguesa de lá está longe de se parecer com as que comemos aqui — eu disse.

— E como é? — ela quis saber.

— Uma mistura de ovos cozidos, milho, pimentões, tomate, cebola e ervilhas, entre outras coisas.

— Parece deliciosa — Jeong-ho comentou.

— Ponha um pouco de ananás e ficará perfeita — Esperança completou, e caímos os três na risada.

Terminamos aquela noite com uma leitura, enquanto a mais velha tricotava na poltrona e o Sr. P brincava com um novelo aos pés dela. Meu namorado leu em voz alta algumas páginas de *Cristianismo puro e simples*, do C. S. Lewis, e eu, deitada no sofá com a cabeça no colo dele, fingi entender, porque de simples o livro só tinha o título.

No fim de semana, levei-o para almoçar na casa da minha tia. Apesar da enxaqueca absurda que senti ao voltarmos para casa, sobrevivi à encenação de Patrícia para dona Isabel e aos comentários e perguntas com os quais meu namorado e eu fomos bombardeados por tia Inês. Jeong-ho, como era de se esperar, se saiu muito bem no meio da minha família, e acho que agora eles gostam mais dele que de mim. Nenhuma surpresa.

No fim de semana seguinte, a programação foi assistir filme.

— *Dez coisas que odeio em ti*? — Jeong-ho perguntou com desdém quando selecionei o cartaz na lista do *stream*.

Eu levei a mão à cintura.

— Algum problema?

Ele fez uma careta, e Esperança, que preparava uma massa de biscoitos na mesa da sala, deu risadinhas.

— E o nome é *Dez coisas que* eu *odeio em* você — enfatizei. — Porque vamos assistir a versão brasileira.

— Mas por que não assistimos a algo menos adolescente?

— Adolescente? Esse filme é um clássico que eu assisto pelo menos três vezes ao ano. Agora que você é meu namorado, tem que assistir comigo no mínimo uma vez. — Então me sentei no sofá ao lado dele, apertei o play, e Jeong-ho enfiou o rosto em uma das almofadas do sofá.

Semanas depois, enquanto passeávamos pela Ribeira com as mãos dadas dentro do bolso do casaco dele, Jeong-ho me perguntou:

— Do que mais sentes saudades do Brasil?

— Do verão o ano inteiro — respondi sem pensar duas vezes.

— Mas acabaste de dizer que as folhas amarelas pelo chão são a coisa mais linda.

— E são mesmo — dei de ombros —, mas odeio o frio.

— Pois prepara-te, porque o frio de verdade ainda nem sequer começou.

— Tudo bem, eu tenho a ti para aquecer-me — respondi imitando o sotaque coreano-português dele, e o rosto de Jeong-ho assumiu um tom avermelhado que me fez corar também. — Ah, não me entenda mal, eu me refiro a isso. — Balancei nossas mãos unidas dentro do bolso. — E aos teus abraços — completei depressa e limpei a garganta.

Compadecido do quão envergonhada eu tinha ficado, ele soltou minha mão e me envolveu num abraço que me permitiu esconder o rosto afogueado contra o peito dele.

— Eu também não gosto do frio — ele disse. — Mas as estações nunca mais serão as mesmas, minha Lisa, porque agora tenho a ti. — E beijou o topo da minha cabeça, e a quentura do meu rosto desceu para o coração.

— Você me faz tão feliz — falei baixinho, e os braços de Jeong-ho afrouxaram ao redor do meu corpo. Ergui o rosto para ver o dele. A mandíbula estava trincada. — Algum problema? — perguntei, e ele engoliu em seco, depois fez que não com a cabeça.

— Fico feliz que estejas feliz — disse em um tom um pouco agravado — e prometo sempre tentar fazer-te apenas bem. Mas, por favor, não te esqueças de que posso e vou falhar. Muitas vezes.

Apesar do semblante sério, aquela fala me soou como uma declaração de amor de um homem honesto e honrado, e eu quis dizer que o amava, porque era verdade, mas decidi esperar que Jeong-ho dissesse primeiro. Nem que tivesse de esperar quatro estações inteiras, esperaria.

32
É impossível ser feliz sozinho

Mas eu não esperei coisa nenhuma. Não cheguei a dizer que o amava, mas fiz mais que isso. E foi pior. Com certeza pior.

Era uma noite gelada de novembro. Esperança, *oppa*, Sr. P e eu nos aquecíamos na sala junto à lareira portátil a gás após um delicioso jantar preparado a seis mãos. O jornal português passava na televisão com uma quantidade entediante de notícias sobre esporte, e eu só conseguia pensar que em pouco mais de um mês entraríamos no inverno. Jeong-ho e eu já tínhamos mais de três meses de namoro, e eu ainda esperava por um "eu te amo" ou um "amo-te", bem no estilo português. Quem sabe um "*saranghae*"?* Ai, seria lindo! E eu andava ansiosa por ouvir, em qualquer idioma que fosse.

— Por amor de Deus! Não quero mais saber de futebol — Esperança reclamou ao desligar a tevê. — Joãozinho, pega a tua guitarra e canta para nós?

— Sim, que ótima ideia — concordei batendo palmas. — Vai lá buscar o violão, *oppa*.

Ele foi e voltou do quarto andar em poucos minutos trazendo consigo o instrumento, e passamos a hora seguinte cantando louvores a Deus.

---

*Saranghae é a romanização da expressão coreana 사랑해, que significa "eu te amo".

— Lembrei-me que tenho de telefonar ao Tomás — Esperança avisou ao se levantar da poltrona e foi para o quarto falar com o filho do meio, com o Sr. P em seu encalço.

Assisti à silhueta dela se afastando pelo corredor e acabei pensando alto:

— Até quando vamos fazer isso?

— Fazer o quê?

Eu estremeci, arrependida, e limpei a garganta.

— Atrapalhar a rotina da senhora Esperança — falei com cuidado. — Acho que... ahn... por mais que goste de nos ter por aqui, ela deve sentir falta de mais noites a sós.

— Tens razão — Jeong-ho concordou com os olhos fixos no corredor agora vazio, o violão sustentado nas pernas. — Como eu já vinha aqui tantas noites, não percebi que podemos estar a ser um incômodo, agora que estamos quase sempre cá. Que bom que notaste. Vamos diminuir a frequência — ele avisou, então me deu um beijo na bochecha, e respondi com um sorriso fraco.

O motivo pelo qual fiz tal observação era bem menos altruísta. A verdade era que eu esperava não só por uma declaração de amor explícita, mas também por uma conversa a respeito do nosso futuro. O tempo estava passando. Em pouco mais de seis meses, eu teria 31 anos de idade. Até quando a gente ia namorar no sofá da sala feito dois adolescentes? Eu queria me casar, e casar com Park Jeong-ho. A cada dia que passava sem que tocássemos no assunto, mais ansiosa eu me sentia. Para piorar, Carolina me pressionava dizendo que, como um homem cristão na casa dos trinta, meu namorado já deveria ter falado de casamento havia muito tempo. E, apesar de não admitir e sempre desconversar, eu sabia que ela não estava errada.

— O que queres cantar agora? — ele perguntou.

— Escolhe você — respondi sem muita emoção.

— Está bem. Vamos cantar uma bossa brasileira.

Revirei os olhos.

— "Garota de Ipanema", como todo gringo que se preze — falei com a voz arrastada.

Jeong-ho balançou a cabeça em negação.

— Eu não sou qualquer gringo. Teu namorado ama bossa nova.

"*Teu namorado te ama*" *teria sido bem mais interessante de ouvir*, foi o que eu pensei enquanto ele dedilhava as primeiras notas da canção para então começar a cantar:

Vou te contar
Que os olhos já não podem ver

Com esses versos de "Wave", a voz dele se ergueu sobre mim como uma onda, e eu fui hipnotizada.

Coisas que só o coração pode entender

Conforme ele avançava pela melodia e letra, aquela onda me arrastava feito conchinha na arrebentação. A escolha de palavras de Tom Jobim parecia escrita sob medida para o nosso romance coreano-luso-brasileiro. Primeiro, a cidade. Eu quisera mudar e escolhera o Porto. Segundo, o cais, quando havia decidido morar perto da Ribeira, onde havia conhecido aquele que viria a ser o amor da minha vida. E, por fim, a eternidade, a vida toda à nossa frente.

Então aquela onda me levou da frustração e medo até sentimentos mais reconfortantes e, enfim, atraquei na certeza de que eu não precisava de mais tempo para provar o quanto aquele homem à minha frente era o certo. O amor é *mesmo* fundamental, e o que eu sentia por Park Jeong-ho era o fundamento sobre o qual eu desejava pavimentar o resto dos meus dias, dos *nossos* dias. Eu já não queria nem podia estar sem ele. A vida inteira tinha sido um mar revolto, e eu havia, finalmente, chegado à praia.

Grata por Jeong-ho sempre cantar só de olhos fechados, sequei depressa as lágrimas de emoção quando ele atingiu o último verso.

É impossível ser feliz sozinho

— E eu nem quero tentar — falei, a voz embargada de emoção. Ele abriu os olhos.

— Tentar?

— Ser feliz sozinha. Tom Jobim disse que é impossível. Eu concordo e nem quero tentar. — Ele sorriu de volta para mim, que completei: — Eu finalmente encontrei.

— O quê?

— O meu final feliz.

— Como é?

— É você, Park Jeong-ho. Você é o meu *felizes para sempre*. — Então me inclinei e o abracei.

Mas os braços de Jeong-ho não corresponderam.

— Isso não existe — ele falou com gravidade na voz e se afastou para poder me olhar nos olhos. Colocou o violão de lado e segurou minha mão. — Esse tipo de amor que vendem nas novelas não existe — disse numa voz mais baixa, e eu recolhi devagarinho a minha mão, piscando algumas vezes, incapaz de assimilar que ali, no sofá da sala da Esperança, meus anos de espera acabavam de ser atingidos por um balde de água fria de doer os ossos. — E, se é o que queres — prosseguiu —, sinto muito, mas não vais encontrar em mim.

— O que as minhas novelas têm a ver com isso? — perguntei num tom já bastante rude.

— É que a vida não é uma novela ou um filme, Monalisa.

— Ah, jura? Você acha que eu...

— Acho que *tás* a querer de mim mais do que posso dar-te.

Cruzei os braços diante do peito.

— Posso falar ou vai me interromper de novo?

— Peço desc...

— Depois de meses de namoro — eu o interrompi também —, depois de tantas demonstrações de afeto e momentos felizes que temos compartilhado, você quer vir com esse papinho? Está com medo de alguma coisa?

Ele umedeceu os lábios.

— Eu tenho meus motivos.

— Foi a última namorada que te traumatizou? — lancei sem pensar duas vezes, e Jeong-ho cerrou os dentes. — Por que não falamos mais sobre isso? O que foi que aconteceu, afinal? Como um homem tão carinhoso e romântico como você pode ter ficado uma década sozinho, e agora, mesmo depois de tudo o que temos vivido, ainda ficar todo arredio quando o assunto é felicidade?

— *Tás* a falar do que não sabes — ele respondeu, ofendido.

— Se eu não sei, então me diz! — e aqui o volume da minha voz já beirava o grito.

— A questão é que tenho medo de que tu estejas a idealizar demais — disse ele sem erguer a voz. — Não estamos a viver um drama sul-coreano.

Senti meu rosto esquentar.

— Ah! Você acha que gosto de você só porque é coreano?

— Não foi isso o que eu disse, Monalisa.

— Então não sei aonde quer chegar — cruzei os braços diante do peito.

Ele fechou os olhos e inspirou profundamente antes de dizer:

— Na vida real, não existe roteiro perfeito e os clichês podem ser os mais dolorosos possíveis, em vez de felicidade garantida por todo o sempre.

— Ah, tá! — deixei uma risada desdenhosa escapar pelo nariz. — Então você quer falar da imperfeição da vida? Pois está falando com a pessoa que aprendeu isso desde cedo. Se eu passo meu tempo envolvida em histórias de ficção, não é porque quero negar a realidade. Só preciso pensar um pouco menos em tudo de ruim que já vi e vivi. Fique sabendo que acreditar em finais felizes quase sempre é um esforço para mim, mas continuo tentando — e, então, ofegante, me calei.

Ficamos alguns instantes a nos encarar em silêncio. Era a primeira vez que discutíamos, assim como era a primeira vez que eu dizia aquilo em voz alta. E eu já me sentia um tanto arrependida do meu destempero, para ser honesta — afinal, Jeong-ho não tinha sequer erguido a voz. Tive medo do que ele diria a seguir e pensava em uma maneira de nos tirar daquele buraco. Talvez um pedido de desculpas somado a um "esquece o que eu disse", embora o *como eu disse* é que tenha sido a pior parte.

Eu estava prestes a fazer isso quando meu celular tocou. Tirei-o do bolso da calça. A tela mostrava o nome da minha prima e, por ela quase nunca ligar, ainda mais àquela hora da noite, atendi depressa.

— A avó está no hospital — Ana Carina disse de uma vez. — Venha já.

33
Sem fim

— Tens de ir — João insistiu enquanto guardava o violão dentro do estojo. — Dá-me só cinco minutos para mudar as roupas e levo-te de carro.

Não respondi. Não queria ir. Odeio hospitais e não via utilidade na minha presença lá. Mas como fui a única a pensar assim, fiquei calada.

— Dirija com cuidado — Esperança pediu antes de sairmos. — Vai chover forte.

Ela havia corrido para a sala quando dei a notícia ao Jeong-ho, dissera que tinha escutado sem querer. Acho que estava de ouvidos a postos desde o momento em que eu tinha levantado a voz para o meu namorado.

Poucos minutos mais tarde, Jeong-ho e eu seguíamos pela autoestrada do Minho em direção a Braga. Como dona Esperança havia previsto, a chuva começou a cair, e com toda a força. Para fazer jus, devo dizer que foi uma tempestade com direito a ventos rodopiantes que uivavam contra os vidros do carro. Do lado de dentro, porém, um silêncio total. O motivo era a atenção do condutor cem por cento voltada para a estrada, a fim de nos manter vivos, mas as palavras ditas antes da ligação da Carina pairavam sobre nós. E, apesar das terríveis circunstâncias, eu estava aliviada por termos pausado o assunto.

Chegamos ao Hospital de Braga pouco depois das dez da noite e encontramos o meu tio e a Carina na área de espera.

— Foi uma parada cardiorrespiratória — ela avisou, com a barriga bem redonda, volumosa, e o rosto inchado típico do último trimestre de gestação. — Fizeram exames e *tão* a investigar a causa, mas parece que a avó está estável, pois não a puseram em tratamento intensivo, e sim num quarto. Em alguns minutos, a mãe vai descer para que um de nós suba.

Eu me limitei a um aceno positivo para indicar que havia entendido, embora não soubesse como minha presença pudesse ser de algum valor. Após trocar algumas palavras com o meu tio, Jeong-ho me obrigou a me sentar, colocando-se ao meu lado. Meia hora depois, deixei escapar um bocejo, e ele se virou para mim.

— Repousa tua cabeça aqui no meu ombro e descansa. Chamo-te quando for necessário.

Despertei quase uma hora mais tarde. Tia Inês acabava de voltar do quarto e avisar que a dona Maria Isabel desejava me ver. E eu, sem conseguir pensar nem sentir direito, me coloquei em pé de pronto. Estiquei os braços para expulsar o sono, enquanto titia explicava como chegar à ala B do piso 4, onde ficavam internados os pacientes cardiológicos.

Eu só despertei de verdade ao colocar a mão na maçaneta da porta do quarto, me tornando consciente do que estava prestes a acontecer — ou melhor, de *quem* eu estava prestes a ver. Ficaríamos sozinhas pela primeira vez, e eu não sabia o que esperar. Entrei no quarto frio de paredes em tons de cinza-claro e branco, e encontrei a paciente acordada, com os olhos perdidos no céu noturno através da janela.

— Venha cá — pediu sem olhar para mim. A voz fraquinha, só um sopro. Com um cuidado solene, caminhei da porta até a beirada do leito. — Chega mais perto e senta-te aqui.

Obedeci sentando-me na cadeira posicionada ao lado da cama, virada de frente para ela. Minha avó olhou para mim e me estendeu a mão sem o acesso intravenoso. Engoli o pequeno caroço que havia se formado na garganta e pousei minha mão sobre a dela.

— Lamento muito que tenha sido necessário um momento como esse, mas não posso deixar de aproveitá-lo para pedir que perdoes essa velha teimosa que o tempo encarregou-se de tratar. Sei bem dos meus erros e os reconheço. Sei que o que fiz ao Manuel e à Sara foi o que te manteve longe por todos esses anos, minha filha.

As minhas pernas começaram a tremer. Eu não tinha dito uma palavra sequer desde minha chegada, tampouco sabia o que responder àquela confissão e pedido de perdão, e emudeci por completo ao ouvir o nome da minha mãe. Lembrava-me perfeitamente de ouvir minha avó se recusar a pronunciar o nome da *mulher que arruinou a vida do menino dela*, quando estivera em Portugal anos antes.

Pisquei forte algumas vezes para impedir os olhos marejados de chorar e, então, com a voz embargada, disse o que pareceu mais sensato:

— Não se preocupe com isso. A senhora não deve se esforçar, *mãe* — e acrescentei essa última palavra com algum esforço para a persuadir e tranquilizar.

— Eu sei quem és, Monalisa. — E os dedos dela se fecharam ao redor da minha mão. Encarei aquele rosto marcado e encontrei a sombra de um sorriso. — Monalisa — ela repetiu. — Perdoe essa tua avó.

A minha garganta se fechou por completo, e a lágrima que tentei reter despencou.

— Faz tempo que me arrependi e queria escrever-te — ela continuou —, mas essa maldita doença sempre fazia-me voltar ao passado e esquecer. Mas agora cá estás, à minha frente, e posso enfim pedir que me perdoes.

— Eu... eu...

Ela balançou a cabeça em negação.

— Não precisas dizer nada para já. Só quero que me *oiças*. Há um tempo, enquanto eu lia Atos dos Apóstolos, ouvi a voz do Cristo e, logo depois, como foi com o apóstolo Paulo, meus olhos escamosos foram abertos. O Salvador se revelou a mim, e eu vi o meu pecado. Desde então, sempre que minha mente permite, tenho orado para encontrar-te num dos meus instantes de lucidez... E agora cá estás, então quero que saibas, minha neta, que reconheço a minha culpa, mas já não vivo mais sob o jugo dela, pois fui perdoada. Não posso reparar o mal que causei aos teus pais e a ti, mas, ainda que tu não me perdoes, posso morrer em paz agora que os meus olhos te viram e que a minha boca pôde confessar o meu erro e pedir-te perdão. Tenho agora o meu final feliz. — Então sorriu, e eu engoli em seco.

Minha avó não poderia ter feito uma escolha de palavras mais impactante. *Tenho agora o meu final feliz.* Essa declaração, e tudo que ela significou para mim, ecoará em meu ser por toda a vida.

— Se bem que... — ela prosseguiu. — Não há fim para aqueles que estão em Cristo Jesus, assim como não há condenação. — E sorriu outra vez.

Sem muito pensar, envolvi a mão dela com ambas as minhas. O meu coração, antes agitado, experimentou a paz que excede todo o entendimento, e dos lábios transbordou o que o Espírito Santo vinha trabalhando em mim desde o casamento da Carina:

— Eu te perdoo, vó.

Dona Maria Isabel ergueu a outra mão com esforço e tocou o meu rosto úmido.

— Amo-te, minha doce menina, e louvo a Deus por não ter deixado o sofrimento te roubar a doçura. Mantenha-te sonhadora e gentil, mas nunca te esqueças de que a coisa mais importante da vida é ter Jesus. O restante é bom, mas secundário.

E, diante daquela pérola de sabedoria, eu sorri. A senhora à minha frente, apesar do sangue que compartilhávamos, não me conhecia o suficiente para ser tão precisa em seu conselho. Deus era quem falava comigo por meio dela e, com essa certeza, eu disse amém.

34
Princesinha da Ribeira

Permaneci em Braga pelo resto da semana. Tia Inês, Carina e eu nos revezamos para cuidar da avó no hospital e, como ela não teve mais nenhum momento de lucidez, passei todo aquele tempo interpretando meu papel de Patrícia, enquanto titia tentava convencer a verdadeira Patrícia a sair da França para se reconciliar com a mãe.

Por fim, a filha caçula da dona Maria Isabel disse:

— Esta senhora está morta para mim desde o dia em que matou o meu irmão, e eu não tenho assunto com mortos. — Isso levou a tia Inês a se fechar em um silêncio inédito.

Então, em uma quinta-feira chuvosa do outono de 2023, a última folha da árvore da vida da minha avó se desprendeu do galho e caiu ao chão. E eu queria ter chorado, mas não consegui. Limitei-me a consolar os outros e a agradecer a Deus pela chance que nos dera antes de a recolher.

— O que queres fazer agora? — Jeong-ho me perguntou assim que a cerimônia de enterro acabou. Ele e Esperança ficaram ao meu lado do início ao fim. — Trouxemos mais roupas tuas, se quiseres permanecer com a tua família um pouco mais.

— Obrigada — respondi, depois virei-me para nossa amada vizinha, cujos braços estavam ao meu redor. — Vou para casa com vocês, mas antes preciso fazer uma ligação.

Pedi licença, saí do cemitério, atravessei a rua e tirei o celular do bolso do sobretudo preto. Na tela se lia *"17 chamadas perdidas de Carolinda*". É claro que a minha melhor amiga estava a par dos últimos acontecimentos, mas, ainda assim, havia ligado sem parar na última hora. E isso fez uma pontada atingir a minha fronte. Cliquei sobre a notificação para retornar a chamada, que durou não mais que cinco minutos. Ao desligar, voltei para dentro, me despedi da família e voltei com Jeong-ho e Esperança para o Princesinha da Ribeira. Nenhum de nós disse uma palavra sequer durante todo o caminho, e notei uma troca de olhares esquisita entre os dois quando nos despedimos à porta dela, mas segui em silêncio até o terceiro andar.

— Descansa — disse o meu namorado ao me deixar à entrada do apê 33. — E, quando estiveres melhor disposta, chama-me. Há algo que precisamos conversar. — Então beijou o topo da minha cabeça, e eu entrei em casa.

Banho e cama eram tudo que eu precisava e, com a ajuda de um calmante, despertei quase quinze horas depois. A persiana de ferro tinha sido mal fechada, e pude ver que ainda estava escuro do lado de fora. O relógio digital na mesinha de cabeceira marcava 7h20. Os dias agora eram mais curtos que as noites, e essa, para mim, era uma das piores partes da estação. Rolei na cama até clarear e me levantei após uma breve oração. Passei um café forte e o tomei com as últimas torradas do último pacote do armário.

Peguei o celular para anotar uma pequena lista de compras, mas meus polegares ficaram erguidos imóveis diante da tela quando me lembrei que não seria necessário reabastecer a despensa. Encerrei o aplicativo e encarei o fundo de tela por um tempo longo demais. A foto estava ali havia algumas semanas, uma selfie na ribeira feita por Jeong-ho enquanto eu o beijava na bochecha, bem em cima de uma das covinhas. Ele sorria de olhos fechados, com a ponte D. Luís I em segundo plano. Até quando poderia mantê-la ali?

"Há algo que precisamos conversar", havia sido a última coisa que ele me dissera, e eu estava certa de que tinha a ver com a discussão inacabada sobre finais felizes. Parecia tão boba agora. *Eu* me sentia boba, na verdade, depois de tudo o que havia acontecido desde então e, especialmente, após a conversa com a minha avó. Tinha remoído as palavras dela durante todos aqueles dias. Com elas em mente, decidi não adiar o que precisava ser feito, e Jeong-ho bateu à minha porta pouco depois da mensagem que lhe enviei.

— Aonde você quer ir? — perguntei assim que nos cumprimentamos com um abraço de bom dia um tanto robótico. — Só preciso pegar o meu casaco.

— Se não te importares, prefiro que fiquemos aqui. Vamos apenas conversar.

Assenti e liberei a porta para ele passar. Jeong-ho tirou os sapatos, colocou-os no móvel que havia me dado de presente e se sentou na sala.

— Comeste? Dormiste bem? Descansaste? — disparou quando me sentei ao lado dele no sofá.

— Estou muito bem, obrigada. Agora, por favor, vá direto ao ponto, porque eu sou curiosa.

Jeong-ho me lançou um sorriso torto, encheu os pulmões e disse a última coisa que eu esperava ouvir:

— Preciso pedir perdão pelo que eu disse naquela noite, especialmente por *como* eu disse. Fui muito rude.

— Eu é que preciso — respondi. — Afinal, fui eu quem levantou a voz. Me desculpe.

Ele pegou em minha mão e entrelaçou nossos dedos.

— Só estavas a responder ao meu comentário e a me questionar quanto ao passado, o que tinhas e tens todo direito de fazer.

— Mas você não se abre comigo — falei baixando os olhos.

Jeong-ho ergueu meu queixo com a mão livre da minha, obrigando-me a encará-lo.

— Peço desculpas por isso, Lisa. Sei que foi errado da minha parte, mas não é tão simples para mim falar do passado.

— Tudo bem — respondi e mordi a parte interna da bochecha.

— Vou contar-te tudo — ele garantiu —, mas, antes, preciso esclarecer que penso *mesmo* que um relacionamento entre homem e mulher é bem mais do que contam as histórias de romances clichês.

— Sei disso — admiti em um suspiro, e ele acariciou meu cabelo.

— Eu sei que sabes que é uma construção e, antes de tudo, uma decisão, por isso fui um tolo ao dizer aquelas coisas.

— Não, não foi — movi a cabeça em negação. — Acho que... eu precisava ser lembrada, sabe?

Jeong-ho assentiu com um sorriso triste.

— Apesar do que eu disse — ele prosseguiu —, acredito, sim, que é possível ser feliz ao lado de alguém por toda a vida. *Hoje* eu acredito, mas por muito tempo duvidei, e a tua fala naquele dia despertou as memórias dolorosas que me fizeram duvidar por tantos anos.

— Você tá falando da Ana Lúcia, não está?

Surpresos, os olhos dele fitaram os meus.

— Como sabes? A senhora Esperança contou?

— Não, eu apenas liguei os pontos. É o que nós, noveleiras, fazemos: nós desvendamos os segredos dos personagens com as partes soltas que os roteiristas nos dão — falei com seriedade, e ele deixou escapar pelo nariz uma risada fraca, então apertei a mão dele para reconfortá-lo. — Ficou tão óbvio depois de um tempo, Jeong-ho... De que outra forma você e a dona Esperança teriam se tornado tão íntimos se você não tivesse sido ou quase sido da família? E, embora ela seja tão apegada aos filhos, não há fotos deles pela sala de estar, só no quarto, com certeza para que você não tenha que ver o rosto da Ana sempre que vai lá.

Ele baixou os olhos para nossas mãos unidas.

— Sinto muito por sua perda — falei baixinho. — E, se não se importar em falar sobre isso, eu gostaria muito de ouvir toda a história agora.

Jeong-ho balançou a cabeça de forma positiva e me encarou.

— Então vamos a isto... — Inspirou profundamente e começou a contar: — Conheci a Ana quando morava nos Estados Unidos. Ela fez um semestre de intercâmbio na minha universidade, e nos aproximamos ao longo dos encontros semanais de alunos que se reuniam para orar e compartilhar a Palavra. Tornamo-nos bons amigos, e eu me apaixonei, mas não tive coragem de confessar. Ela voltou para Portugal no fim do semestre, e mantivemos contacto pela internet, então comecei a estudar português. Dois anos depois, quando terminei meu serviço militar obrigatório, vim ao Porto e declarei-me. Conheci a senhora Esperança e pedi a Ana em casamento.

— Casamento? — Meus olhos se abriram um pouco mais do que deveriam, e ele fez que sim. — E os seus pais?

— Eles me apoiaram.

— Jura?

— Por que o espanto?

Franzi o nariz. Seria idiota demais dizer que eu havia pensado que os pais dele se oporiam ao relacionamento do herdeiro com uma mulher pobre e não coreana, mas era o que eu havia pensado. Como se pudesse ler minha mente, Jeong-ho se adiantou:

— Antes de sermos uma família rica, somos uma família que teme ao Senhor.

Essa resposta aqueceu meu coração, fazendo-me sorrir.

— E como foi que você fez o pedido? — Jeong-ho coçou a nuca. — Pode me contar, eu não tenho ciúmes.

Ele sondou meu rosto, e reforcei minha fala. Eu não sentia *mesmo* ciúmes de alguém que, infelizmente, sequer estava entre nós. Meu namorado tinha um passado, como todo mundo, e eu só queria conhecê-lo.

— Certo. — Anuiu. — Eu cantei "Wouldn't It Be Nice", dos Beach Boys, para ela — ele confessou, fechando os olhos numa careta que me fez rir.

— Disse o homem que não gosta de clichês! Também quero que você cante pra mim um dia. — E roí a unha do indicador como uma menina travessa.

— Eu já cantei diversas vezes.

— Não uma música romântica! Mas nem venha me pedir em casamento assim, você vai ter que pensar num pedido diferente. — Então prendi os lábios. — N-não que eu esteja p-pensando nisso nem nada...

— Tu és uma peça rara, Monalisa — ele disse com um tom de riso na voz e tocou a ponta do meu nariz com o indicador.

— Anda, me conta! — Empurrei a mão dele devagar. — Você a pediu em casamento. E depois?

Jeong-ho voltou a ficar sério. Uma ruga surgiu entre as sobrancelhas.

— Levei Ana e Esperança para conhecerem o meu país e... — Ele fez uma pausa. O pomo de Adão subiu e desceu no pescoço. — Foi lá que o acidente aconteceu.

Prendi a respiração e senti o coração acelerar. Eu sabia que ele estava contando algo muito íntimo e doloroso. Os músculos da face estavam retesados, as bochechas rubras e os olhos úmidos.

— E como foi?

Jeong-ho piscou os olhos como se a minha pergunta o tivesse puxado de volta da lembrança.

— A senhora Esperança não contou? — ele perguntou, e eu fiz que não com a cabeça. O olhar dele vacilou. — Foi um passeio de helicóptero e... — Engoliu em seco outra vez. — O piloto era eu.

— Meu Deus! — cobri a boca com as mãos. — Sinto muito.

Ele assentiu, os lábios unidos em uma linha rígida e a mandíbula cerrada.

— Tivemos uma pane — falou sem olhar para mim. — Eu não consegui realizar o pouso de emergência com segurança, e Ana não resistiu.

Segurei a mão dele com as minhas duas sentindo um nó na garganta.

— Meu Deus, Jeong-ho... Deve ser difícil falar sobre isso.

Ele levantou os olhos e correspondeu à carícia dos meus dedos.

— Tudo bem, tinha chegado a hora de conversarmos a respeito disso. Podes perguntar o que quiseres.

— Você e a dona Esperança... Como... — Fiz uma pausa, procurando a palavra. — Como sobreviveram?

— Ah, ela não estava no passeio, graças a Deus, e recebeu a notícia pelos meus pais. Eu ainda me sinto péssimo quando lembro.

— Posso imaginar!

— Acho que não podes. Foi horrível. — Ele fechou os olhos bem apertado por segundos. — "Graças a Deus, não explodiu", Ana ficou a repetir sem parar. "Estamos vivos! Deus é bom!", ela dizia. Quando viu que eu estava a tentar soltar-me das ferragens para ajudá-la a desprender-se, mandou que eu não me preocupasse. "Estou bem", ela garantiu enquanto sangrava, e essas foram suas últimas palavras.

Entreabri os lábios, encarando-o em silêncio. O queixo de Jeong-ho estremeceu enquanto uma lágrima escorreu pelo rosto dele. Rapidamente, ele a limpou com a manga da camisa. Baixei os olhos para sussurrar:

— Foi por isso que você se irritou comigo no casamento da minha prima, quando eu menti dizendo que estava bem?

Em um suspiro cansado, ele confirmou que sim.

— Sinto muito — pedi, e ele balançou a cabeça em sinal positivo.

Naquele momento, vendo o sofrimento dele, eu quis muito abraçá-lo, mas apenas controlei a respiração e pedi que continuasse.

— Quando me dei conta de que Ana já não respondia, fiz um esforço brutal para tentar desprender-me das ferragens e ir até ela, mas acabei por desmaiar. Custou mais de vinte e quatro horas para as equipes de busca nos encontrarem em meio à mata na ilha em que pousei.

— Parece um filme de terror. — Percebi tarde demais que essas palavras escaparam audíveis, mas ele não pareceu se importar. Apenas concordou em silêncio. — Você se lembra do resgate?

Ele fez que não.

— Despertei quatro dias depois, após algumas cirurgias.

Ele apontou para um ponto no joelho e outro no antebraço. As cicatrizes. Sem me conter, passei a ponta dos dedos sobre o relevo na parte interna do braço dele.

— E você voltou a pilotar?

— Nunca mais tive coragem. — Suspirou. — Nem mesmo para apenas voar de helicóptero, e eu amava.

— Sinto muito mesmo.

Ele apertou os lábios, parecia decidido a contar a história completa.

— O pior foi que eu não pude sequer participar do funeral, porque permaneci internado por mais de um mês, mas a primeira coisa que fiz quando recebi alta foi vir a Portugal. — E começou a traçar pequenos círculos em meu pulso com o indicador.

— E os seus pais? — perguntei mantendo meus olhos no movimento dos dedos dele.

— Antes de viajar, eu disse a eles que não poderia assumir o lugar do meu pai no comando das empresas, o que já não queria há algum tempo, e, depois de tudo aquilo, a ideia tinha se tornado inconcebível.

— Como eles reagiram?

— Melhor do que eu esperava, até, mas credito o *facto* ao acidente. O meu estado físico e mental os amoleceu.

Anuí e imitei o movimento de Jeong-ho, circulando o pulso dele de leve com a ponta do meu dedo e sentindo a diferença entre a pele lisa e a parte repuxada pela cicatriz.

— Nem consigo imaginar como você ficou — falei baixinho.

— Perdido — ele confessou em mais um suspiro. — Eu só sabia o que não queria fazer, não via sentido em passar horas a trabalhar num escritório. E, embora amasse meu país, ficar na Coreia depois do que tinha acontecido lá seria doloroso demais. Então vim até aqui para pedir perdão à senhora Esperança.

— Você sabe que não foi sua culpa.

— Foi difícil pensar assim no momento. Eu não a culparia por me culpar.

Não tive resposta para isso. Tentei imaginar quão doloroso devia ter sido para a nossa querida amiga. Não consegui sequer conceber o sentimento. Mesmo tendo sido um acidente, era Jeong-ho quem pilotava o voo em que a filha dela havia falecido e, a despeito disso, Esperança conseguira não só perdoá-lo, mas também amá-lo.

"Há pessoas difíceis de amar e outras que não conseguimos deixar de amar nem com toda a força do mundo. Joãozinho é parte desse segundo grupo", as palavras dela voltaram à minha mente, provando que Esperança era mesmo uma mulher de muita fé no Senhor. O pensamento me fez sorrir, e meu namorado questionou o porquê.

— Estou feliz que você tenha encontrado o perdão — respondi, e ele sorriu também.

— Mais que isso, eu encontrei um rumo.

— Às vezes, a chance de recomeçar está a quilômetros de distância, e precisamos de muita coragem para ir atrás dela — repeti a fala dele para a Carol, e Jeong-ho sorriu surpreso. — Amigas falam tudo — avisei.

— Pois... — assentiu. — E o resto já sabes.

— Princesinha da Ribeira — constatei, findando o contato das nossas mãos ao erguer as minhas na direção das paredes que nos cercavam. — Foi uma homenagem?

Jeong-ho confirmou com a cabeça.

— Princesinha era como a família a chamava, e Ribeira é porque...

— Foi onde a pediu em casamento.

— Como sabes?

— Expert em histórias de amor — apontei para o meu próprio rosto, erguendo o queixo, e ele riu.

Tomou uma mecha do meu cabelo e, enrolando-a entre os dedos, disse:

— Vivi os últimos dez anos sem sequer imaginar que seria capaz de me relacionar de novo. Durante esse tempo, encontrei no Senhor a minha fonte de satisfação, sem sonhar com qualquer outro tipo de felicidade. E então chegaste. — Ele pegou outra vez em minha mão, levou-a até os lábios e beijou o dorso. — Peço desculpas por não ter contado tudo desde o início, foram muitos anos a blindar o coração, mas agora ele está completamente aberto para ti. Ainda assim, apesar de a forma como falei naquela noite não me orgulhar, reafirmo que não posso nem quero ser o teu final feliz, pois o nosso final é o mesmo que o começo e o meio: Cristo. Assim como também é ele a fonte da verdadeira felicidade.

— Você tem razão — respondi. — Tenho pensado nisso desde aquele dia. Me arrependo de como falei com você e peço que me desculpe também, mas aquilo serviu para abrir meus olhos em relação ao meu próprio coração. Preciso reorganizar as minhas prioridades.

— Podemos fazer isso juntos. — Ele abriu os braços, e eu me aproximei, me deixando ser envolvida.

— Quero muito, mas... — Junto ao peito dele, contive as palavras. Jeong-ho ficou em silêncio, à espera de uma explicação, então eu finalmente concluí: — Teremos que fazer isso à distância. Tenho que voltar ao Brasil.

Ele inspirou rente ao meu cabelo.

— Problemas no trabalho? — perguntou, e eu fiz que sim, depois me afastei a fim de encará-lo nos olhos.

— Um cliente está nos processando injustamente, e eu tenho que comparecer perante a justiça. Espero que seja breve, mas não sei quanto tempo vai levar.

— Quando vais?

— Amanhã — falei baixinho, triste por ter de deixá-lo tão cedo.

Na tarde seguinte, meu namorado me envolveu em um longo abraço a poucos metros das catracas do embarque internacional do Aeroporto Francisco Sá Carneiro. Engoli o choro e enfiei sorrateiramente no bolso do casaco dele o lenço dos namorados, que tinha bordado em segredo com a ajuda de Esperança. Jeong-ho percebeu o meu movimento e puxou o lenço para fora. Abriu e leu. Quando eu havia começado o bordado, imaginava entregá-lo em uma ocasião muito mais alegre, mas a mensagem veio bem a calhar:

O meu curação e o teu
Sempre juntos onde andar
Não á nada neste mundo
Que nos possa separar.

Ele fitou os meus olhos e, com a mandíbula cerrada, secou minhas lágrimas, depois extinguiu a distância entre nós e beijou o topo da minha cabeça. Agarrei-me ao casaco dele com mais força, determinada a levar comigo ao menos um resquício do seu perfume cítrico.

— Lamento ter de ficar longe de ti, Lisa — a voz dele soou abafada por causa do rosto pressionado contra a minha cabeça —, mas, para quem esperou dez anos até encontrar-te, alguns meses não podem ser tão ruins.

Engolindo o choro, dei um passo para trás e alisei uma mecha do cabelo dele.

— Vamos nos reencontrar logo — falei com um sorriso, embora não fizesse a menor ideia do que aconteceria dali em diante. Só Deus sabia quando estaríamos juntos de novo.

Devagarinho, virei-me em direção à área de embarque e comecei a caminhar. Queria olhar para ele outra vez, mas teria de fazer outro esforço terrível para seguir em frente depois, por isso apenas dei um passo após outro até uma das máquinas para escanear minha passagem e entrar. Tirei o bilhete do bolso e o ergui até o leitor. Então, dois braços fortes me envolveram por trás.

— Coma bem e durma bem — Jeong-ho sussurrou ao meu ouvido, apertando um pouco mais os braços ao meu redor, e meu coração se contraiu com a saudade antecipada, mas também com a alegria de finalmente amar alguém por quem valia a pena sofrer.

35
No devido lugar

Carol me aguardava na área de desembarque internacional do Galeão segurando uma desnecessária faixa de boas-vindas em caixa alta, com direito a glitter, e se agarrou ao meu pescoço assim que a alcancei.

— Desse jeito, parece até que voltei por um bom motivo — falei enquanto me desvencilhava dos cabelos dela, que se afastou para ver o meu rosto.

— Chatinha como sempre!

— Também senti saudades — confessei, e ela voltou a me abraçar me apertando um pouco mais.

Andamos até o carro e, ao abrir a porta do carona, achei sobre o assento um embrulho para viagem do meu restaurante favorito. Procurei o olhar dela por cima do teto do carro e encontrei um sorriso orgulhoso.

— De nada — ela disse.

Entrei depressa e abri o pacote com salada *caesar*, franguinho grelhado e um suco de açaí, que devorei pelo caminho de casa. Chegando lá, meu apartamento parecia maior e cheirava a produto de limpeza.

— De nada, de novo.

— Você mesma limpou? — perguntei arqueando uma sobrancelha.

— Não. — Ela foi até a cozinha. — Mas eu que chamei a Cidinha pra dar uma geral, então fico com os méritos. — Abriu a geladeira. — E fiz as compras. De nada, mais uma vez.

— Sabia que é feio se vangloriar?

Ela deu de ombros enquanto fechava a geladeira e voltou para onde eu estava.

— O que você faria sem mim, hein? — Passou o braço sobre os meus ombros, e eu cedi com uma risada.

Embora eu precisasse descansar das quase treze horas de viagem, contando com a conexão no gigante e desesperador aeroporto de Madri, Carol e eu passamos o resto da tarde conferindo maior riqueza de detalhes ao papo, porque atualizado ele sempre esteve. No meio da conversa, meu celular notificou a chegada de uma mensagem.

Jeong-ho Lindo🖤: *Chegaste bem? Já comeste? Por favor, coma bem e mantém-te saudável, minha Lisa.*

— É do João, né?
— Como você sabe?

Carol estalou a língua nos dentes.

— Quem mais te deixaria com esse sorrisinho bobo na cara?

Eu prendi os lábios e arremessei a almofada com a foto do Bogumzinho contra o rosto dela.

O dia seguinte foi marcado pelo meu retorno à Era Uma Vez e cansativas reuniões, inclusive com os advogados que nos defenderiam no tal processo. Um grande perfil de fofocas havia publicado, em primeira mão, imagens não autorizadas dos bastidores da campanha de lançamento da nova linha de maquiagens veganas desse cliente em questão, que estava nos acusando do vazamento de tal conteúdo. Segundo os advogados, o processo poderia levar alguns meses, e era prudente que eu não me ausentasse do país durante esse tempo, como eu já esperava.

Voltei para casa me sentindo mais cansada do que nunca, como alguém que começa a malhar após uma vida inteira de sedentarismo. Todos os meus músculos doíam, mas não a ponto de me impedirem de atender uma chamada do meu namorado.

— O que disse? — perguntei em certo ponto com um bocejo.

— Perguntei qual estratégia de defesa os advogados apresentaram — ele repetiu, encarando-me através da câmera do celular.

— Ah... isso. É... uma que pareceu bem boa — respondi devagar, e ele riu.

— *Tás* cansada?

Cansada era pouco. Eu estava um caco àquela hora da noite. E, embora fosse muito mais tarde no Porto, Jeong-ho parecia bem melhor que eu, com o cabelo impecavelmente lavado, enquanto o meu estava oleoso e amarrado no alto da cabeça em um coque feito às pressas. Eu estava sentada em minha cama, morrendo de vontade de estar deitada nela e no vigésimo sono. Mas a saudade era maior que o cansaço, por isso respondi:

— Não estou tão cansada assim.

Jeong-ho balançou a cabeça em negação.

— Vá dormir e amanhã falamos, Lisa. Quem sabe pela manhã não seja o melhor horário para essas ligações? — sugeriu sentado no sofá de casa. — Posso fazer minha pausa de almoço um pouco mais cedo e ligo-te antes que saias para o trabalho, assim não sou obrigado a ver-te neste pijama horroroso de vaca.

— Rá-rá. Horroroso é esse seu pijama xadrez. Parece um velho de oitenta anos.

— Um velho muito bem aquecido — retrucou. — Aqui está frio, e preciso de pijamas de mangas compridas. Já tu, eu não entendo por que estás a usar isso aí.

— Eu gosto de frio só para dormir, então coloco o ar-condicionado bem gelado, visto meu pijaminha e durmo enrolada no cobertor.

Ele riu, balançando a cabeça em negação.

— Então puxe o cobertor e vá dormir.

— Sim, eu vou livrar você dessa visão terrível que sou eu de pijama de vaquinha — falei com uma careta.

— Ficas linda até vestida de trapos. — Então me lançou uma piscadela e desligou.

Jeong-ho ligou de novo logo pela manhã, enquanto eu ainda tomava o café. Ele usava as roupas de trabalho e estava sentado à mesa com uma tigela de sopa e um livro.

— Lendo enquanto almoça? — questionei depois das habituais perguntas do início de toda chamada.

— *Nós* vamos ler.

— Vamos? Ler o quê?

Ele ergueu o volume de capa preta e o balançou de leve no ar diante da câmera. Era a Bíblia.

— Pensei em fazermos o devocional juntos pela manhã. O que achas?

— Perfeito — respondi e fui buscar a minha Bíblia no quarto.

Lemos o primeiro capítulo do Evangelho de Mateus, meditamos e oramos juntos. Foi tão simples, mas tão gostoso, que eu passei o resto do dia esperando a manhã seguinte para fazermos de novo. E fizemos. Então, um dia após o outro, chegamos ao Evangelho de Marcos.

Numa manhã de domingo, eu me sentei no sofá da sala para fazer sozinha o meu devocional. Tinha sido assim nos últimos domingos, já que Jeong-ho estava na igreja àquela hora, e eu só iria à noite. Abri meu caderninho e anotei a data: 18 de dezembro. O Natal estava chegando, e eu não via a hora de voltar para

Portugal para matar a saudade que sentia do meu namorado, de Esperança, meus tios, Carina e até do Sr. P. Mas ainda não tinha previsão de quando o processo acabaria, então eu nem sequer podia sonhar com isso, o que me deixou muito triste. Tentei esquecer e começar meu devocional, mas, enquanto cantava um louvor com a ajuda do Spotify na tevê, peguei-me pensando em tudo, menos no Senhor. Pausei a música e gastei um tempo em silêncio. Senti-me um tanto envergonhada por não dedicar a Jesus a plenitude daquele momento a sós.

As palavras da minha avó voltaram à minha mente: "Nunca te esqueças de que a coisa mais importante da vida é ter Jesus. O restante é bom, mas secundário". É bem verdade que elas tinham causado certo impacto no meu coração desde o início, mas, na prática, eu ainda tinha um longo caminho a percorrer. Com os devocionais da manhã, Jeong-ho e eu estávamos em busca de colocar Jesus em primeiro lugar no nosso relacionamento, que, embora à distância, estava mais forte que nunca. Mas, antes de tudo, Jesus tinha que ser o primeiro na individualidade de quem eu era.

— Me perdoa, Senhor — foi como comecei aquela oração. — É um pouquinho difícil admitir, mas acho que passei um tempo longo demais sem te colocar no topo da minha lista de prioridades. O luto, o Rodrigo, a idealização do casamento como sendo o fim dos meus problemas, a agência, a profunda admiração pelo amor romântico e agora Park Jeong-ho. Reconheço que todas essas coisas já estiveram em primeiro lugar para mim, mas não podem estar. Não quero que estejam. E sei que até para te colocar de volta no teu lugar de honra eu preciso de ti. Sem o Senhor, não posso fazer nada, então, por favor, me ajuda. Me ajuda a realinhar as prioridades e viver uma vida que te agrada.

E foi assim, sem nada muito sobrenatural, que eu me comprometi a colocar Jesus acima de tudo, inclusive do romance que, sem eu perceber, tinha sido um deus adorado por tempo demais.

Naquela semana, pedi ao meu namorado que nossas chamadas passassem para a minha hora de almoço e o meio de expediente dele, pois eu queria ter meu tempo a sós com o Senhor pela manhã. Isso foi ainda melhor para nós, mesmo eu tendo que almoçar todos os dias mais cedo sozinha, no escritório. Carolina não gostou muito da ideia no começo, mas amou quando instituí uma pausa obrigatória de trinta minutos para o café no fim de todas as tardes.

Cogitei ir ao Porto para as festas de fim de ano, mas a despesa de ida e volta nessa época seria alta demais, e a agência sofria com alguns contratos desfeitos por causa do burburinho que havia se criado no mercado, graças à falsa acusação feita pela marca de maquiagens. Então, celebrei o Natal com a família da Carol, como de costume, bem como o Ano-Novo.

— Feliz Ano Novo! — desejei ao meu namorado assim que ele me atendeu. Em Portugal já passava da meia-noite, e eu estava no Uber, a caminho da minha igreja para o culto da virada.

— Obrigado. Daqui a três horas, ligo-te de volta para desejar a ti também.

— Tão engraçadinho — debochei, e ele riu. — O que vai fazer agora?

— Vou jantar com a senhora Esperança e outros irmãos da igreja. E tu, já jantaste?

— Só mais tarde, na casa da Carol. E os seus pais, como estão?

— Bem. Falei com a família na hora do almoço.

— Nós e os fusos.

— Pois... Não aguento mais isso. Quero ver-te logo! — Jeong-ho reclamou com uma careta, e eu paralisei diante do celular, sentada no banco traseiro do carro. Embora sempre declarássemos a saudade que sentíamos, era a primeira vez que ele expressava verdadeira impaciência pela demora do meu regresso.

— Também estou com saudades — respondi, por fim, e ele sorriu. — Que nesse novo ano a gente passe mais tempo juntos que distantes.

— Se Deus quiser.

— Você foi um grande presente que recebi em 2023, *oppa*, e sou muito grata a Deus pelo dia em que você e aquela Vespa amarela mandaram tudo pelos ares.

— A culpa foi tua — ele retrucou com um meio-sorriso. — E teríamo-nos encontrado a despeito disso, pois já estavas com reserva feita no Princesinha.

— É verdade — dei de ombros. — Mas gosto de pensar que ganhamos uma história a mais para contar.

As covinhas de Jeong-ho apareceram em resposta. Como eu sentia saudade de beijá-las!

— Amo essas covinhas — falei sem muito pensar, e foi a vez dele de paralisar.

Ainda não tínhamos conjugado o verbo amar, e eu quis, com todo o meu ser, quebrar a regra que eu mesma tinha inventado para mim e ser a primeira a declarar o amor com todas as letras. Lembrei-me de quando havíamos dançado no casamento da Carina. Jeong-ho dissera que havia aprendido português para dizer algo importante a uma pessoa na língua materna dela. Agora eu sabia que era para dizer a Ana Lúcia que a amava. A língua importava. Assim, reunindo toda a minha coragem, e com a ajuda da baixa luminosidade do interior do veículo em movimento, eu disse a ele:

— Jeong-ho, *saranghae*.

36
Chamadas perdidas

— Feliz Ano Novo, chefinha! — Sofia, a estagiária, me recebeu no primeiro dia útil do ano à porta do escritório com um sorriso largo e um *caramel macchiato* grande em um copo para viagem.

Devolvi as felicitações sem muito ânimo e aceitei o café, deixando o ar escapar pelo nariz ao ver o logotipo da Cafélizes Para Sempre.

Carol nos seguiu até minha mesa.

— E o meu? — reclamou com Sofia, que a ignorou por completo.

— Já sabem da novidade? — a jovem perguntou quando me sentei à frente do computador. Estava ofegante, e os cachinhos na cabeça balançavam com o corpo, que não continha a empolgação. Puxou do bolso do blazer preto um envelope timbrado e o entregou para mim. Era da marca de maquiagem vegana. Enquanto eu rasgava a lateral para abrir a carta, ela despejou: — Estão retirando o processo. Descobriram que o vazamento foi interno, nossos advogados ligaram agorinha há pouco para contar, mas a carta já estava aqui quando cheguei! Não é o máximo?

— É isso mesmo? — Carolina correu para trás de mim e baixou a cabeça junto ao meu ombro para ler também.

Era um pedido de desculpas bastante polido e um aviso de que se retratariam publicamente para a reparação de danos, além de reestabelecerem o contrato conosco.

— E eles ainda vão ter que nos pagar uma indenização — Sofia completou.

— Mas nem precisam voltar! — disse Carol com raiva para a carta em minhas mãos, como se fosse o rosto do CEO da empresa em questão. — Não queremos clientes cri-cris como vocês. Ai, graças a Deus! — Ela me abraçou por trás. — Graças a Deus, isso acabou!

Sofia correu até a copa e voltou de lá com uma bandeja com mais copos de café iguais ao meu.

— Pessoal, vamos brindar! — E chamou os demais membros da equipe, obrigando-me a ficar de pé e pedir que todos se aproximassem da minha mesa. Assim que o fizeram, dei a notícia, e comemoramos com um brinde cafeinado.

— Por que você não parece feliz com a notícia? — Carolina perguntou entre dentes, inclinando-se ao pé do meu ouvido. — Nada ainda?

Fiz que não com a cabeça atrás do copo, e ela, aproveitando a conversa empolgada dos outros, puxou-me pelo braço até o corredor.

— Você deveria ligar pra ele e perguntar o que houve — sugeriu, e minha única resposta foi torcer o nariz. — Claro que sim, Monalisa. E se aconteceu alguma coisa?

— Aconteceu, sim. — Cruzei os braços. — Eu disse ao meu namorado que o amava, e ele agradeceu. Agradeceu! Depois disse que precisava desligar e não me ligou de volta. E hoje já é dia dois de janeiro. Dia dois, Carolina!

— Certeza que tem alguma explicação. Tem que ter. Porque, se não tiver, eu mato aquele gerente sabichão!

— A explicação só pode ser que ele não me ama. — E bufei, tentando esconder o quanto o coração estava magoado.

— Depois de todas aquelas demonstrações? Impossível. O cara te ama, amiga. — Carol alisou meu cabelo, guardando uma mecha atrás da minha orelha. — Talvez ele só não consiga dizer com todas as letras por causa da falecida ex e não tenha ligado de volta porque aconteceu alguma coisa.

— Você acha? — funguei.

Ela fez que sim com a cabeça.

— Toma — e me entregou o meu celular. — Liga pra ele.

— Quando foi que você tirou isso da minha bolsa?

Carol abriu um sorriso convencido.

— Só liga logo — ela insistiu, e obedeci. Mas, após algumas chamadas, apareceu na tela: *FaceTime indisponível.* — Tenta de novo, amiga.

E tentei, porém a chamada caiu outra vez.

— Ele deve te retornar em breve — Carol garantiu com um sorriso condescendente que quase arranquei da cara dela.

— Vamos só trabalhar, Carolina — encerrei o papo, erguendo o queixo, e entrei de volta no escritório a passos duros.

O dia passou devagar. Trabalhei o expediente inteirinho com uma concentração miserável, voltando à tela do celular repetidas vezes para constatar que tudo permanecia igual: nenhum sinal de Jeong-ho. O único ponto positivo foi que saí para almoçar com as meninas, já que não aconteceu o devocional por FaceTime na hora do almoço.

Com o passar das horas, a vergonha misturada à raiva foram diluídas em preocupação. E se algo muito ruim tivesse acontecido? Foi depois desse pensamento que comecei a ligar para ele feito doida. Uma chamada atrás da outra, sem retorno. Então liguei para Esperança e, como ela também não me atendeu, fiquei desesperada. Até abri o site para compra de passagens e procurei uma para o dia seguinte. A indenização que a agência receberia em breve se encarregaria de repor o gasto exorbitante com uma passagem comprada às pressas, já que eu não tinha milhas suficientes por ter usado a maioria no retorno às pressas ao Brasil.

Eu escolhia o meu assento na aeronave, quando meu iPhone vibrou sobre a mesa. Baixei o olhar para ver o que era e quase derrubei o celular no chão, tamanha a pressa com que atendi a chamada.

— Jeong-ho? Você está bem? O que aconteceu? Onde você está? — perguntei em um fôlego só e, como ele não respondeu de imediato, fiquei de pé no meu lugar. — Alô? Jeong-ho? Está me ouvindo?

— Monalisa?

— Oi! Está me ouvindo? — Mas, de novo, ele demorou para responder, por isso comecei a andar pelo escritório de um lado para o outro. — Alô! Jeong-ho?

— Monalisa?

— Alô? Consegue me ouvir?

E a chamada foi encerrada.

Liguei de volta no mesmo instante, ignorando os olhares curiosos dos meus funcionários. Chamou até cair outra vez, e eu quis chorar.

— Se ele ligou, é porque está vivo, amiga — disse Carol, que havia se colocado ao meu lado desde o primeiro "Jeong-ho" que ouviu. Ela alisava minhas costas em uma irritante tentativa de consolo, então ergui os olhos impacientes para o rosto dela, que fechou a boca. Quando voltei a olhar para a tela em minha mão, a chamada tinha sido atendida. Levei o celular de volta à orelha com tanta urgência, que mais pareceu um tapa. — Jeong-ho?

— Monalisa, *tás* a me ouvir agora?

— Sim, estou — respondi num fiapo de voz.

— Então pegue o elevador.

37
A hora mais bonita

Atravessei o corredor depressa com o celular grudado na orelha.

— Você está aqui? — perguntei sem acreditar, apertando o botão do elevador diversas vezes.

É loucura pensar que ele cruzaria o oceano para me ver, não é?

— Já estás no elevador? — Jeong-ho quis saber.

A porta se abriu diante de mim, e eu entrei.

— Agora estou — respondi.

— Certo. Vá até o terraço. Quero que tu... — E a chamada caiu com a falta de sinal. Tentei retornar, sem sucesso.

— Vamos. Vamos. Vamos — falei em vão para a tela que mostrava o avanço do elevador pelos andares acima.

Assim que ele parou e se abriu, atravessei o pequeno hall da cobertura, abri a porta para a área externa e fui recebida pelo calor escaldante do Rio 40 — ou melhor, 50 — Graus. Não havia mais nada ali além do heliponto vazio, e tudo que se podia ouvir eram os barulhos da cidade lá embaixo, um tanto abafados pela altura do prédio, o maior entre os que o cercavam.

O celular voltou a vibrar em minha mão, e atendi depressa.

— Você não está aqui — falei ofegante.

— O céu está aberto, não está? Consegues ver o sol daí? — foi o que Jeong-ho me disse em retorno. Sim, eu conseguia. Estava baixo no céu de um azul perfeito. Mas eu não respondi e, mesmo assim, ele prosseguiu: — Tiveste dias exaustivos, então quero que pares por alguns instantes. Fiques aí e aprecies o pôr do sol. — E desligou. Simples assim.

Fiquei olhando para a tela do celular em minha mão por um tempo longo demais e, por fim, gritei para o Jeong-ho da foto de fundo:

— Você quer me enlouquecer?

Então ele acha que pode sumir por dois dias e me mandar assistir ao pôr do sol?

Levantei o olhar. Dali eu podia ver as praias e o Pão de Açúcar. Do outro lado, mais água até onde a vista alcançava, o Corcovado e o Sol, que logo, logo beijaria o mar. A paisagem, com toda certeza, era uma das mais arrebatadoras do mundo, mas eu não estava nem aí para ela. *Será que ele está vindo? Não pode ser!*

Liguei outra vez para o motivo do meu desespero enquanto corria de volta para dentro do pequeno hall. O visor ao lado do botão do elevador indicava que ele já havia voltado para o térreo. O outro estava fora de serviço. Apertei o botão repetidas vezes para ver se acelerava o processo e, enquanto isso, a chamada caiu sem ser atendida. Liguei de novo. Uma, duas, três vezes. Nada. Nem do meu namorado, nem do elevador, que ficou parado um tempão no décimo andar. *Ele não está vindo, Monalisa. Deixa de ser boba!*

O bendito elevador retornou ao quinto andar, então desisti dele e voltei para a parte de fora. Minha cabeça não parava de fervilhar com um monte de pensamentos, por isso abri a conversa com o Jeong-ho e comecei a digitar uma mensagem malcriada. No meio do textão, um vento forte veio balançar meus cabelos e logo se intensificou ao ponto de fazer algumas mechas rodopiarem para cima. Um som imponente atingiu meus ouvidos, ficando cada vez mais alto, mas eu não tirei os olhos ou os dedos frenéticos da tela. Até que alguém tocou meu braço e me puxou de volta para perto da porta de acesso à área interna.

Virei-me para ver quem era. O homem uniformizado como segurança tinha no rosto um olhar acusador e me perguntou se eu queria morrer.

— Como é? — questionei confusa.

— Não está vendo que o helicóptero quer pousar? — Ele apontou na direção do veículo que pairava pouco acima de nós.

Estremeci de susto, finalmente consciente da razão para aquele vento e som, baixando a mão com o celular, que pendeu sem vida junto ao meu corpo. Deveria ter descido de volta para o escritório, mas paralisei diante da cena e assisti ao helicóptero tocar o prédio. Logo um homem de roupas claras e cabelos escuros saltou da parte de trás. Carregava um buquê de flores cor-de-rosa e veio em minha direção. Estreitei os olhos para enxergar melhor contra a luz do sol poente e o vi. Era ele. Park Jeong-ho caminhava até mim sob o céu de verão carioca.

O celular escorregou da minha mão para o chão, e meus joelhos cederam. Cambaleei, mas fiz um esforço para não cair. Com a garganta seca e o coração batendo forte contra o peito, obriguei as pernas trêmulas a correrem para encontrá-lo no meio do caminho. O blazer do meu terninho cinza voava para trás feito uma capa, os cabelos ondulando acima da minha cabeça. A distância de alguns metros pareceu feita de muitos quilômetros até eu finalmente alcançar meu namorado e pular no pescoço dele.

— Você está aqui? — gritei por causa da barulheira das hélices. Dei um pequeno passo atrás para olhá-lo melhor. — Meu Deus, Jeong-ho! Você está aqui!

Ainda sem acreditar, puxei-o pelo colarinho, ficando na ponta dos pés, e afundei meu rosto na curva do pescoço, onde aspirei o perfume cítrico reconfortante que me havia feito tanta falta nos últimos meses. Minha garganta apertou de tanta emoção. Eu queria chorar, mas contive as lágrimas enquanto Jeong-ho me envolvia bem apertado com a mão livre das flores. Mas ainda não parecia real. *Meu Deus, ele está aqui? Ele veio de helicóptero até aqui?*

— Eu estou aqui — a voz dele chegou serena aos meus ouvidos em um volume mais baixo, pois o movimento das hélices havia diminuído bastante, e o barulho já não era tão intenso.

De repente, fui arrancada daquele momento de torpor como quem desperta de um transe. Jeong-ho estava ali, calmo demais, enquanto eu quase havia tido um treco imaginando os piores motivos possíveis para o sumiço dele. Com o cenho franzido, afastei-me para olhá-lo nos olhos outra vez e fiz a primeira coisa que me veio à mente: acertei o braço dele com um tapa.

— Ficou maluco? — levei as mãos à cintura. — Como pôde me assustar assim? Primeiro pensei que não me amasse, depois achei que tinha sofrido um acidente e até morrido! Aí você me aparece aqui desse jeito?

— Como sabes que eu te amo? — ele perguntou com um sorriso enviesado.

— Rá! Ama tanto que veio de helicóptero! — E tomei o buquê de rosas da mão dele com um puxão.

Jeong-ho segurou o meu pulso e me levou para junto de si outra vez. Minha respiração acelerada se tornou ofegante quando ele passou ambos os braços em torno da minha cintura, esmagando as flores entre nós.

— Quando disseste que me amavas, eu congelei — ele confessou, o hálito mentolado atingindo meu rosto. — Não por medo ou dúvida, e sim porque eu precisava declarar-me também, mas não queria fazer isto sem olhar nos teus olhos. Não depois de ter esperado tanto tempo. Por isso, cruzei o oceano e enfrentei um voo de helicóptero do aeroporto até aqui para não perder a chance de dizer, sob esta luz dourada, as palavras que ardem no meu peito.

Ele fez uma pausa para olhar na direção do sol poente, e eu acompanhei o olhar dele. O céu estava pintado de rosa, laranja, lilás e tons variados de azul. Uma cena digna de final de filme. Então, Jeong-ho encheu os pulmões de ar e se virou para mim outra vez, colando a testa na minha. Fechei os olhos e me forcei a inspirar devagar para acalmar o coração.

— Tu és os quinze minutos para o pôr do sol — a voz dele chegou mansamente aos meus ouvidos —, és a hora mais bonita de todos os meus dias.

Apesar da forma branda com que havia dito essas palavras, a declaração me atingiu como uma torrente impetuosa, e eu tive de entreabrir os lábios para puxar o ar, que havia se tornado rarefeito. Abri os olhos devagar e observei Jeong-ho por entre os meus cílios úmidos. Enquanto meu peito arfava, ele parecia um lago em dia sem ventos. Esbanjando essa calmaria, afastou-se o suficiente para olhar em meus olhos outra vez e disse:

— Não és o sol ou a luz que emana dele, mas és um presente que ele me dá. E sabes o que mais? — Segurou a minha mão livre das flores. — Desde o momento em que o teu navio atracou no porto do meu coração, o céu até pode estar cinzento, mas a hora dourada continua a brilhar como se nuvens não existissem. E é por isso que escolho amar-te, Monalisa. — Ele sorriu, e eu involuntariamente fiz igual. — Amar-te em todas as línguas que sei, e posso passar o resto da vida a aprender outras tantas, sem jamais conseguir expressar o tamanho desse amor ou mesmo agradecer o suficiente ao Verdadeiro Sol por ter-me dado tão grande presente.

Dito isso, *tudo isso*, Jeong-ho tomou o buquê da minha outra mão e secou as lágrimas que rolavam pelo meu rosto com dois beijos suaves. Depois, colocou-se de joelhos e deitou as flores no chão com cuidado, fazendo o meu coração acelerado quase explodir de vez. Quando ele levou a mão ao bolso da calça, notei um ligeiro tremor em seus dedos. *Você é humano, afinal*, pensei enquanto ele puxava para fora uma caixinha de veludo preta, que abriu e virou para mim, revelando o anel com a pedra maior e mais brilhante que já tinha visto.

— Amo-te, Monalisa, e quero casar-me contigo. Se também me quiseres, diga que sim e venha pintar para sempre o meu céu com todas as cores mais lindas que há.

Como eu perdi a fala, só o que fiz foi erguer a mão trêmula e, com a outra, cobrir a boca. Assim, Jeong-ho pôs o anel em meu dedo, fazendo de mim a sua noiva. Por fim, ele expirou com força, confirmando que também tinha ficado nervoso, então o sorriso se tornou tão largo, que as covinhas pareceram mais fundas que nunca.

— Eu ainda não disse sim — brinquei, mesmo com o coração aos pulos, pois não pude evitar.

Jeong-ho estreitou os olhos para mim, pôs-se de pé e respondeu:

— Dizem que quem cala consente. — E me envolveu de novo em seus braços, selando nosso futuro com um beijo em meus lábios.

38
Família

— Meu Deus, o casamento nem começou e o meu sovaco já tá suando!

— Axila, Carolina — eu a corrigi entre os dentes enquanto a maquiadora pincelava o meu rosto. — Axila!

— Elas nem falam português — Carol retrucou no mesmo tom com um sorrisinho forçado para as três sul-coreanas sentadas no sofá à nossa frente, e as mulheres mais importantes da vida de Park Jeong-ho sorriram em retorno.

— Por favor, não se mexa — pediu a cabeleireira ao trançar algumas mechas do cabelo da Carol.

— *Tás* a ficar mais *gira* que nunca, minha menina — disse a tia Inês para mim. Ela e Carina já estavam prontas e aguardavam sentadas na cama king da suíte presidencial do hotel com vista para o rio Douro. — E essa senhora? — titia sinalizou com a cabeça na direção da minha futura sogra de um jeito nada sutil. — A que horas vai tirar esse roupão e pôr o vestido de festa? Ai, menina! — ela reclamou voltando-se para a filha. Ana Carina acabava de acertar as costelas dela com uma cotovelada. Carolina, ao meu lado, segurou o riso, enquanto eu respirava fundo para não ter um treco.

A mãe do meu noivo, sentada entre as filhas, vestia um *hanbok* acetinado em tons de verde e azul e lançou um olhar furtivo para a tia Inês.

— É uma vestimenta tradicional da Coreia, mãe — Carina explicou baixinho, embalando o pequeno Martim em seus braços.

As três mulheres Park compreenderam o nome português do país delas, por isso olharam na direção das duas portuguesas e, para o meu alívio, sorriram mais uma vez.

Ao contrário das noivas coreanas, eu não ficaria em uma sala separada para ser cumprimentada pelos convidados antes da cerimônia, mantendo a tradição ocidental do suspense. A família de Jeong-ho não se opusera a isso, e a mãe com as duas irmãs dele se mostravam favoráveis àquela pequena bagunça feminina pré--casamento. Desde o momento em que chegaram ao quarto, respondiam cordialmente a tudo que lhes era perguntado ou dito em inglês, mantendo nos rostos sorrisos simpáticos como os que acabavam de direcionar a minha tia e prima.

Nesse momento, Min-a, a irmã mais nova, elogiou o meu vestido pendurado junto à janela, um modelo de saia sereia com decote canoa, todo de renda.

— *Gomawo* — agradeci informalmente, como Jeong-ho havia garantido que eu poderia fazer com suas irmãs, mas por dentro estava morrendo de medo de falar besteira.

Eu tinha me dedicado a aprender a língua coreana desde o início do noivado, mas ainda não sabia o suficiente para podermos abrir mão do inglês ao nos comunicarmos, o que era um tanto complicado, pois uma parte do grupo sempre acabava sobrando. Mas vê-la se importar em participar da conversa me fez sentir muito querida.

— Sim — concordou Yoon-a, a irmã mais velha. — Senhorita Machado, estás muito bonita.

— Obrigada, mas, como eu disse antes, podem me chamar de Lisa. Afinal, seremos família agora, não é mesmo?

Yoon-a inclinou a cabeça em sinal positivo, e Min-a se aproximou, agachando-se à minha frente, o vestido de seda azul-bebê arrastando no chão. Tanto a irmã dela como Carina e Carolina vestiam modelos iguais. Minhas quatro damas de honra — mais uma tradição ocidental que eu quisera manter.

— Eu sempre imaginei esse dia — a jovem sussurrou para mim em inglês. — Sempre sonhei com o dia em que *oppa* se casaria e... — Ela olhou de soslaio na direção da poltrona junto à janela com vista para o rio. Ali, Esperança, alheia a todo o resto, fazia anotações em uma folha de papel sobre a Bíblia aberta. Min-a voltou a atenção para mim e completou ainda baixinho: — Depois de tudo o que aconteceu no passado, é bom vê-lo feliz de novo. Acredito que ele não poderia ter feito uma escolha melhor e tenho certeza de que vocês serão muito abençoados.

O sorriso sincero com que ela declarou tais palavras foi o arremate perfeito, atingindo meu coração no mais profundo.

— Amém, Min-a. — Segurei a mão dela e funguei o nariz.

— Por favor, não chore — pediu a maquiadora, e eu respirei fundo para conter as lágrimas de emoção.

— Estou muito feliz em ter vocês aqui — acrescentei.

— Nós também — ela anuiu. — E, depois, quando estiver pronta e tiver feito as fotos com todas aqui, gostaríamos de ter um momento a sós com você. Sim?

Eu assenti.

Quase uma hora mais tarde, quando minhas convidadas de honra, eu, a maquiagem e o penteado estávamos devidamente prontos e as fotos, feitas, pedi às três portuguesas e à minha brasileirinha favorita que se retirassem por alguns instantes. A senhora Nam-jin se aproximou assim que as outras saíram, e as filhas dela fizeram o mesmo. Eu prendi a respiração. Era a primeira vez que ficávamos sozinhas.

— Obrigada por nos dar esse momento — disse a mais velha. — Ontem, meu filho, meu marido e eu lhe entregamos o *hahm*,*

---

*O *hahm* é uma caixa repleta de presentes dados pelo noivo e sua família para a futura noiva. Pode conter joias, roupas, dinheiro e outros itens que valorizem a noiva. Antes de receber a caixa de presentes, a família da noiva deve "presentear" aqueles que vieram trazer os presentes, levando a uma divertida negociação entre as famílias.

mas hoje eu quero dar a você um presente ainda mais especial; um que recebi da minha sogra no dia do meu casamento e que tem passado de geração em geração pelas mulheres da família Park.

Assenti com um sorriso tenso. *O que de mais precioso eu poderia ganhar depois da caixa com joias e uma bolsa Hermès?* Eu não tinha nada que se comparasse a esses presentes para retribuir.

Ela ergueu a mão para a filha mais velha. Yoon-a tirou da bolsa-carteira um saquinho de seda roxa e o entregou à mãe.

— Este presente é um lembrete — disse a minha sogra — para que você nunca se esqueça de onde vem a força da mulher sábia descrita pelo rei Salomão. — E me entregou o pequeno embrulho.

Eu o tomei das mãos dela com um cuidado reverente, desfiz o laço da cordinha de fio dourado e deslizei o conteúdo para a palma da minha mão. Minúsculas bolinhas de um tom de amarelo-claro rolaram para fora.

— Grãos de mostarda — avisou a senhora Nam-jin. Então, para minha surpresa, ela se aproximou e tocou o meu rosto com carinho, depois pousou a mão sobre a minha e as sementes, olhando em meus olhos com ternura. — A fé em Jesus é o mais eficiente instrumento que temos para edificar o lar. E o meu desejo é que, em uma vida de fé e devoção, você e o meu filho construam esta nova família sobre o firme fundamento da Palavra de Deus.

Dito isso, ela elevou a mão até o topo da minha cabeça com suavidade, para não estragar o penteado.

— Eu te abençoo e te recebo em nossa família, Monalisa. Seja forte, corajosa e fértil. Para a glória de Deus.

As mais novas disseram amém, e eu fiz o mesmo.

— Agora posso abraçar você? — Ela abriu os braços e um sorriso amplo, revelando as covinhas que o filho havia herdado.

Fechei a mão com firmeza para que os grãos de mostarda não caíssem e fiz que sim com a cabeça, permitindo-me ser envolvida pelos braços que um dia embalaram o bebê que se tornara o homem que amarei por toda a minha vida. No mesmo instante, minhas cunhadas se juntaram a nós num abraço coletivo, e o meu coração experimentou uma alegria singular. Aquele era o primeiro dia do resto de uma vida toda nova que se erguia sobre mim. Dali a três dias seria meu aniversário, e a data se tornaria ainda mais especial. Seria comemorada dentro dessa nova realidade de esposa, e eu me sentia infinitamente grata por isso: mais feliz pelos meus 31 anos do que havia sido aos 21.

No silêncio do meu interior, louvei ao Senhor por dar uma segunda família à Monalisa que um dia havia sido órfã e aproveitei que a maquiadora não estava mais ali para fechar os olhos e deixar uma lágrima rolar.

39
Final feliz

Minutos mais tarde, minha sogra e a tia Inês — representando a minha mãe — caminharam lado a lado pelo caminho delimitado por flores que se estendia da porta até o altar improvisado à beira da enorme cobertura do hotel. De lá, era possível ver o rio e os edifícios coloridos à outra margem, com a icônica ponte não muito distante. Ao som de um quinteto de cordas, cada uma carregava consigo uma vela acesa, que usaram para acender juntas uma única vela posicionada ao centro do altar, marcando o início da cerimônia à luz do sol.

Jeong-ho entrou sozinho e, pouco depois, ao som de "Lifesong" em instrumental, eu vivi o momento mais lindo da minha vida. Assim como a protagonista de *Vestida para casar*, minha parte favorita dos casamentos é a expressão no rosto do noivo ao ver sua amada caminhar até ele. E ali estava o *meu* noivo. Lindo, amoroso, *meu*. Os olhos escuros de Jeong-ho ganharam um brilho de lágrimas ao me ver, e aquelas covinhas que eu tanto amo apareceram para deixar tudo ainda mais lindo. Minhas quatro damas de honra iam à minha frente em dois pares. Yoon-a e Min-a primeiro, seguidas por Carol e Ana Carina. Segurando pequenos buquês de lavanda como o que eu tinha nas mãos, abriram o caminho até o meu *para sempre*.

— Mais linda que o pôr do sol — Jeong-ho balbuciou para mim à distância, e eu corei.

Apesar das pernas bambas, consegui concluir o percurso até o altar cheio de flores brancas, feito com uma mesa de madeira rústica construída pelas mãos do meu noivo. Quando me juntei a ele, Jeong-ho se inclinou de leve e disse ao meu ouvido que era um homem de muita sorte.

— Espero que você ainda pense assim daqui a dez anos — respondi baixinho, a voz a oscilar com os tremores do meu queixo.

— Dez anos são muito pouco quando se tem a vida toda pela frente — ele retrucou.

— Posso começar ou vão ficar a tagarelar por muito mais tempo? — sussurrou a celebrante.

Meu noivo e eu nos viramos para a frente e encontramos Esperança a nos encarar com um sorriso divertido no rosto, o que nos fez rir.

— Peço desculpas — ele disse. — Por favor, pode começar.

Um homem de meia-idade se pôs ao lado da nossa vizinha e amiga para traduzir a cerimônia para a língua coreana, então a voz da Esperança se ergueu sobre os poucos parentes e amigos reunidos ali.

Alguns membros da minha família vieram de Braga, e vários dos Park voaram da Coreia até o aeroporto do Porto. Tinha alguns poucos conhecidos da igreja portuguesa também, e até meus queridos funcionários vieram do Brasil. Não passavam de cem pessoas, mas era mais que o suficiente, pois ali estavam todos que nos queriam bem.

— Salmos cento e treze, versículo três, diz: "do nascente ao poente, seja louvado o nome do Senhor" — declarou Esperança com as alianças em mãos. — E sob essa belíssima luz — ela apontou para o pôr do sol atrás de si —, nos reunimos aqui para, antes de tudo, louvar ao Pai celestial nesta cerimônia de casamento, que é a mais bonita que já vi. E olhem que eu já fui a muitas! Mas esta aqui é especial por muitos motivos. — E sorriu para nós, os olhos marejados. — Isso é porque, para aqueles que aguardam a segunda vinda do nosso Senhor Jesus, casamentos remetem ao grande dia em que Cristo e sua igreja se unirão nas bodas do Cordeiro. Será um dia em que povos de todas as raças, línguas e nações serão como um só. E o casamento de vocês, Monalisa e Jeong-ho, é um belo retrato do que está por vir. É a prova de que o amor é o elo perfeito, capaz de sobrepor qualquer diferença. E eu rogo ao Pai que o Amor, com A maiúsculo, reine soberano sobre esta união, e que vocês vivam para o louvar, todos os dias, do nascente ao poente, até que ele venha.

Dito isso, Esperança consagrou a Deus nossas alianças em oração, então Jeong-ho e eu dissemos sim diante de todos os presentes.

— Assim, eu vos declaro marido e mulher — ela disse e, lançando uma piscadela para o seu Joãozinho, completou: — Pode beijar a noiva.

Ergui os olhos para os do meu marido. O sol estava prestes a se pôr, e aquela luz dourada, que havia iluminado nossos melhores momentos até ali, banhava o rosto dele. Sorri. Não um sorriso qualquer, mas de um tipo novo, confortável, como de quem sabe que está exatamente onde deveria estar. Jeong-ho sorriu de volta e levou as mãos às minhas costas, então puxou-me para si e selou nossos lábios no primeiro beijo oficial dos novos Sr. e Sra. Park, encerrando a primeira e transcultural parte da nossa cerimônia de casamento.

Em seguida, deixamos os convidados no salão de banquete, e minhas cunhadas me levaram ao andar de baixo. Em uma pequena antessala, ajudaram-me a tirar o vestido branco e vestir um típico *hanbok* vermelho, com suas muitas camadas e todos os ornamentos de cabeça e lenços usados pelas noivas coreanas. Depois, elas me conduziram de volta até Jeong-ho, que trajava as vestes azuis de noivo. Parecia um verdadeiro príncipe da dinastia

Joseon,* muito mais bonito que todos os atores que eu já tinha visto em dramas de época. Juntos, entramos numa sala privada e meticulosamente preparada pela família Park, onde vivi a experiência mais maravilhosa e diferente da minha vida.

Meus sogros nos aguardavam sentados em almofadas atrás de uma mesa baixa, sobre a qual havia alguns itens, como dois patinhos de madeira, tâmaras, castanhas e vinho. Jeong-ho e eu fizemos uma reverência profunda em que começamos de pé e terminamos ajoelhados, com a testa pressionando as mãos contra o chão. Havia assistido a inúmeros vídeos no YouTube para não falhar em nenhum dos passos da cerimônia *Pyebaek*,** mas tremi feito vara verde enquanto servimos vinho ao casal mais velho, que compartilhou conosco algumas pérolas de sabedoria dos quase quarenta anos de união. Eu confesso que, de tão nervosa, não consegui assimilar tudo, mas algo que o meu sogro disse vai ficar para sempre gravado em meu coração:

— O casamento é uma viagem sem volta em que um deve carregar a bagagem do outro.

Olhei para o meu amado marido e agradeci a Deus em silêncio por, de todas as bagagens pesadas do mundo, ter-me dado a alegria de carregar a dele. Por fim, os pais de Jeong-ho jogaram as tâmaras e castanhas para pegarmos com um lençol preso à minha saia, simbolizando os filhos que teremos. Por último, meu marido teve de me carregar nas costas ao redor da sala para mostrar a força dele diante da família, como se fazia no ritual antigo.

— Se me deixar cair, vai ter que assistir a uma novela inteirinha comigo — brinquei ao pé do ouvido dele.

*A dinastia Joseon foi a última e mais longa da história da Coreia.
**Pyebaek é a romanização da expressão coreana 폐백. É uma cerimônia e tradição íntima de unificação coreana historicamente realizada após a cerimônia de casamento principal para simbolizar a entrada da noiva na casa de seu marido.

— *Aish...* — resmungou baixinho e me segurou com mais força.

Trocamos de roupa mais uma vez e voltamos ao salão, onde os convidados se deliciavam com pastéis de queijo, bolinhos de bacalhau, *galbi-jjim* e outras maravilhas das culinárias brasileira, portuguesa e coreana escolhidas a dedo. Sentamo-nos à mesa especial reservada para nós comermos e, em certo momento, meu marido deu três toques rápidos na taça com a faca, criando um som agudo que reverberou pelo salão e capturou a atenção de todos.

— Eu gostaria que brindássemos à minha esposa. — Ele ficou de pé ao meu lado. — Mas, antes disso, preciso dizer umas breves palavras. — Olhou para mim e me estendeu a mão, que a segurei. — Há alguns meses, apaixonei-me por essa amante de finais felizes — disse, virando-se para os convidados. — Para quem não sabe, essa mulher é louca por novelas e filmes românticos clichês. — E fez uma careta que arrancou risadas dos ouvintes e, de mim, um riso meio nervoso. — Conhecemo-nos da maneira mais inusitada, quando ficou parada no meio da rua, e eu, sem querer, mandei a mala dela pelos ares com a minha Vespa. Mas a verdade é que foi a Monalisa quem me atropelou. Com seu jeito de ser, mandou pelos ares os meus medos e estacionou de vez no meu coração. — Então ele voltou a atenção toda para mim. — Tu me fizeste querer de novo um *para sempre*. Talvez nem sempre inteiramente feliz, porque a vida é feita de altos e baixos, mas sempre ao teu lado, até mesmo depois que o sol se pôr. — E curvou-se e beijou a minha mão. Depois, ele endireitou a postura e ergueu a taça acima da cabeça, então todos bebemos. Eu engoli o choro emocionado, é claro.

Nossa primeira dança foi ao som de "All My Love", do Park Bo-gum, na versão coreana, escolhida pelo Jeong-ho e uma grata surpresa para mim. Meu marido fez questão de cantar junto enquanto dançávamos olhando em meus olhos.

어둔 세상 속 그대의 빛이 될 테니
아무런 걱정하지 말고 그렇게 웃어줬으면 해
I give all my love to you
[Eu serei sua luz em um mundo escuro
Espero que você sorria assim sem se preocupar com nada
Eu dou todo o meu amor a você]

Não fui capaz de conter a emoção, que transbordou pelos meus olhos. Meu marido esticou a mão, que agora carregava o símbolo dourado do nosso enlace, e secou a lágrima em meu rosto.

— *Oppa, saranghaeyo* — declarei ao pé do ouvido dele sob o olhar dos convidados que nos assistiam.

— Por favor, me chame de *marido* — ele pediu, e eu assenti. Depois confessou com um sorriso: — Eu sempre achei muito bonito. E como queres ser chamada?

Eu não precisava pensar muito, sonhava em ser chamada assim desde a primeira vez que ouvi em um k-drama.

— *Yeo-bo** — respondi baixinho por medo de pronunciar errado a expressão coreana para *querida*.

Jeong-ho se afastou para ver o meu rosto enquanto nossos corpos se moviam no ritmo da canção. Os olhos escuros pareceram faiscar ao fitarem os meus.

— *Yeo-bo*, prometo que esse não é o nosso final feliz. — E uma das covinhas surgiu para arrematar um tipo de sorriso torto e provocante inédito no rosto dele, que fez o meu esquentar. Então ele se inclinou de novo e sussurrou ao meu ouvido: — É apenas o primeiro capítulo do nosso *era uma vez*.

---

* *Yeo-bo* é a romanização da palavra coreana 여보, que significa querida ou querido.

40
O verdadeiro final feliz

Seul. Um ano (e dois dias) depois.
Véspera do meu trigésimo segundo aniversário.

— *Yeo-bo*, tiraste a aliança?

Baixei os olhos arregalados até minha mão esquerda e constatei que a joia de ouro não estava no dedo anelar.

— Ah... — Mordi o lábio inferior. — Tirei para tomar banho e esqueci de colocar de volta.

Acabávamos de nos sentar no gramado do Parque Yeouido Hangang para comer lámen com vista para o rio Han sob o céu de verão salpicado de estrelas. Outros casais e grupos estavam espalhados por todo lado onde a vista alcançava, e já não havia espaço nas mesas de madeira dispostas junto à loja de conveniência onde havíamos comprado e preparado a refeição. Os fios com lâmpadas redondas pendurados acima dessas mesas ajudavam a compor o cenário noturno dos sonhos enquanto uma brisa leve passava por nós. Mas, nos meus sonhos, meu marido não fazia cara feia, e eu não me sentia tão nauseada.

— Me desculpa, não vai acontecer de novo — falei baixinho.

— É melhor mesmo. — Ele estreitou os olhos, sentado de frente para mim com as pernas dobradas no tapete alugado que havia forrado sobre o gramado. — Coma o teu lámen antes que esfrie.

Assim, concentrei-me no macarrão mergulhado em caldo fumegante, repreendendo a mim mesma em pensamento. *Pelo menos não esqueci essa bendita aliança no jantar chique de duas noites atrás.*

— Pelo menos não esqueceste de usá-la em nosso jantar de aniversário de casamento — ele disse com tom de riso na voz, como se fosse capaz de ler os meus pensamentos.

Ergui a cabeça.

— Está rindo de mim, marido?

— E se eu estiver?

Pousei a tigela sobre o tapete no gramado e cruzei os braços frente ao peito.

— Vou fazer você me levar para ver a torre Namsan depois do jantar. De novo.

Jeong-ho fechou os olhos e respirou fundo.

— Não cansas?

A expressão de desânimo no rosto dele me desarmou. Já tínhamos subido até lá uma noite antes e também no ano anterior, em nossa lua de mel, quando pusemos nas grades dos arredores da torre um cadeado com nossos nomes.

— Vamos só comer e caminhar um pouco depois, pode ser? — falei, por fim, e ele assentiu, então tentei relaxar e aproveitar a refeição, deixando em suspenso por um pouco mais de tempo o assunto que vinha guardando desde o início da noite.

Finalizadas as tigelas, fomos caminhar pelo parque às margens do rio, e ele percebeu meu estado de espírito ainda afetado.

— Estás mesmo triste por teres esquecido a aliança?

Franzi os lábios num bico e balancei a cabeça de forma positiva, embora aquele não fosse o verdadeiro motivo da minha inquietação.

— Não precisas, eu estava só a brincar — ele avisou e entrelaçou nossos dedos. — Vou segurar a tua mão como se fosse uma aliança.

— Citando *Alquimia das almas*? — encarei-o com as sobrancelhas erguidas. Jeong-ho deu de ombros, e eu deixei escapar uma risada. — Meu Deus, eu me casei com um noveleiro!

Ele me lançou um sorriso torto e cruzou o indicador sob o polegar à altura dos olhos, em sinal de coração, e eu me senti menos tensa depois disso. Se tinha uma coisa que o primeiro ano de casados já havia me ensinado era que a vida a dois é feita de pagar a língua. E ver meu marido pagar a dele com os dramas tinha um sabor muito doce ao meu paladar.

Após alguns minutos de caminhada, voltamos para onde o carro estava estacionado, e Jeong-ho nos conduziu até Gangnam, o bairro conhecido por elegância e luxo. Assim que entramos em uma das lojas, ele disse na língua materna à funcionária que nos recebeu:

— Por favor, traga os melhores vestidos.

A mulher, de terninho e coque, fez uma breve reverência e se retirou.

— Vestidos? — perguntei assim que ficamos a sós.

— Sim — ele respondeu.

— Não estou precisando de vestidos.

— Mas amanhã é teu aniversário e quero dar-te um presente. — Então colocou a mão nas minhas costas, empurrando-me na direção do provador.

Entrei na cabine e logo a vendedora me entregou o primeiro modelo, um corte reto em tom cinzento. Sentado em uma poltrona no canto da loja, Jeong-ho me mandou caminhar até ele no instante em que apareci por trás da cortina do provador e logo torceu o nariz para a peça.

— Por que está me fazendo desfilar para você? — perguntei baixinho, o rosto corado.

— Porque eu sei que gostas dos dramas de CEO e eles sempre fazem isso, não fazem?

A vermelhidão no meu rosto aumentou ao ponto de fazê-lo esquentar, e Jeong-ho ergueu o queixo, forçando um ar de herdeiro metido.

— Anda lá. Vista o próximo — mandou e, tentando não transparecer a empolgação crescente, obedeci.

Ao primeiro modelo, se seguiram outros três vestidos para os quais ele também disse não e dois outros que o fizeram erguer o polegar em sinal positivo.

— Agora, por favor, traga aquele que reservei — pediu à vendedora, que voltou a se retirar.

— Você reservou um vestido? — perguntei.

Com um sorriso convencido, meu marido apenas fez sinal para que eu voltasse à cabine outra vez. Vesti o modelo previamente reservado e me olhei no espelho. O tubinho longo de seda azul-índigo, com decote reto e alças finas, não se parecia em nada com o que eu ou qualquer outra mulher na Coreia do Sul costumava usar em pleno ano de 2024, numa vibe meio baile de formatura dos anos 2000. Mas parecia ter sido feito sob medida para o meu corpo, ao menos por enquanto.

Saí da cabine e desfilei para o meu espectador exigente, que se colocou de pé e, com um sorriso orgulhoso, enfiou as mãos nos bolsos enquanto me observava como se eu fosse sua obra-prima. A calça de alfaiataria que ele vestia era de um tom de azul bem fechado, quase preto. Jeong-ho, que costumava usar tons claros fora do trabalho, estava de calça e blazer escuros e camisa branca com as duas primeiras casas desabotoadas. Diferente, mas lindo como sempre. Curiosamente, estávamos combinando.

— Vamos levar este e aqueles outros dois — ele apontou para os vestidos antes aprovados, e a vendedora se retirou para os embalar. Eu me virei na direção do provador para tirar o vestido, mas meu marido me impediu, segurando-me pelo braço. — Fique com ele. *Tás* linda!

Aceitei a sugestão com um sorriso, então ele me pegou pela mão e me fez girar até lhe dar as costas, ficando entre o corpo dele e o grande espelho que havia no salão da loja. Buscou no bolso do blazer um estojo fino e comprido de veludo preto e tirou de lá uma gargantilha de pérolas que me fez cobrir a boca com ambas as mãos. Ele abriu o fecho, passou a joia por sobre a minha cabeça, pousou-a na base do meu pescoço e fechou-a com cuidado, os dedos roçando de leve em minha nuca.

— Mais um presente adiantado — disse olhando em meus olhos através do espelho.

— Eu amei. — E virei-me de frente. — Obrigada.

— Ainda mais linda agora — ele disse.

Para completar o agradecimento, chequei a loja ao redor a fim de me certificar de que estávamos mesmo sozinhos, então lhe dei um selinho rápido, depois ri da expressão metade satisfeita, metade reprovadora no rosto dele por estarmos em local público.

— É melhor voltarmos para casa agora. Seus pais já devem estar dormindo e não quero ser uma hóspede sem noção, que fica na rua até tarde — sugeri assim que Jeong-ho guardou as sacolas no banco de trás do carro. Em dois dias, voltaríamos para nossa casa, no Porto, e a última coisa que eu queria era incomodar nossos amados anfitriões, pois pretendia voltar muitas vezes e não podia queimar meu filme.

— Mas ainda não tomamos café — disse Jeong-ho como se isso estivesse combinado desde o início.

— Café?

Ele fez que sim e apontou para o outro lado da rua, onde se lia o letreiro da famosa cafeteria Angel-in-us. Ao entrarmos, fui direto para o banheiro aliviar a bexiga, que estava me matando desde a caminhada no parque. Depois pedi um *caramel macchiato* descafeinado, e ele, um americano gelado.

— Vamos agora? — chamei quando ele terminou de beber.

— Não vai beber o seu café? — perguntou ao checar o relógio digital.

— Estou satisfeita — menti. Eu comeria outras duas tigelas de lámen, o café é que não descia. Estava doce demais.

— Mas ainda está cedo — retrucou.

— Cedo? São dez e meia da noite e não estamos na nossa casa! Ele vibrou os lábios, fazendo pouco caso do que eu havia dito.

— Vamos só ficar mais um pouco aqui, Lisa. Andamos bastante, preciso descansar. — Então checou o relógio mais uma vez e começou a sacudir a perna sob a mesa da cafeteria. Fingi não notar e me levantei para pedir alguma coisa salgada para comer, mas, antes que eu alcançasse o balcão, meu marido me puxou pelo pulso. — Podemos ir agora — disse, conduzindo-me para fora da cafeteria.

— Mudou de ideia assim, do nada?

— É — respondeu enquanto caminhava apressado. Eu tinha que dar dois passos para acompanhar um dele.

— Está acontecendo alguma coisa.

— Não está, não.

Parei no meio da calçada, forcei meu braço para baixo a fim de me desprender dele e levei as mãos à cintura.

— Está, sim, Jeong-ho. Você não sabe mentir.

O relógio no pulso dele acendeu e baixamos juntos o olhar para a mensagem da Min-a, que dizia: "Venham logo, está tudo pronto".

— *Aish*...

— Rá! Eu sabia! — apontei para o rosto dele. — Vocês estão preparando uma surpresa de aniversário para mim!

Jeong-ho suspirou.

— Sim, mas, por favor, demonstre surpresa.

Animada, beijei os dedos unidos em um x e seguimos rumo à minha comemoração de 32 anos. Para minha alegria, ele e as irmãs haviam reservado um *norebang* para nós, que são as salas de karaokê privadas tão apreciadas pelos sul-coreanos e por essa dorameira que vos fala.

— Eu sei que amas isso — confessou à porta de entrada. Em agradecimento, pulei no pescoço dele e enchi o rosto de beijinhos. — Vou ter que te trazer mais vezes! — ele disse com um sorrisinho bobo enquanto conferia se alguém nos via.

Ao entrarmos, Min-a nos recebeu com gritinhos eufóricos, e eu fingi surpresa, é claro.

— Uau! Amei o vestido! — Ela me fez dar uma voltinha.

— Também gostei — concordou Yoon-a com o polegar em sinal positivo, como o irmão tinha feito durante meu desfile na loja de roupas.

— E eu amei a surpresa! Obrigada!

Havia uma faixa que dizia "Feliz Aniversário, Lisa!" em português, um pequeno bolo na mesa baixa, ao centro, e alguns embrulhos de presentes.

— Vamos nos divertir muito! — disse a mais nova. Yoon-a, apesar da postura mais séria, também se mostrou empolgada; afinal, tínhamos boas lembranças da última vez. A noite de karaokê com as minhas cunhadas no ano anterior tinha sido uma das minhas partes favoritas da viagem de lua de mel pela Coreia. Perdia apenas para quando assistimos ao pôr do sol na linha dois do metrô em Seul e para os dias em que Jeong-ho e eu nos hospedamos no hotel onde havia sido gravado *Sorriso real*, na ilha de Jeju. — Agora vamos ao que interessa?

Antes disso, eu tive de ir ao banheiro de novo, mas voltei correndo para darmos início à cantoria. Cantamos todas as nossas OSTs favoritas e comemos vários petiscos. Jeong-ho, sob tortura e ameaça, fez dupla com cada uma de nós, e gravamos dezenas de vídeos dele com filtros de bichinhos do Instagram, o que nos arrancou as maiores risadas.

— Agora vou sozinho — ele avisou em certo momento.

— *Fighting*! — a mais nova encorajou quando nos sentamos para assistir, a voz carregada de empolgação e as bochechas vermelhas após tanta música e dança.

Yoon-a gritou um *u* longo e animado, batendo palmas, e eu fiz igual, mas paralisei chocada quando as primeiras notas da introdução da música soaram. E, então, com as covinhas a emoldurar um sorriso convencido, meu marido me lançou uma piscadela e começou a cantar.

You're just too good to be true
Can't take my eyes off of you
[Você é boa demais para ser verdade
Não consigo tirar meus olhos de você]

— Por que ele escolheu essa? — perguntou a irmã do meio.

A caçula deu de ombros, e eu... Bem, eu só consegui tapar a boca aberta com as mãos. De novo. Jeong-ho estava cantando a música do meu filme favorito. Para mim. E foi de caso tão, mas tão pensado, que ele tinha se vestido como Patrick Verona na cena do baile de *Dez coisas que eu odeio em você* e me feito usar aquele vestido da Kat. Ele até deslizou para o lado e rodopiou como o Heath Ledger fazia pelas arquibancadas do colégio na cena quando a música cresceu, se preparando para o refrão e arrancando de mim uma gargalhada. Depois, aproximou-se e me estendeu a mão. Sob os gritos de incentivo da nossa plateia de duas, fiquei de pé e fui envolvida pelo braço livre do meu marido, que continuou cantando enquanto me embalava no ritmo da canção.

I love you baby
And if it's quite alright

I need you baby
[Eu amo você, querida
E se estiver tudo bem
Eu preciso de você, querida]

Dali em diante, eu me deixei levar e cantei junto a plenos pulmões enquanto balançava o corpo de braços para o ar ao redor de Jeong-ho. Em certo ponto, ele parou de cantar.

— Feliz aniversário — desejou ao pé do meu ouvido e me mostrou a hora em seu relógio. Meia-noite.

— Eu te amo — foi a minha resposta. Então ele me puxou para mais junto de si e dançamos coladinhos o restante da canção, enquanto as meninas se divertiam dançando em par.

Desde que nos casamos e passamos a conviver vinte e quatro por sete, posso listar mais de dez coisas que me incomodam demais no Jeong-ho. Nenhuma delas, porém, é capaz de me fazer odiá-lo, porque, mesmo quando falha terrivelmente, logo o vejo tentar melhorar; não por me amar — sei que me ama muito —, mas por amar a Jesus acima de tudo.

Essa devoção ao Senhor o leva a fazer coisas do tipo cantar a música tema de um filme do qual não gosta só para me agradar, e isso é apenas um pequeno exemplo dentre tantos que eu poderia citar. Ele tem me amado sacrificialmente desde o primeiro dia, como Cristo ama sua igreja e ordena aos maridos que assim também amem suas esposas. Isso não só me dá a certeza de que escolhi um bom parceiro, mas também me inspira a escolher, todos os dias, ser uma esposa e uma pessoa melhor, que ama e busca cada vez mais o Único que pode me fazer verdadeiramente feliz: Jesus.

Voltamos para casa todos juntos, mas Jeong-ho me pediu para esperar no jardim.

— Tenho mais uma coisa para ti, então não te movas — instruiu antes de se afastar.

Minhas cunhadas entraram trocando cochichos e risadinhas, e ele foi em direção à casa de máquinas atrás da piscina.

A lua brilhava cheia no céu, e eu agradeci a Deus pelos meus 32 anos. Estava convencida de que, nessa nova volta ao redor do sol, a minha vida mudaria por completo, mas não havia em mim uma migalha de dúvida sequer sobre a bondade do meu Pai.

— Obrigada por tudo até aqui — eu disse baixinho olhando para o céu límpido. — Me ajude a sempre ser quem o Senhor quer que eu seja, a fazer tudo como para ti e a desempenhar com amor todos os meus papéis: filha, esposa, chefe, amiga e...

Foi nesse momento que começou a chover. Mas, curiosamente, a chuva vinha do chão. E como chuva não pode vir do chão, eu soube que aquilo era obra de Jeong-ho. Ele havia ligado o irrigador do jardim e, antes que eu pudesse começar a reclamar, rir ou procurá-lo, surgiu por trás de mim e me cobriu com um enorme guarda-chuva amarelo. Passou a mão pela minha cintura e me girou até eu ficar de frente para si.

— Esse era o último clichê que faltava — declarou com as covinhas bem fundas. — Mas, como não tinha previsão de chuva, tive que dar um jeito.

— Não era você quem odiava clichês? — provoquei com uma sobrancelha erguida.

— Eu posso *goixtar* se for com você — respondeu imitando o meu sotaque e beijou a pontinha do meu nariz.

Deixei escapar uma risada nervosa e respirei fundo, prestes a dar a notícia que vinha guardando comigo desde antes do jantar.

— Também tenho uma surpresa — avisei.

Ele suspirou de alívio, e o hálito bateu contra o meu rosto, de tão pertinho que estávamos sob o guarda-chuva.

— Por favor, diz-me que tem a ver com isto que me fizeste guardar no bolso desde o início da noite — pediu, e eu assenti.

Então Jeong-ho tirou do bolso da calça o saquinho de seda roxa que a mãe dele havia me dado em nosso casamento. Quando havia entregado a ele, horas antes, eu tinha dito que era algo importante e que em breve contaria o quê. Para meu alívio, ele havia segurado a curiosidade e me esperado criar coragem.

— O que tem aqui? — questionou ao me dar o pequeno embrulho.

Puxei a corda dourada, tirei de dentro um dos grãos e o depositei na palma da mão livre dele, que me olhava com curiosidade.

— Um grão de mostarda? — Ele encarava a minúscula bolinha em sua grande mão, e eu não me admirei. Era certo que reconheceria a espécie de grão.

Fechei o pacote e o guardei de volta no bolso dele para evitar que os demais grãos caíssem.

— Sua mãe me deu no dia em que nos casamos como símbolo da fé necessária para eu edificar o nosso lar — contei baixinho.

Jeong-ho olhou outra vez para a pequena semente e, com a voz embargada, eu concluí:

— Ela já germinou.

Meu marido ergueu o rosto de volta para mim. Havia uma ruga entre as sobrancelhas grossas, o que me fez rir.

— Tão esperto para tantas coisas, mas tão lento para outras — debochei, e a ruga se intensificou.

— O que queres dizer?

— Que você vai ser pai, seu sabichão de araque!

Os olhos dele se abriram.

— A sério?

— Uhum! — Balancei a cabeça de forma positiva.

A ruga foi se suavizando ao passo que as covinhas deram o ar da graça, então ele me pegou no colo, fazendo o guarda-chuva cair.

— Meu Deus! Eu vou ser pai!

E me girou no ar enquanto o irrigador nos encharcava.

— Ei, você vai acordar os seus pais e está me molhando inteira! — falei em meio ao riso, então Jeong-ho me botou no chão de imediato, pegou o guarda-chuva de novo e nos cobriu.

— Tu não podes resfriar — disse em tom severo, provocando em mim uma gargalhada.

— Então você vai ser esse tipo de pai preocupado?

Ele estalou a língua nos dentes.

— Vou ser um pai bobo — confessou, deixando uma risada escapar pelo nariz. — Vamos fazer um daqueles chás revelação que estão na moda?

— O inimigo dos clichês ataca novamente — debochei, e ele fez uma careta, os olhos brilhando.

Com o peito inflado de alegria, passei meus braços ao redor do pescoço dele, que me apertou um pouco mais contra o próprio corpo e beijou meus lábios lentamente sob o guarda-chuva amarelo. Em meio ao beijo, Jeong-ho se afastou um pouquinho para olhar dentro dos meus olhos e disse:

— Quero todos os clichês contigo.

E foi assim que essa história terminou — ou melhor, é assim que termino o meu relato. Porque, como bem disse meu marido no dia do nosso casamento, a história não acaba no altar. Há muito para ser vivido depois do sim. Portanto, não posso dizer que vivemos felizes para sempre. Afinal, nessa vida, os temporais e o anoitecer sempre chegam. Mas garanto que *para sempre viveremos*, pois essa é a certeza de todos os que, como nós, aguardam o verdadeiro final feliz: quando tudo gloriosamente recomeçará e o Sol da Justiça brilhará sua luz dourada em plena força, todos os minutos de todos os dias, sem jamais se pôr.

Agradecimentos

Preciso começar agradecendo ao Autor do verdadeiro final feliz por me sustentar em todo o tempo. Como tudo mais nesta vida, este livro é dele, por meio dele e para ele. A Deus toda a glória.

Ao meu marido, Elias Emanuel, meu maior incentivador. Obrigada por acreditar no meu trabalho. Você me inspira a amar mais a Jesus e a escrever histórias de amor. Ao nosso filho, Benício, meu parceirinho de escrita. Escrevi boa parte dessa história pelo celular, enquanto o amamentava, e vocês dois cresceram juntos. Aos meus pais, Adriana e Marcio, e irmã, Gabriela, por todo o apoio. Muito obrigada! Amo vocês!

Louvo a Deus e expresso aqui a imensa gratidão que tenho pelas minhas Inklings — amigas com quem tenho a alegria de partilhar a jornada de escrita e que integram o time de autoras por trás do Ficção Cristã Brasil: Camila Antunes, Becca Mackenzie, Gabriela Fernandes, Noemi Nicoletti, Pat Müller e Queren Ane. Obrigada por suas palavras de ânimo, orações e conselhos. Vocês foram fundamentais. Em especial a Camila Antunes, cujo trabalho sensível e brilhante de edição e preparação do texto deixou a história ainda mais bela. E a Queren Ane, que foi a primeira pessoa a ler e me encorajar a prosseguir quando eu ainda escrevia os capítulos iniciais. Obrigada, amigas.

Agradeço, ainda, a Tatielle Katluryn por endossar e indicar o livro, além de fazer a ponte entre uma amiga brasileira casada com um sul-coreano e eu, o que me deu algumas informações valiosas sobre a cerimônia de casamento tradicional coreana, facilitando a escrita do penúltimo capítulo.

O meu muito obrigada a Camilla Bastos, pela leitura beta minuciosa; Camila Lima, pelo trabalho impecável de revisão do texto da primeira versão independente; Mariana Correia, pela ilustração que representa lindamente o que a história significa; e Ellem Barboza, que me auxiliou com o título na língua coreana.

Um agradecimento muito especial ao meu editor, Daniel Faria, e a todo o time da Mundo Cristão, por acreditarem no meu trabalho e neste livro. Saber que *Quinze minutos para o pôr do sol* chegará a livrarias de todo o Brasil por meio do excelente trabalho dessa grande editora é mais que um sonho realizado. É uma resposta de oração e um grande presente de Deus para mim.

Muito obrigada a você que leu até aqui. Espero que tenha se divertido e se derretido com Lisa e Jeong-ho tanto quanto eu. Meu desejo é que vivamos muitas outras aventuras literárias. Aproveito para deixar um recado específico às meninas e mulheres de todas as idades que amaram essa história: por favor, não se esqueçam que vocês têm grande valor aos olhos de Deus e também são os quinze minutos para o pôr do sol na vida de alguém. Somos todas *Quinzinhas*.

E por último, mais uma vez: a Deus, a glória. Se ele permitir, a gente se encontra na próxima história.

Até lá!

Sobre a autora

Isabela Freixo nasceu em 1994, no Rio de Janeiro, e mora atualmente na Coreia do Sul.. É do lar, dos livros e duplamente peregrina, pois não só está na Terra de passagem, como também vive mudando de endereço enquanto acompanha o marido, atleta profissional de futebol. É mãe de um menininho lindo e de muitas histórias que ainda vão nascer.

Além de escrever, ama compor e cantar. Ainda na infância, começou a exercitar essas três paixões, que, juntas, hoje são sua missão específica no Reino de Deus: contar e cantar histórias sobre a vida e seu Autor.